– A –
OVELHA
E O
LEÃO

Querida Bia

Espero que Deus possa falar muito ao seu ♡.

Beijos.

Rute Martins.

RENATA MARTINS

A OVELHA E O LEÃO

O PRINCÍPIO DAS DORES

THOMAS NELSON
BRASIL®

As citações bíblicas são da Nova Versão Internacional,
a menos que seja especificada outra versão da Bíblia Sagrada.

Os pontos de vista desta obra são de responsabilidade de seus autores, não refletindo necessariamente a posição da Thomas Nelson Brasil, da HarperCollins Christian Publishing ou de sua equipe editorial.

Publisher	*Omar de Souza*
Gerente editorial	*Samuel Coto*
Editor	*André Lodos Tangerino*
Assistente editorial	*Bruna Gomes*
Copidesque	*Giuliana Castorino*
Revisão	*Gisele Múfalo*
Capa	*Rafael Brum*
Diagramação	*Julio Fado*

CIP-BRASIL. CATALOGAÇÃO NA FONTE
SINDICATO NACIONAL DOS EDITORES DE LIVROS, RJ

M346o

Martins, Renata
A ovelha e o leão : o princípio das dores / Renata Martins. - 1. ed. - Rio de Janeiro : Thomas Nelson Brasil, 2018.

320 p. ; 23 cm.

ISBN 9788578602864

1. Bíblia. N. T. Apocalipse. 2. Literatura apocalíptica. I. Título.

18-49112 CDD: 228
CDU: 27.175.2

Thomas Nelson Brasil é uma marca licenciada à Vida Melhor Editora S.A.

Rua da Quitanda, 86, sala 218 - Centro
Rio de Janeiro - RJ - CEP 20091-005
Tel.: (21) 3175-1030
www.thomasnelson.com.br

"E odiados de todos sereis por causa do meu nome:
mas aquele que perseverar até o fim será salvo."

Mateus 10:22

Sumário

Prólogo

CONTA O LEÃO

Eu já ouvira falar de guerras, rumores de possíveis guerras, mas tudo era muito distante e nada se comparava ao que vivíamos agora... Existiria um inferno pior que aquele? Atentados terroristas, explosões; não havia mais segurança em nenhum lugar do mundo! Eu, de fato, não conseguia imaginar que a eternidade no reino das trevas poderia ser pior do que o quadro que eu via espalhado ao nosso redor. E estávamos ali, eu e ela, bem no meio de todo aquele caos. Sim, a eternidade nas trevas por certo seria bem pior do que qualquer ápice do terror. Infelizmente a maioria da raça humana pouco se importava com a terrível eternidade que os aguardava... Ela só queria garantir sua sobrevivência, mesmo que isso implicasse passar a eternidade condenada. O amor e a esperança estavam desaparecendo aos poucos e a única coisa que ainda me trazia alento era tê-la ao meu lado. Raquel continuava a ser a mais pura expressão do amor de Deus por mim aqui nessa terra.

NARRA A OVELHA

Sempre amei o poema de Luís de Camões, *Os lusíadas*. E como não amar? Principalmente quando se conhece, de maneira tão vívida e intensa, o sentimento que o autor quis expressar. Meu relacionamento com Cristiano era exatamente tal qual Camões descrevera: "um fogo que arde sem se ver, uma ferida que dói e não se sente, um contentamento descontente, uma dor que desatina sem doer..." E em meio ao inferno que o mundo vivia — que vivíamos —, mais que nunca esse sentimento se apossava de mim.

Mesmo em meio a tanta dor, o que aliviava meu coração era acordar dia após dia ao seu lado. Como se nunca houvesse existido Raquel sem Cris. E aquilo era estranho, porém, tão claro como um céu azul: duas pessoas diferentes e que, ao mesmo tempo, eram um só corpo. A sensação era a de que eu sentia por ele e ele por mim. Agora sei exatamente o que Camões quis dizer com o poema.

CAPÍTULO 1

Revelações

"Mas nada há encoberto que não haja de ser descoberto; nem oculto, que não haja de ser sabido."

Lucas 12:2

CONTA O LEÃO

— Ainda estamos na Paraíba?

Foi a pergunta óbvia que fiz após andarmos quilômetros por uma estrada de barro no meio do nada. Esse era exatamente o lugar em que nos encontrávamos agora: nada; no meio do nada!

O pastor Carlos esboçou um leve sorriso. Porém, aquele meio sorriso vinha com uma carga nítida de preocupação.

— Sim, Cris. Ainda estamos na Paraíba. E deixa de ser exagerado, acabamos de sair da cidade de Pilões e nem andamos tanto assim. Aliás, chegamos ao nosso destino.

O irmão Léo estacionou o carro diante de uma cerquinha de arame farpado com um portãozinho de madeira, bem simples mesmo. Eu estava no banco de trás e meu estimado sogro, pastor Carlos, no banco da frente com o Léo. Finalmente havíamos chegado ao "fim de mundo".

— Vamos passar por essa porteira? — perguntei, enquanto ambos confirmavam com a cabeça. — Eu desço para abrir.

Nem esperei a resposta e desci em direção à cerquinha. Na verdade, eu estava irritado. Estar ali com o pastor Carlos e o irmão Léo me incomodava. Era ridículo, eu sabia... Mas, infelizmente, vez por outra eu fazia papel de ridículo, sim. E isso estava diretamente ligado ao meu "velho homem": ciúmes! Eu tinha ciúmes da Raquel, da minha mãe (que estava conhecendo melhor uma pessoa... Aaargh!) e do meu sogro. Pasmem: eu tinha ciúmes do meu sogro! Não falei que era ridículo?

O pastor Carlos e eu não tínhamos praticamente nenhum segredo um com o outro. Para ser mais específico, diria até que éramos mais cúmplices do que ele e a Raquel, sua única filha (ou minha "quase vida" — uma brincadeira nossa: minha vida era Jesus e minha quase vida era ela!). E aquilo era um refrigério, já que não tinha mais meu pai comigo. Meu sogro havia assumido o papel de pai, pastor e amigo, de modo que eu me sentia totalmente suprido de afeto masculino. Ele era meu cúmplice e, provavelmente, era por isso que eu me sentia tão irritado. Por que ele não havia me dito o motivo pelo qual estávamos ali, tão distantes de casa, conferindo um sítio que ele comprara com o irmão Leonardo? Aliás, até agora eu continuava sem saber o motivo pelo qual ele se desfizera de seu único patrimônio para investir naquela propriedade.

"Ele vendeu o apartamento, comprou um sítio e sequer se deu ao trabalho de me comunicar! Por que não me trouxe antes aqui e perguntou se eu não queria comprar o lugar com ele? Por que o Léo e não eu?"

— Ciúmes do sogro, Cristiano? Era só o que faltava! — falei baixinho para mim mesmo, me repreendendo, enquanto abria a porteira e o Leonardo entrava com a caminhonete.

Sim. Aquilo era ridículo, mas custava ele ter me procurado antes e contado qual era o plano? Precisava ter me deixado de fora de algo tão importante? Pelo visto, custava!

— Você ainda não está entendendo nada — disse o pastor, após ter descido do carro —, mas já posso adiantar que esse lugar parece perfeito! Precisamos procurar o rio, Léo. Estou curioso para averiguar a distância até lá.

Após uns 15 minutos de buscas, nos encontrávamos agora diante do tal rio, fazendo análises e avaliando suas vantagens e desvantagens. Eu continuava no "escuro". Aquele mistério todo estava me deixando incomodado. Entretanto, como o pastor Carlos ainda não havia saciado minha curiosidade, fiquei em silêncio e decidi não perguntar absolutamente nada! Estava só esperando meu sogro sentir vontade de acabar com todo aquele suspense chato. Ele não começou a brincadeira? Então agora teria que revelar.

— Desculpa ter escondido de você e da Raquel a compra deste local. Na realidade, apenas Débora, Leonardo, Mariana e eu estávamos sabendo.

— Ah, quer dizer que o Léo e a Mariana são mais importantes que sua filha e eu? — comentei bem chateado, enquanto me assegurava que o Léo não ouviria meu comentário. Vi que ele estava mais adiante, no topo de um barranco, verificando a distância que percorremos da entrada do sítio até o local do rio. — Puxa, achei que estávamos numa escala de prioridade mais alta!

Fechei a cara. Sabia que estava me comportando de maneira totalmente inapropriada. Infantil mesmo. Mas, puxa vida... Eu era o genro do cara! Éramos o mais próximo que uma família poderia ser.

— Deixa de ser criança, Cristiano! Se não contei antes é porque vocês tinham coisas mais importantes para se preocupar.

— Quais, por exemplo?

— A viagem de vocês. Você e Raquel estão casados há pouco mais de um ano. Em tão pouco tempo, já fizeram três viagens à base da Jocum para se prepararem para a estadia em Guiné-Bissau. Estão juntando todo o dinheiro que podem para se manter lá. A viagem será desgastante, vocês ficarão longe da família e dos amigos por um ano e meio. Além disso, vão viver uma intensa batalha espiritual. Eu não podia preocupar vocês com isso! Essa viagem é muito mais importante que a venda do meu apartamento e que esse sítio. Bom, ao menos, no momento é...

Ele falou um quilo e eu não entendi um grama!

— Ok. Entendi por que não nos contou antes — repliquei menos revoltado, mas ainda desconfortável. — A viagem é prioridade e tal... Mas qual a razão para revelar tudo agora, antes de viajarmos? Por que, então, não esperar a gente voltar?

O coitado do pastor aparentava estar tão confuso quanto eu. O negócio devia ser sério mesmo, pois ele era sempre tão seguro de si e de suas atitudes... Eu nunca o tinha visto daquele jeito. Nem quando fui preso e ele descobriu a verdade sobre mim. Passei de nervoso a verdadeiramente assustado. Será que os satanistas da seita Os Escolhidos haviam voltado? Será que aquele sítio era para fugirmos de alguma ameaça nova deles? Outra dose de Waldeck, Sheila e companhia ilimitada do inferno seria demais para mim!

— É que, de alguns dias para cá, comecei a me dar conta de que talvez vocês precisassem conhecer esse local antes de ir... Sabe, caso algo mais grave aconteça, de proporções mundiais, e vocês precisem retornar numa emergência... Nesse caso, se não estivermos mais na cidade, seria bom vocês saberem onde nos encontrar sem dificuldades; saber a localização exata do sítio...

Eu estava boquiaberto com todo aquele discurso. Sinceramente, eu ouvia, mas não conseguia compreender quase nada. Algo de proporções mundiais? Ele estava pensando em fugir para o sítio e abandonar a igreja, sua vida na cidade? E essa provável fuga seria só por um tempo ou definitiva?

Meus olhos estavam abertos (ao menos eu achava), porém, não conseguia enxergar muita coisa à minha frente. Tudo começou a ficar meio embaçado... Eu já nem ouvia mais a voz do pastor, só conseguia pensar em que tipo de tragédia mundial seria aquela, em mim e na Raquel no meio de tudo isso, e no pastor escondido, ali naquele sítio. Em meio a alguns devaneios, só consegui chegar a uma conclusão:

— Me desculpa, pastor, mas o senhor enlouqueceu?

A pergunta era desrespeitosa, mas foi a única conclusão lógica a que cheguei! E ele pareceu entender bem meu raciocínio, pois sequer me olhou de cara feia. Apenas sacudiu a cabeça, colocou a mão no meu ombro e começou a contar uma história que eu duvidava ser pior que a dos Escolhidos; mas, infelizmente, era!

— A grande tribulação, Cris; é disso que estou falando. Esse sítio já é uma preparação para ela.

— Como assim, grande tribulação? Do que o senhor está falando?

Claro que eu sabia o que era a grande tribulação: aquele período em que os cristãos seriam perseguidos e ninguém poderia comprar nem vender nada sem ter a marca da besta (666). Porém, essa época da humanidade seria conhecida, principalmente, pelo grande sofrimento que os filhos de Deus enfrentariam. Seriam amplamente perseguidos, presos, torturados, forçados a negar o nome de Jesus, caso contrário, seriam mortos. Entretanto, tudo estava mais do que calmo e normal mundo afora. Continuávamos a pregar o evangelho, nos reuníamos em nossas igrejas semanalmente. A única perseguição conhecida aos cristãos era a de alguns países, como Coreia do Norte, Arábia Saudita e Irã. E isso só acontecia por causa dos "loucos" do estado islâmico que procuravam exterminar a todos que não servissem a Alá. Contudo, esses fatos já ocorriam antes mesmo de eu me converter.

Em resumo: tudo andava na mais perfeita normalidade! Não existia a menor possibilidade de uma grande tribulação agora. Por isso, comecei a imaginar que ele poderia ter enlouquecido... Ou, então... Epa, epa, epa:

— Pastor, o que o Léo e o senhor sabem e o restante do mundo ainda não? — agora, era eu quem ia começar a pirar! — Existe algo de muito grave acontecendo nos "bastidores espirituais" e o senhor ainda não revelou o que é. Só uma coisa muito terrível justificaria a venda de seu único imóvel para comprar esse sítio... Só uma tragédia de proporções gigantescas faria vocês pensarem na possibilidade de abandonar tudo e fugir para esse fim de mundo. Pode me contar detalhe por detalhe ou não voltaremos para casa hoje! — ameacei, esquecendo-me que a autoridade ali era ele.

Ele respirou fundo mais uma vez. Certamente, já devia estar arrependido de ter me convidado para ir até lá... E com razão!

— Não há nada muito grave e que você precise se preocupar de imediato. Na verdade, enquanto você e Raquel estavam na base da Jocum em Curitiba, fui procurado pelo dono desse sítio. Ele mora no mesmo edifício onde a Débora e eu vivíamos. Estava se divorciando da esposa e o apartamento iria ficar para ela. Como eles têm dois filhos ainda pequenos, ele não queria morar longe das crianças; assim, me ofereceu o sítio em troca do apartamento.

— Mas, pastor, seu apartamento valia muito mais que esse sítio! Depois, o Léo também vendeu o apartamento dele para investir aqui. Isso não faz sentido: vender tudo para investir num sítio, sem que algo gravíssimo estivesse para acontecer. O senhor não costuma agir por impulso, muito menos o Léo. Mão-de-vaca do jeito que ele é, jamais faria algo desse tipo!

— EU NÃO SOU MÃO-DE-VACA, SOU CONTROLADO! — Leonardo gritou de onde estava, deixando claro que eu falava mais alto do que deveria.

— Desculpa aí, Léo, mas são os boatos que correm na igreja! — gritei de volta, tentando consertar, mas ele já contava passadas e media alguma coisa próxima do rio. Léo era muito seguro mesmo. Com certeza não tinha ficado chateado com o que acabara de ouvir.

— Ei, se acalma! Vê por que demorei a trazer você aqui? Eu já estava imaginando que você iria surtar e, com certeza, a viagem deixaria de ser prioridade. E vocês irem a Guiné-Bissau é importante demais, muitas pessoas aguardam ajuda lá...

— Mas isso é loucura, pastor! Primeiro, o senhor vende o apartamento e não nos conta nada! Depois, diz que talvez precise fugir para um sítio no fim do mundo, que está se preparando para a grande tribulação, mas não me dá detalhes, e quer que eu não surte? Tá querendo demais, pastorzão!

Meu tom era de deboche, mas logo me arrependi. Tratava-se do meu pai postiço, meu sogro, meu pastor. Mesmo pirando com tudo aquilo, eu precisava ter o mínimo de respeito por ele.

— Não tem nada de loucura aqui, Cristiano. Estamos nos preparando, só isso — respondeu, tentando soar o mais calmo possível, o que só me irritava mais.

— Preparando para o quê? Preciso saber detalhes ou não vou deixar o senhor em paz! Eu pressinto que tem algo muito ruim prestes a acontecer e o senhor está me poupando. Sinceramente, como alguém que já foi satanista da seita Os Escolhidos, fez um pacto de sangue com o diabo para destruir sua igreja, teve o demônio Coulubre como orientador e dois satanistas, como Waldeck e Alice, na cola, garanto ao senhor que não me assustarei tão fácil. Pode contar toda a verdade!

Sentei num tronco de madeira próximo.

— Você não vai me deixar em paz até eu contar tudo, não é mesmo? — ele indagou, sabendo que eu não sairia dali sem saber toda a verdade. — Não falei que eu terminaria me arrependendo de trazer o Cris aqui? — ele comentou quando viu Leonardo se aproximar. — Que ele não me deixaria em paz até saber tudo? A culpa é sua, Léo!

O coitado fez cara de quem pedia desculpas. Continuei, entretanto, sentado ali, esperando uma explicação sanar todas as minhas dúvidas. Ele era MEU sogro e tinha a obrigação de me contar cada detalhe daquela história. Se o Léo, que não era nem parente, sabia tudo, eu também precisava saber.

— Recebemos algumas informações de rabinos messiânicos que vivem em Israel: a ONU firmou um acordo com o primeiro ministro de lá para que a sede da organização se estabeleça em Jerusalém. Ou seja, em breve, Israel será um centro de decisões para todos os povos.

— E por acaso isso não é uma coisa boa?

— Deveria ser, mas, de acordo com as profecias, esse é um dos sinais de que o fim está próximo, de que o anticristo está a um passo de tomar o poder. Pelo ritmo das coisas, imaginamos que o governo dele deva surgir, no máximo, em cinco anos... Mas, por enquanto, não há nada de muito alarmante. A perseguição não iniciará de imediato, afinal, ele fará o possível para enganar a humanidade, inclusive os próprios eleitos do Senhor. Ele será aquele líder mundial que trará a paz, conectará os povos e fixará seu governo na terra Santa, um de seus principais objetivos. Além disso, li mês passado que a própria ONU já se manifestou a favor da implantação de *chips* em toda a humanidade: afirma que, futuramente, será o único meio para controlar a violência e que é só uma questão de tempo para que a implantação seja obrigatória. Eles imaginam e esperam que no máximo em sete, oito anos, toda a população mundial já esteja com o *chip*. Eu, porém, não acredito nisso. Tenho certeza que, de algum modo, eles irão acelerar esse processo. Uma coisa é certa, Cris: quer seja em dez, cinco ou pouquíssimos anos, a grande tribulação virá e precisamos estar preparados. Esse sítio é a nossa preparação prática: vendemos o que tínhamos porque construiremos um centro de abrigo e sobrevivência para as pessoas mais próximas a nós. Aquelas que têm aliança conosco e condições de passar por esse momento terrível de aflição e privação. Pessoas da mais total confiança e com quem viveremos nossos últimos dias, enquanto o Senhor Jesus não volta para nos buscar. Esse sítio, de fato, será nossa futura morada... E é isso!

Eu já havia sentido essa sensação de sangue congelando antes, principalmente, quando o pessoal da igreja satânica denominada Os Escolhidos estava atrás da minha amada Raquel para atingi-la, como forma de vingança pelo pacto que quebrei. E agora essa mesma sensação me invadia: de pânico absurdo, de coração parando de bater e sangue congelando nas veias.

Atemorizado.

Chocado.

E sem saber o que pensar ou o que fazer ante aquela revelação.

— Cris... Cristiano! — o pastor Carlos me sacudiu na tentativa de me fazer voltar para a realidade. Eu deveria estar mesmo com uma expressão de terror. — Eu sabia que você iria ficar desse jeito, por isso não contei nada até agora. Já estou até arrependido... Porém, com a iminente viagem de vocês, fiquei sem escolha: vocês precisavam conhecer esse local, caso algo aconteça no mundo antes do previsto.

— Quer dizer que não verei meus filhos crescerem, muito menos meus netos? Que todos os planos meus e de Raquel para o futuro estão encerrados?

Quando rompi com Os Escolhidos e recebi Jesus como meu Senhor e Salvador, passei a ter esperança de um futuro com minha Raquel. A mulher por quem eu havia arriscado tudo. E após receber Jesus e podermos, enfim, vivenciar de forma plena o nosso amor, passei a vislumbrar nosso futuro juntos. Claro que filhos nunca havia sido uma opção muito clara, até porque eu continuava alvo dos satanistas da região. E apesar de confiar totalmente no cuidado e na proteção de Deus, expor uma criança indefesa a uma escolha feita por mim e Raquel (bater de frente com a "turma do mal") não parecia justo. Contudo, o sonho existia. Vez por outra, em nosso quarto, quando estávamos relaxando e conversando sobre o que Deus reservara para nós, a possibilidade de filhos era mencionada. Ainda não havíamos decidido, mas sempre houve a possibilidade. Porém, agora, com a notícia de que talvez não tivéssemos nem dez anos para desfrutar nessa Terra, todos os sonhos e planos desmoronavam.

"Vou vender o apartamento também! Já que não tem mais sentido planejar um futuro, me desfaço dele. E, enquanto essa grande tribulação não chega, Raquel e eu viajaremos pelo mundo com o dinheiro da venda... Não vai dar pra viajar o mundo inteiro, lógico, mas vamos usufruir bem até que o anticristo volte e acabe com tudo!", pensei, misturando todas as histórias, enquanto o pastor Carlos me sacudia novamente.

— Vou me arrepender de ter lhe contado pelo resto da vida! Volte pra realidade, Cristiano!

Ele me observava como se eu fosse um caso perdido. E, pior, eu estava me comportando como tal.

— Estava arquitetando um plano. Se o senhor vendeu seu apartamento, vou vender o meu também e fazer uma megaviagem com a Raquel com parte do dinheiro. A outra parte, podemos investir aqui no sítio em placas solares para energia elétrica... E cavar poços, pois, de repente, os soldados do anticristo podem contaminar a água do rio. Precisamos nos precaver!

Eu já estava bolando toda uma estratégia em minha mente: se a chegada do anticristo e da grande tribulação eram inevitáveis, eu precisava estar mais que preparado para enfrentá-los, afinal, agora tinha uma esposa para proteger. Precisava guardar a vida dela como se fosse o meu bem mais precioso. Na realidade, ela era; depois do meu Jesus, claro. Por isso, tudo já estava tomando forma em minha mente. A sensação era que eu já fazia parte daquele plano estratégico pré-tribulacionário há muito tempo... Agora, já me sentia mais por dentro da história que o Léo.

— Cris, você não vai fazer isso. Pelo menos, não agora... Imagina como a Raquel reagirá se souber de tudo o que está para acontecer? Existe a possibilidade de ela enlouquecer de tanta preocupação. Capaz de nem querer mais viajar. Vocês têm uma viagem missionária para fazer: não podem sair pelo mundo fazendo turismo, não! Os necessitados ainda estão lá esperando ajuda, com anticristo ou sem ele. Não perca o foco, por favor!

— Vai morrer de preocupação mesmo!

Ri sozinho, lembrando como minha amada ficava inquieta quando algo fugia de seu controle. Raquel era a típica pessoa controladora; no bom sentido, claro. Era precavida, organizada e costumava ter cada passo nosso planejado. Caso ela imaginasse que, em tão pouco tempo, a Terra poderia ser devastada pela fúria do anticristo, ela mais do que enlouqueceria!

— O senhor tem razão — fui obrigado a concordar —, eu não posso me precipitar e deixá-la embarcar nessa história de perseguição e fim dos tempos. Falta tão pouco para nossa viagem... Mas também não posso ser irresponsável e esconder dela tudo o que está para acontecer. Preciso me precaver com nosso futuro e arrumar um modo de contar tudo sem ela enlouquecer. E também preciso colaborar com a construção deste lugar. Quanto mais dinheiro, mais rápido a obra vai andar. Pelo que entendi, precisamos de tudo pronto para ontem!

— Calma, Cris! Por isso trouxe você aqui: para lhe mostrar que temos um local de refúgio caso as coisas aconteçam rápido. Vocês farão uma viagem missionária e assumirão um peso espiritual muito grande em Guiné-Bissau. Tudo o que não precisam, neste momento, é se preocupar com uma futura tragédia mundial que pode nem acontecer tão rápido assim. É só uma precaução, só isso. Minha intenção é tranquilizá-los e deixá-los seguros. Deus está no controle de todas as coisas, e se ele quiser que passemos pelas mãos do anticristo, não adianta lutar contra. Esse lugar é só precaução.

Ok! Entendi a mensagem. Não precisava de agonia nem desespero. O que tivesse de acontecer, aconteceria. Nossas vidas estavam nas mãos do Deus Todo-Poderoso, aquele a quem eu agora servia com toda alegria e devoção. Não deveria me angustiar, mas orar acerca dessas previsões e estar alerta. Ah, e tocar a vida adiante: nossos projetos, nossa viagem. O mundo continuava a girar, e apenas diante de um direcionamento de Deus interromperíamos nossos planos. Sem pânico ou tumulto. Tínhamos planejado passar um ano e meio em Guiné-Bissau ajudando uma base missionária ali instalada. Uma junção de vários pastores e denominações mantinha a obra funcionando e enviava pessoas para ajudar no que fosse necessário.

***

— Vocês dois terão um papel fundamental. Como jornalista, Raquel poderá documentar todo o trabalho humanitário e evangelístico feito por nossa base: os atendimentos médicos, a educação para as crianças e a distribuição mensal de material de higiene e alimentos. Esse registro servirá para alimentar com material nosso jornal e site, ajudando a conservar e captar novos mantenedores, pois eles terão informações atualizadas de como o dinheiro está sendo investido e quais os frutos gerados. E é essencial aumentar nossos investidores para que a obra cresça e não pare. Você será imprescindível nisso, Raquel. Além do mais, também poderá ajudar com aulas de música e no evangelismo das crianças.

— E eu, reverendo Firmino? – resolvi perguntar já que me sentia um peso, não uma ajuda. — Sou muito novo na fé e ainda não tenho dons e talentos no ministério. Por enquanto, tudo o que faço é dar meu testemunho em algumas igrejas. Por isso, fico imaginando como poderia ajudar durante esse ano.

Se alguém pudesse me orientar sobre como ser útil em Guiné-Bissau, essa pessoa, sem dúvida, era aquele senhor de feições amáveis à minha frente. O reverendo Firmino era conhecidíssimo na região por ser um homem muito atuante na área de missões. E, apesar de estar no auge de seus 78 anos, era o responsável pela base missionária na Paraíba e acompanhava pessoalmente os que eram enviados, os recursos levantados e fazia tudo com muito amor e excelência.

— Você será igualmente importante, Cristiano. Quero usar seu dom de administrar para expandir a panificadora local. Nossa base desenvolveu um sistema de panificação e queremos gerar renda para a comunidade local por meio dela. A produção pode e deve ser ampliada. Quero alguém que saiba pensar coisas como: o que mais pode ser produzido? Como diminuir os custos para gerar faturamento para o povo? Os produtos da nossa panificação podem ser levados a outras aldeias e cidades? A ideia é fazer com que essas pessoas tão limitadas de recursos financeiros entendam que, com muita disposição, criatividade e fé em Deus, a realidade de suas vidas pode ser mudada. Não é isso o que diz a palavra de Deus em Isaías 1:19? "Se quiserdes e me ouvirdes, comereis o melhor desta terra." Aquele povo precisa conhecer o Deus verdadeiro que salva, liberta e transforma vidas. E quando eles ouvirem a verdade e desejarem essa mudança, a Palavra declara que eles comerão o melhor da terra. Eles precisam experimentar os milagres e a provisão de nosso Deus. Então, essas pessoas também precisam de você, Cris. Na verdade, eles precisam muito da sua ajuda por lá.

Aquelas palavras foram mais que suficientes para tirar qualquer dúvida quanto ao meu chamado. "Eis-me aqui, envia-me a mim!" foi a única coisa que pensei naquele instante, enquanto assinava os papéis de autorização para nossa viagem.

— Guiné-Bissau nos espera, amor! — foi o que eu disse, enquanto Raquel e eu tomávamos um sorvete num banquinho em frente à agência missionária. Beijei-a. Eu não sabia o que o futuro nos reservava, mas nosso presente estava dominado pelo desejo de cumprir a missão.

NARRA A OVELHA

Eu estava um pouco assustada com a atitude do Cris. Ele parecia desesperado, faminto... Eu nem deveria me sentir assim, afinal o beijo dele era uma das melhores coisas que eu já havia provado na vida! E sempre que seus lábios tocavam os meus, eu sentia o misto de ternura, desejo e ânsia por estarmos cada vez mais próximos. Era uma mistura boa demais e aquilo só reforçava a ideia do quanto tê-lo ao meu lado havia sido uma provisão maravilhosa de Deus para minha vida.

É... Se não fosse o Todo-Poderoso a nos dar uma "forcinha", nos protegendo e livrando de todas as artimanhas do inimigo (vários enviados do próprio inferno, diga-se de passagem), certamente não conseguiríamos estar agora desfrutando da companhia diária e íntima um do outro. Aquilo era prazeroso demais! Prazeroso, reconfortante... Mas não aquele beijo. Não! Aquele era totalmente diferente dos demais, cheios de paixão, que ele costumava me dar diariamente. Talvez, por esse motivo, eu estivesse tão assustada: eu já sentira aquele tipo de beijo antes.

Quando ele esteve prestes a me abandonar, no passado, o beijo que recebi era igualzinho ao de agora. Carregado de intensidade, porém, uma intensidade angustiante. Chegava a transparecer pânico. Aquilo definitivamente estava me amedrontando.

— Amor, para, por favor... — tentei falar, enquanto ele continuava a me abraçar, colar sua boca na minha, sequer me permitindo respirar. — Cris... o... fôlego está fal-tan-do!

Tentei respirar e me desvencilhar de seus braços. E, sim, há um tempo eu jamais pensaria nessa possibilidade: me desvencilhar de seus braços maravilhosos enquanto ele me beijava. Entretanto, desde que Cristiano havia retornado do passeio com o meu pai e o irmão Léo, ele estava se portando daquela maneira: perturbado, inquieto. A sensação que eu tinha era a de que algo muito ruim estava prestes a acontecer e que o "baita beijo" que ele me dava nesse instante era uma tentativa de "eternizar" nosso momento juntos. Mas, eu sabia que por trás de todas aquelas carícias havia algo de escuso. E eu trataria de descobrir o que era.

— Parou, Cristiano! — disse séria, enquanto, mesmo estando dentro do nosso quarto, tentava manter uma distância segura entre nós, se é que isso era possível.

— Puxa, amor! — ele reclamou chateado e ainda tentando me agarrar. Prendeu-me pela cintura com o braço direito, enquanto com o esquerdo segurava minha nuca, tentando fazer-me beijá-lo de volta. — Você nunca recusa um carinho meu... O que houve? Por acaso, enjoou das minhas carícias?

Puxa vida, eu ficava tonta quando ele me pegava daquele jeito. "Foco Raquel, foco!" Eu me policiava para não cair naquele truque barato de sedução (mas que funcionava com perfeição!).

— Eu não sou idiota, Cris... — tentava me desvencilhar novamente, enquanto o cara de pau agora beijava o meu pescoço. Aquilo era golpe baixo. — Alguma coisa de errado está acontecendo e seu beijo denunciou. Você vai me contar agora mesmo o que é. Fala logo, o que está acontecendo de errado!

Ignorando-me, fez um caminho de beijinhos entre meu pescoço e meu queixo.

"Ele está enrolando. Firme, Raquel! Não caia na dele!"

— Claro que tem muita coisa acontecendo... Só que não é de errado, é de certo. Muito certo, pra falar a verdade. Você ainda não percebeu? — a intensidade do beijo mudou e o medo, antes presente, pareceu ter ido embora. As coisas haviam mudado totalmente. Ali e agora, só havia paixão e minhas resistências estavam se esvaindo. — Tem muita coisa acontecendo, Raquel — continuou, segurando firme minha nuca e olhando fixamente dentro de meus olhos. — Será que eu preciso soletrar o que acontece entre nós, agora? — sussurrou em meu ouvido e deslizou delicadamente os dedos pelas minhas costas.

"Perdedora! Fraca! Você é uma fracassada, Raquel!"

Rendi-me ao seu beijo e a tudo mais que ele tivesse para mim naquela tarde.

***

— E agora será que nós podemos conversar?

Perguntei deitada sobre o seu peito enquanto acarinhava seus cabelos.

— Hum... — ele grunhiu de olhos fechados, como se estivesse cochilando. Mas eu sabia que ele estava bem acordado. Cristiano já havia me enrolado uma vez e agora eu não cairia novamente. Desci a mão e arranquei alguns pelinhos do seu peito. O Cris não tinha muitos pelos no corpo, não, mas os que tinham acabavam de ir embora.

— Aiiii! Ficou louca, Raquel?

Ele levantou irritado. Acho que tinha doído pra valer.

— Desculpa, amor. Acho que exagerei... Era pra ter puxado só um pouquinho! — ele me olhava de cara feia. — Mas puxa vida, Cris, desde a hora em que você entrou por essa porta só me enrola!

Tentei manter a pose de má, mas ainda estava com dó.

— Eu enrolei você? — tentou se fazer de indignado, mas não estava colando. — Eu só estava morrendo de saudades da minha esposa... Louco para passar um tempo com ela, mas sou acusado...

Eu sabia quando o Cristiano tentava me esconder algo. Ele fazia a mesma cara de quando ainda estávamos noivos e foi lá em casa buscar notícias minhas após meu acidente de carro. Aquele acidente provocado por uma "feitiçaria" idiota daqueles satanistas loucos! Enfim, ele desviava o olhar e tentava parecer natural. Foi assim que se comportou naquele dia antes de me abandonar e era assim que se comportava agora.

— Você fez uma promessa diante de Deus de que estaríamos juntos na alegria, na tristeza, na saúde e na doença. Lembra?

Claro que eu ia apelar para Deus. Se ele estava tentando me enrolar, eu usaria todas as armas que conhecia, e isso incluía nossa aliança diante do Todo-Poderoso.

— Mas nós estamos juntos!

Ele começou a se vestir e a me dar as costas, mas ele não iria sair dali de jeito nenhum!

— Quer dizer que, a partir de hoje, eu posso ocultar coisas da minha vida de você? Tudo bem, Cris. Se você quer assim, embarco na sua. Faço o possível pra ser uma esposa sincera, transparente, sem nenhum tipo de segredo para o marido. Mas já que a recíproca não é verdadeira, não me pesará na consciência poupá-lo de assuntos desagradáveis...

Minha ameaça não era escancarada, de quem desafia o marido. Até porque eu não estaria sendo submissa a ele e aquilo era pecado. Caso agisse com insubmissão, eu criaria uma confusão enorme e desnecessária. Sem falar que eu tinha apenas uma desconfiança de que ele estava a me esconder algo, certeza absoluta eu não tinha de nada. Não seria louca de brigar com meu marido por uma desconfiança boba. Por isso, lancei uma "meia ameaça". Uma coisa discreta, sem muita importância.

— Raquel, por acaso você está me ameaçando? —perguntou mudando o tom de voz.

— Claro que não! Jamais faria algo assim com o homem por quem arrisquei minha vida. Fui capaz de enfrentar uma horda de satanistas por sua causa. Coloquei minha segurança em risco por amor... Você acha que eu quebraria uma promessa feita no altar e o desafiaria? Ou pior, ameaçaria?

Fiz-me de ofendida. Ter tocado no assunto de que enfrentei satanistas por causa dele deu certo. Chegava a ser imoral da minha parte, mas, finalmente, estava conseguindo o que queria: a verdade.

— Você não podia ter apelado desse jeito. Feriu meu coração, sabia? Seu pai vai me matar quando souber que te contei algo...

Agora, sim, eu sabia que tinha coisa errada por ali!

— Quer dizer que não estou louca? Você estava me escondendo alguma coisa e meu pai tem a ver com isso.

— Ele vai comer o meu fígado! Vai ter motivos de verdade pra não confiar mais em mim... Foi por isso que entrou nesse projeto com o Léo, não comigo. Afinal, o Léo sabe guardar segredos, eu não.

Pronto! Agora o Cris estava entrando em crise!

— Que projeto é esse, Cristiano? Por que o Léo está envolvido nisso? E por que eu não posso saber de nada? Fala logo, criatura, eu também já estou surtando! O que pode estar acontecendo de tão grave pra você ter entrado em parafuso desse jeito?

Comecei a gritar, já imaginando todo o tipo de desgraças na minha mente.

— A grande tribulação, Raquel! É isso!

Agora, ele também gritava. Coitado. Devia ter deixado ele bem nervoso mesmo.

— Como assim a grande tribulação, Cris? Achei que ia dizer que meu pai estava doente e que o projeto era assumirmos a igreja antes de viajarmos. Ou minha mãe estar doente... Mas grande tribulação? Sente-se aqui, respira fundo e me conta essa história direito.

— Doença? Não tem ninguém doente, não, graças a Deus! Mas o assunto talvez seja mais apavorante: o projeto é sobre a grande tribulação, Raquel!

O Cristiano estava bem nervoso. Muito mesmo. Puxei-o para que sentasse na cama e pudesse contar com calma tudo o que estava acontecendo. Porém, a impaciência dele era tanta que se levantou e começou a andar de um lado para outro como se aquilo (andar quilômetros dentro daquele quarto) fosse ajudar.

— Então me conta como meu pai, o Léo e a grande tribulação estão juntos nessa história. Acalme-se, amor! Por enquanto, está tudo bem. Ninguém está doente, nem gravemente ferido, então, está tudo bem.

Eu tentava trazer de volta um pouco de sensatez para aquele ambiente.

— Não está tudo bem, não, amor... Na realidade, está para acontecer uma tragédia na humanidade! Todos os nossos planos para o futuro estão cancelados. Não teremos filhos, família de comercial de margarina nem nada!

Então começou a contar do momento em que meu pai o convidou para ir ao sítio até a hora em que abriu o jogo sobre o motivo pelo qual comprara o lugar.

— Eles estão construindo um abrigo. Vamos viver de agricultura de subsistência, dá para acreditar nisso? Sem hospitais, restaurantes, supermercados... Sem nenhum tipo de tecnologia... Sem falar que, a qualquer momento, o anticristo pode nos encontrar e levar todo mundo pra ser torturado. E eu achando que nada poderia ser pior do que ter a Alice e o Waldeck na minha cola. Meu Deus, agora estou surtando pra valer!

Colocou as mãos na cabeça e continuou a andar de um lado para outro. De fato, ele estava entrando em parafuso, desesperado mesmo.

— Meu amor, respira fundo, vai ai dar tudo certo. — tentei ser a voz da lucidez e da mansidão que traria de volta o equilíbrio ao meu marido.

— E você? Não está gritando por quê? — ele me olhou incrédulo. — A maior preocupação de seu pai era você não saber, pois caso descobrisse, iria se desesperar e provavelmente desistir da nossa viagem. Você está muito calma, Raquel! Agora eu estou preocupado: por que você não está desesperada como eu? Você já sabia de tudo e não me contou nada, é isso?

— Claro que não, amor. Eu não sabia de nada. Mas sendo bem sincera, estou bem aliviada com tudo que me contou.

— Aliviada? Está louca, garota? Acabo de dizer que o mundo está prestes a acabar e você fica aliviada?

— Amor da minha vida, senta aqui comigo. Deixa-me esclarecer alguns fatos. — puxei-o, obrigando-o a sentar-se bem ao meu lado. — Desde que me entendo por gente escuto falar na grande tribulação. Que esse seria o pior período da história da humanidade e que ninguém compraria nem venderia nada sem a marca da besta. Não dá pra imaginar o quanto estou aliviada em saber que temos uma chance de escapar, Cris?

— Hã? Como assim aliviada? Isso é uma tragédia, Raquel! Que história de alívio é essa?

Precisei pegar uma Bíblia para comprovar os reais motivos de meu alívio.

— "Quando, pois, virdes que a abominação da desolação, de que falou o profeta Daniel, está no lugar santo; quem lê, entenda. Então, os que estiverem na Judeia, fujam para os montes. E quem estiver sobre o telhado não desça a tirar alguma coisa de sua casa. E quem estiver no campo não volte atrás a buscar as suas vestes", Mateus 24:15-18. Sabe o que isso significa, amor? Que quem estiver preparado terá uma chance de escapar. Por qual motivo o próprio Deus orienta seu povo a fugir? Tenho essa certeza em meu coração: se tivermos um lugar apropriado e chance de fugir, haverá uma escapatória para nós enquanto o arrebatamento não chega.

— Sério, amor? Você acredita nisso mesmo? Que há uma possibilidade de escaparmos das mãos do anticristo mesmo vivendo em meio a grande tribulação? — Cristiano tomou a Bíblia de minhas mãos, aparentando estar recobrando o equilíbrio.

— Acredito, sim. E se meu pai imaginou que eu entraria em pânico se soubesse do que andava aprontando, isso só demonstra que ele ainda me vê como uma criança indefesa. Estou aliviadíssima de saber que ele vendeu o apartamento e está pensando no nosso futuro. Caso algo de muito grave aconteça, teremos aonde nos refugiar. Ah, e uma das coisas mais importantes: estrutura para nos mantermos por lá. Isso não é uma tragédia, amor. Ao contrário, é uma excelente notícia!

Dei um selinho nele e parti em direção à cozinha.

— Nossa, acho que seu pai ficaria envergonhado se te visse falar assim. Como ele pode não conhecer você desse jeito? — acompanhou-me até a cozinha ainda de posse da Bíblia.

— Fiz aquele risoto de frango que você adora — disse, enquanto o Cristiano continuava ali a me olhar desconfiado. — Vamos aproveitar enquanto a grande tribulação não chega para comer o máximo de coisas deliciosas que pudermos. Pesadelo mesmo vai ser desejar comer um chocolate e não poder!

Apesar de estar aliviada por ninguém estar doente e por saber que teríamos um lugar para nos abrigarmos durante o pior período da história da humanidade, uma coisa era fato: não tinha como não surgir uma pontinha de pânico em meu interior também. Tratavam-se das histórias bíblicas de séculos se tornando reais diante de nós. Alguma reação eu precisava ter. Mas, naquele instante, essa reação ficaria dentro de mim. Dois surtando seria demais.

Se a grande tribulação, de fato, nos alcançasse, seria a concretização das mais terríveis profecias bíblicas. Seria, de fato, o fim. E por mais fé que eu tivesse, também era humana.

"E que a tua vontade prevaleça sobre as nossas vidas, meu Pai!"

Fiz uma rápida oração em pensamento, enquanto Cristiano se sentava à mesa e eu abria um enorme sorriso. Se o terror estava prestes a acontecer, eu precisava aproveitar sua prazerosa companhia enquanto podia. E eu aproveitaria aquilo ao máximo.

CAPÍTULO 2

Visita infernal

"Não se alegre a minha inimiga com a minha desgraça. Embora eu tenha caído, eu me levantarei. Embora eu esteja morando nas trevas, o Senhor será a minha luz."

MIQUEIAS 7:8

CONTA O LEÃO

Faltavam apenas 15 dias para nossa viagem. Quinze dias... Quem diria que nossa vida harmoniosa e nossa paz poderiam ser roubadas faltando tão pouco tempo?

***

— Amor, estou aqui retirando as malas da parte de cima do armário e a campainha está tocando. Não tenho como abrir. Corre lá, por favor! — gritei para Raquel, enquanto tentava não deixar as malas enormes caírem no chão. Eu estava numa escada pequena, tomando todo o cuidado do mundo para não desequilibrar.

"Tudo o que eu não preciso agora é quebrar um braço ou uma perna. Até parece que tem um cadáver escondido aqui. Misericórdia!"

Devia ser Ana Luísa e Ricardo, nossos queridos vizinhos. Eles tinham comprado um apartamento no mesmo prédio que o nosso, mesmo tendo a opção de morar na praia. Preferiram ficar por perto. Sempre que não tínhamos atividades na igreja, os homens saíam para se exercitar e queimar os quilos extras (impressionante como é só casar para as blusas começarem a apertar!) e as mulheres ficavam em casa, tomando o cappuccino que tanto amavam – e falando mal de nós, claro!

— Duvido que o Rick seja mais bagunceiro que o Cris. — era o que Raquel comentava com Ana quando eles vinham nos visitar. Bagunceiro, eu? Que absurdo!

— Quer apostar uma semana de louça lavada, amiga? Você precisa ver a bagunça que o Rick faz! Duvido que sua sala fique pior que o chiqueiro que ele deixa. Pode ir separando a bucha e o detergente porque já ganhei essa parada! – Analú continuava a "delicadeza" em pessoa... Nessas horas, Rick olhava pra mim e fazia sinal indicando que ela estava pirada. Ele era esperto o suficiente para manter a boca bem fechada.

Ri sozinho lembrando a loucura daqueles dois. Era impressionante como pessoas tão diferentes combinavam tão bem.

Finalmente terminei de descer a última mala! Assim que a deixei no chão e me virei para a porta do quarto a fim de receber nossos amigos, vi que Raquel estava ali, estática, e sua aparência não era muito boa. Não consegui entender o que se passava com ela naquele instante. Minha esposa estava muito estranha mesmo.

— O que houve, amor? — eu perguntei trazendo-a para dentro do quarto — Você parece chateada... O Rick contou alguma coisa que a deixou preocupada? — Agora eu começava a ficar apreensivo. — O que aconteceu para você ficar dessa maneira?

E, ainda assim, mesmo de cara fechada, ela conseguia permanecer encantadora. Não adiantava: eu era apaixonado por Raquel até o último fio de meu cabelo! Ela continuava tão linda quanto a primeira vez que cruzamos nossos olhares no escritório de seu pai... Cada dia, para minha surpresa, eu tinha a capacidade de amá-la mais.

Que loucura esse sentimento chamado amor! Tão louco que, mesmo mergulhados no pecado, Deus nos amou e enviou seu único filho, Jesus, para morrer por nós e dar a chance de sermos salvos por ele... Apenas conhecendo e convivendo com o criador de toda essa "loucura" seria possível sentir o amor puro e verdadeiro em sua totalidade. Sem a presença de Deus, seria impossível amar Raquel como ela merecia. Ainda bem que eu o tinha ao meu lado. E o amor era uma loucura muito prazerosa, confesso.

Voltando à realidade, apesar de Raquel estar diante de mim, linda e encantadora como sempre, sua expressão começava a me preocupar em excesso.

Acariciei seu rosto tentando compreender o que se passava com ela. Raquel me olhava fixamente e não dizia uma única palavra.

— Amor, estou ficando apavorado com seu comportamento. O que o Ricardo contou de tão grave? Foi alguma coisa com Ana Luísa ou com seus pais?

— Não era o Ricardo, não... — ela disse, se desvencilhando de mim — Na realidade, tem uma mulher na nossa sala dizendo ser uma ex-namorada sua de Brasília e que precisa muito falar com você. Pediu desculpas porque o porteiro não interfonou, mas ela mentiu para ele. Disse que era sua irmã, que tinha acabado de chegar de viagem e queria nos surpreender! Já pensou a surpresa que, de fato, eu tive?

"Epa, epa, epa! Ex-namorada? Que loucura Raquel dizia, meu pai do céu?"

— Amor, você tem certeza do que diz? — perguntei totalmente incrédulo. Aquilo era absurdo demais para ser verdade. — Você só pode ter entendido errado e...

— Entender errado, Cristiano? — ainda bem que eu havia fechado a porta do quarto assim que a coloquei para dentro. Talvez não desse para ouvir os gritos que agora ecoavam dali. — Você, por acaso, está me chamando de louca? Acha que é a primeira vez na vida que escuto a palavra ex-namorada?

De fato, ela estava bem irritada.

— Hã... Ok, eu estou um pouco atordoado. Na realidade, isso é loucura: uma mulher aparecer do nada, dizer que é uma ex e quer falar comigo. Não faz sentido... Mas fica aqui, eu vou lá verificar e saber o que essa fulana quer.

— Ficar aqui? Quem enlouqueceu foi você!

Raquel abriu a porta e passou na frente. Até parece que ela aguardaria dentro do quarto de visitas enquanto eu resolvia aquele problema. Nunca aconteceria mesmo. Saí logo atrás dela.

"Wow! Não, não e não... Isso não pode estar acontecendo!", pensei, enquanto me admirava, ficava chocado e tentava não desmaiar diante de Waleska. "Qualquer pessoa, até mesmo Sheila, menos a Waleska!"

Conheci a Wal quando tinha 21 anos e ainda morava em Brasília. Nosso relacionamento não durou muito porque, primeiro, eu preferia curtir todas em vez de me apegar a alguém. Segundo, alguns meses após tê-la conhecido, voltei para João Pessoa e tinha muito que fazer por aqui. Administrar os negócios do meu pai era certamente muito mais importante do que alimentar um relacionamento sem futuro com alguém a milhares de quilômetros de distância. Não ia rolar, mesmo. Vez por outra quando eu precisava ir a Brasília a trabalho, nos encontrávamos e ficávamos. E só. Mas o problema é que a Waleskinha não era mulher de se conformar quando queria algo. Esse era o meu medo.

— Estou grávida de um filho seu! — ela disse a última vez que nos encontramos. Isso foi há uns quatro anos no escritório de meu pai.

— Enlouqueceu, Waleska? Sempre fui muito precavido. Tenho certeza absoluta de que usamos camisinha todas as vezes. Essa conversa não vai colar! Você quer dinheiro, é isso?

— Claro que quero dinheiro, Cris! Quero dinheiro e apoio para o meu filho. Ou você acha que vou ter essa criança e me responsabilizar por ela sozinha? Os tempos mudaram... Meu pai foi pego pela Polícia Federal numa denúncia absurda de receptação de produtos roubados. Você sabe que nós tínhamos uma cadeia de lojas em Brasília. Perdemos tudo, Cris! Ele precisou se desfazer de praticamente todos os nossos bens pra pagar fiança, advogados... E a descoberta dessa gravidez veio no pior momento da minha vida. Mas nem adianta insistir porque eu não penso na possibilidade de tirar essa criança; isso não! Sei que não posso me iludir achando que poderemos formar uma família, sei que você não é disso. Mas estou aqui em busca de ajuda para que nada falte a esse filho. É só isso que quero.

— Mas eu já falei que me precavi todas as vezes que estivemos juntos, criatura. Não há possibilidade de esse filho ser meu!

— Você nunca ouviu falar que camisinhas furam? Se não, você é muito inocente mesmo, Cristiano! — disse a infeliz, debochando de mim. — Para ser mais direta, em vez de ficarmos discutindo, vamos pedir um DNA logo e acabar com todas as dúvidas. Já existe tecnologia suficiente para fazer o exame antes que o bebê nasça. Eu só quero o que é dele de direito, já que o pai, provavelmente, não vai pensar em seu futuro...

Ela parecia cheia de si, dona da situação. E o pior é que, aparentemente, de fato era aquilo: dona de toda a situação. Meu pai interviu:

— Cris, eu prefiro que você saia e eu resolvo tudo com a... Como é seu nome mesmo?

— Waleska. Chamo-me Waleska, doutor Alberto Cavalcanti.

— Ótimo! Garanto que eu terei uma solução bem melhor que o Cristiano... Vamos deixar o Cris ir embora e eu resolverei tudo com você. Não precisa se preocupar com nada.

E aquela tinha sido a última vez que eu havia falado com aquela criatura. Nunca mais ouvi sequer seu nome, tampouco tive interesse de perguntar ao meu pai que tipo de acordo ele havia feito e que a manteve distante. Isso, sem falar no principal: que fim levou a criança e se, de fato, era meu filho. Eram tantas perguntas não feitas... Por isso, eu tinha todo o motivo do mundo para estar em pânico: porque todos os questionamentos estavam a um passo de serem respondidos bem ali. E pior, diante da Raquel.

"Isso só pode ser um pesadelo, meu Deus!"

— Oi, Cris! — disse ela.

Muito íntimo para o meu gosto. E para o de Raquel também. Pelo jeito que minha esposa me fuzilava com o olhar, o desastre estava a caminho e Coulubre, meu ex-demônio chefe, era fichinha perto de sua ira.

"E olha que ela ainda nem sabe do que se trata. Quando souber... Você está ferrado, Cristiano!" Foi o que minha sádica mente gritou, me fazendo perder o restante do controle emocional que ainda havia dentro de mim.

— Desculpa ter mentido para o porteiro — falou, enquanto jogava a bolsa no sofá, se sentava e se acomodava com muita intimidade. Parecia a convidada especial daquela noite. — Engraçado ele sequer saber que você não tem irmã. Coitado! — riu, enquanto Raquel permanecia séria, prestando muita atenção a tudo o que ela dizia. — Você entende por que menti, né? Se eu dissesse que a mãe de seu filho estava lá embaixo querendo falar com você, talvez tivesse chamado a polícia... Fala sério: você jamais permitiria minha entrada! Assim, precisei mentir. Mais que justificado, né?

Agora o inferno havia chegado definitivamente na Terra! A impressão era de que as palavras "mãe de seu filho", ditas por Waleska, tinham aberto um portal entre a Terra e o Hades, o inferno mesmo, e o próprio diabo adentrava à porta para acabar com o restante da minha vida. Waldeck, Alice e Coulubre não deram de conta, então, o próprio Satanás tinha vindo terminar o serviço. Só podia ser aquilo.

Olhei para Raquel e esbocei uma reação para tentar explicar alguma coisa. Não deu. Ela se antecipou a qualquer coisa que eu estivesse pensando em fazer. Apenas olhou em minha direção, estreitou os olhos lindos (talvez fosse a última vez que me deixasse vê-los) e começou o show:

— Nossa! Quer dizer que você não é apenas ex-namorada? Também tem um filho com o meu marido? Hahaha! Menina, me conta melhor essa história porque fiquei curiosa para saber os detalhes!

Foi sentando ao lado de Waleska como se fosse amiga antiga. Eu ameaçava ter um ataque cardíaco cada vez que uma delas abria a boca: Raquelzinha para perguntar, e Waleska para responder.

"Meu Deus, isso só pode ser um pesadelo. Acorda-me logo, Jesus, por favor!"

— Quer dizer que você e o Cristiano tiveram um relacionamento e você engravidou?

— Isso. Contei para ele e o finado Alberto Cavalcanti. Que Deus o tenha!

"Difícil isso ter acontecido: Deus estar com meu pai agora! Ele me levou para o satanismo e não teve tempo de se arrepender. Não estaria com Deus mesmo!"

— E o que o Cristiano e o Alberto fizeram diante dessa notícia? — Raquel perguntou olhando ironicamente para mim. Ela tinha me chamado de Cristiano, aquilo era uma coisa muito ruim. Será que ela iria voar em meu pescoço ali mesmo ou esperaria pelo restante da história?

— O Cris não fez nada, simplesmente não acreditou. Na realidade, quem tomou a frente de tudo foi o seu Alberto. Disse que não precisava de exame nenhum e tinha certeza de que eu falava a verdade. A partir desse dia, começou a me mandar uma boa mesada. E depois que o Christian nasceu, tratou de aumentar o valor.

— Christian? Gente, que lindo o nome dele! — Raquel olhava para mim e sorria. O problema é que o sorriso parecia demais com o do Chuck, o brinquedo assassino.

"Meu Pai, que falta eu sinto das ameaças da Sheila!", pensei, olhando para a aparência sádica da Raquel.

— O problema é que a ajuda que o seu Alberto dava parou de vir há mais de dois anos. Foi quando descobri que ele tinha morrido... Até aí tudo bem. Eu tinha me casado com um cara legal, bem de vida, e que fazia questão de bancar a mim e ao meu filhote. Só que há seis meses fiz uma burrada. Envolvi-me com um carinha que era nosso vizinho. Foi aquela história: esqueci de apagar uma mensagem no celular e o marido pegou... Até polícia deu, menina! Daí acabou casamento, mesada, tudo, e estou aqui porque preciso de ajuda, Cris. Preciso que finalmente você assuma seu papel de pai. O Christian precisa de você!

"Ok, mundo, essa é a hora que você acaba!"

Pois é, esperei uns cinco segundos e ele não acabou. Precisava dizer algo porque as duas me encaravam. Raquel continuava com os olhos do Chuck em cima de mim.

— Waleska, me desculpe, mas estou um pouco atordoado com sua visita. Tenho certeza de que a Raquel também está e...

— Eu? Relaxa, Cristiano. Eu tô de boa. Aliás, tô de ótima! Pode ficar à vontade para resolver com a Waleska a situação do Christian.

E quando ela disse CHRISTIAN, deu toda a entonação que não era necessária. E a coisa só piorava.

— Eu sei, meu amor, que você tá ótima. Até porque se existe alguém compreensiva e com um coração de ouro, esse alguém é você. Não há na face dessa Terra uma mulher tão maravilhosa, tão meiga e especial quanto você, meu anjo... De fato, sou o cara mais sortudo que já passou por este planeta.

— A Waleska está esperando uma resposta sua, Cristiano. Os elogios você deixa para depois!

Desconfiei que ela não tinha escutado um elogio sequer.

— Então... Apesar de a Raquel estar tão de boa, confesso que eu não tenho cabeça para resolver nada hoje, Waleska. Na verdade, eu sequer sabia que meu pai lhe enviava ajuda financeira... Não sabia se a criança havia nascido e, até agora, não sei se essa história de filho procede.

— Ah, procede! Pode apostar que procede! Se quiser, trago uma foto dele amanhã pra você dar uma boa olhada! Ele ficou em Brasília porque eu não sabia sua reação, se você o trataria bem ou não... Mas, se você desejar, posso mandar alguém da família trazê-lo pra você dar uma boa olhada.

Raquel voltou a me encarar e, dessa vez, conseguiu ser mais aterrorizante que antes.

— Waleska, me desculpa por ter dito isso, que a história do garoto não procedia. Sério mesmo, desculpa! Espero que você entenda que, de verdade, não vou conseguir digerir isso hoje à noite. Por favor, nos dê licença ao menos hoje. Preciso assimilar sua presença e tudo o que você contou. Prometo que amanhã conversamos melhor e vamos achar uma solução para tudo o que está acontecendo.

— A melhor solução é você assumir de vez essa criança e ser uma referência como pai, Cristiano. É só isso que eu quero.

— Waleska, olha... — Raquel se manifestou. Eu não sabia se aquilo era ruim ou muito ruim. — De fato, eu percebo que o Cristiano não estava esperando nada disso e que hoje você não vai conseguir resolver o problema. Onde você está hospedada?

— Na casa de uma amiga. Inclusive, ela me deixou ficar lá o tempo que fosse necessário: um, dois, seis meses...

— Então volta lá pra sua amiga e deixa a gente pensar melhor em como resolver essa situação. Você sabe onde moramos e garanto que não vamos fugir à nossa responsabilidade. Seu filho não ficará desamparado, dou minha palavra. Qual o seu número? Amanhã ligo e marcamos de nos encontrar para conversar melhor. Pode ser?

Eu não estava reconhecendo minha esposa. Tudo bem que uma de suas principais características era a mansidão. Mas conversar com uma ex minha sobre um filho que ela sequer sabia da existência, agindo como uma verdadeira *lady*, era demais para mim. De fato, eu estava abismado com aquilo, mesmo ela tendo feito cara de Chuck algumas vezes. Minha Raquelzinha era, no mínimo, incrível. Que sorte tê-la ao meu lado!

Quando finalmente Waleska se deu por satisfeita, a porta se fechou e Raquel e eu ficamos a sós, claro que corri para abraçá-la.

— Amor, me deixa explicar tudo. Desde já, muito obrigada por ter sido tão compreensiva, ter se comportado de maneira espetacular e...

— Sai da minha frente, Cristiano! — ela disse, enquanto me empurrava e me distanciava ao máximo dela.

— Amor, por favor, me deixa explicar!

— Explicar? Mais explicado do que já foi?

— Calma, Raquel, eu nunca soube que meu pai...

— Eu não consigo lidar com essa situação agora, Cristiano. Filho de um relacionamento passado? Fala sério! E você sequer pensou na possibilidade de me contar? Como alguém se esquece de contar que talvez tenha engravidado uma ex-namorada? Eu precisava saber justo por essa fulana? Definitivamente, não consigo nem quero conversar com você sobre esse assunto. Quero um tempo pra processar tudo, depois nos falamos. Por hoje, arruma suas coisas e desaparece!

— Raquel, você não percebe que isso é obra do Satanás para atrapalhar nossa viagem? Nós vamos para outro país pregar o evangelho e levar esperança para aquelas pessoas... Não consegue ver a mão do maligno nessa história?

Aquilo precisava ser um pesadelo e dos grandes! Pedir para eu sair de casa? Por favor, não!

— Por acaso, foi Satanás quem obrigou você a se deitar com ela? Não, né? Sendo assim, some, não quero ver sua cara, ouvir sua voz ou sentir seu cheiro perto de mim.

Não. Minha Raquel não era desse jeito. Quero dizer, não no normal, no dia a dia. Ela estava mais parecida com aquela Raquel rebelde que descobriu minha real identidade de "satanista infiltrado para destruir a igreja do pai" e se rebelou contra tudo e todos, indo procurar refúgio em São Paulo para manter-se o mais distante possível de mim. Daquela Raquel, eu não sentia muita falta, não. Porém, a Raquel com quem eu havia me casado era outra, e dessa eu sentiria toda a saudade do mundo. Ela estava irada, indignada, mas ainda era a criatura mais generosa do planeta e com certeza me perdoaria. Eu só não podia ficar longe dela. Hoje não. Pelo menos não até ter a certeza de que tudo ficaria bem entre nós.

— Amor, eu não vou sair daqui. Essa é nossa casa e conversando, orando e buscando a Deus nós vamos resolver. Em nome de Jesus, respira um pouco e pensa melhor.

— Para de colocar Jesus e Satanás nisso! Você fez a burrada da sua vida, e se existe um culpado, é você.

— Raquel, isso foi uma história do meu passado. Eu sequer te conhecia!

— Pois é, mas essa historinha do passado está respingando no presente. E quer saber de uma coisa? Se você não sair, saio eu!

Raquel foi em direção ao nosso quarto, pegou a primeira sacola que viu e começou a jogar todas as roupas que via pela frente.

— Amor, já passa das oito da noite. Para onde você vai sozinha e nervosa desse jeito?

— Não interessa! Só quero ficar longe de você!

Lágrimas de raiva começaram a rolar por sua face. Com aquilo, eu não podia lidar. Eu enfrentava satanistas, demônios, problemas com a justiça, mas ver a mulher que havia se tornado um só corpo comigo chorando, ferida, por algo que eu havia feito (mesmo que eu não tivesse culpa nesse momento) era demais. Não dava.

— Deixa! Você fica. Eu fiz a besteira e vou fazer o que você pediu: deixá-la sozinha esta noite. Eu jamais permitiria que você saísse de casa e se arriscasse na rua. Eu te amo demais para expô-la desse jeito. Você fica, eu vou. Mas só por hoje. Amanhã, logo cedo, eu volto para nossa casa e debaixo do poder do Espírito Santo vamos resolver tudo isso.

Ela virou e ficou de costas para mim. Começou a enxugar as poucas lágrimas que haviam caído. Já tivemos outras brigas antes e, inclusive, na última mais séria, ela ameaçou se separar e tudo mais. Isso foi no início do casamento. Éramos muito imaturos e prometemos nunca mais falar sobre separação. Havíamos feito uma promessa no altar de que só a morte nos separaria. E enquanto um dos dois não tivesse partido, permaneceríamos unidos. Contudo, agora era diferente: ela tinha motivos de sobra para não querer ver minha cara tão cedo. Por mais que fosse algo do passado, um provável filho era, de fato, algo para deixar qualquer mulher louca da vida. O mais sensato era eu cair fora, ao menos enquanto ela pensava melhor no assunto. Não era uma separação, era um distanciamento saudável, digamos assim.

Peguei minha bolsa que continha as coisas da academia, coloquei roupa íntima, uma blusa, a escova de dentes reserva e só. Era apenas por essa noite (em nome de Jesus) e amanhã tudo estaria de volta em seu devido lugar. Enfrentaríamos mais aquele ataque do maligno juntos.

— Eu amo você hoje mais que amava ontem... E, certamente, amarei ainda mais amanhã. Não se esqueça, por favor.

Dilacerado por dentro, virei e caminhei para a saída. Aquela citação era uma música do Henrique Cerqueira; clichê, mas tratava-se da mais pura verdade.

***

— Cris, aonde você vai com essa sacola cara? E a nossa corrida?

Eu acabava de dar de cara com o Rick e a Ana no corredor.

— A Raquel me pediu para sair hoje de casa.

— O QUÊ? — Ana Luísa gritou. — O que houve, gente? A garota surtou, foi isso?

Ela correu para a porta e foi entrando em casa, procurando por Raquel. Sequer esperou minha resposta.

— Rick, eu vou para a casa do pastor. Agora, me faz um favor, cara! Fica aí com elas e dá uma assistência para Raquel. Pode ser que ela precise de um homem por perto e eu fico mais tranquilo por saber que você está aqui.

— Que loucura, cara! Olha, não vou nem perguntar o que houve porque tenho certeza que foi bobagem. Daqui a pouco ela vai falar mal de você e contar tudo, mesmo. Tenho certeza de que foi um mal-entendido e que amanhã tudo vai se resolver. Você é um cara bacana, Cris, um verdadeiro servo de Deus. Tudo vai ficar bem. Mas fica tranquilo, o que a Raquelzinha precisar, estarei aqui para servir. Vai na paz, irmão!

Dei um abraço nele, fui saindo e tomando posse de cada uma das palavras que ouvi do Rick: aquilo era uma bobagem, logo tudo estaria resolvido. Entretanto, comecei a imaginar como dar aquela notícia aos meus sogros.

— É, Cris, pelo visto a noite tá só começando!

Entrei no carro e comecei a orar, pedindo direcionamento e força ao Todo-Poderoso.

NARRA A OVELHA

— Você acredita nisso, Ana? Um filho! Ele pode ter um filho por aí e fico sabendo por aquela periguete de quinta categoria! E o menino se chama Christian. CHRISTIAN! Dá para acreditar? Eu não quero ver a cara do Cristiano nunca mais na minha vida — eu falava enquanto chorava. Não sei se Ana Luísa entendia uma palavra do que eu dizia.

— Ai, amiga, que vacilo do Cris! Mas, olha, cuidado com o que você fala, as palavras têm poder. Veja só o que você acabou de dizer: que não quer ver a cara do Cris nunca mais. E se não for isso o que você quer de verdade, amarra e repreende logo em nome de Jesus, vai.

— Tá amarrado e repreendido em nome de Jesus! — e chorava. — Quero meu marido de volta, sim. Só não quero agora. — continuava a soluçar. — Que ódio eu tô dele, Ana! Como o Cris pode me esconder uma coisa dessas por tanto tempo?

— Oh, Quequel... Vai que ele esqueceu! Era tanto demônio e satanista pra lidar que provavelmente essa parte passou despercebida.

— Como é que um filho passa despercebido, Ana Luísa? Fala pra mim: se você descobrisse pela ex do Ricardo que ele tinha um filho já grandinho pra sustentar e que, até então, você nem sonhava com essa história, você o perdoaria facilmente?

Ela fez um breve período de silêncio.

— Olha só, minha amiga linda, estou aqui para ajudar, não jogar lenha nessa fogueira. Vamos dar uma volta só você e eu, daí a gente para numa cafeteria bem cara e se empanturra de coisas bem gostosas e que vão nos engordar horrores. O que você acha, hein?

— Que dar volta o quê, Ana Luísa! Eu tô precisando é que minha vida volte apenas duas horas atrás quando o homem que amo e eu estávamos começando a separar as roupas que levaríamos para nossa viagem. Nós íamos passar um ano fora, Analú. Íamos falar do amor de Deus para aquela comunidade tão necessitada lá em Guiné-Bissau. Eu ia angariar fundos com minhas reportagens e o Cris ajudar com a expansão da panificadora deles. Havia uma chance real de aquelas pessoas melhorarem de vida. Nós juntos estaríamos cumprindo um propósito maravilhoso de Deus, o de servir aos mais necessitados.

— Iriam não, Raquel. Ainda vão! Você não vê que isso é uma seta grande de Satanás para atrapalhar o casamento e o ministério de vocês? Puxa, olha só quantas vidas podem ser salvas e ajudadas nessa viagem, amiga. E você acha mesmo que Satanás não iria lançar uma seta poderosa para impedir tudo isso? Essa viagem de vocês é um ataque certeiro no inferno! — argumentou a sábia Ana Luísa (isso quando ela queria ser sábia né?). — Lógico que eu vou morrer de saudades dos dois, mas vocês precisam se acertar e ir. O reino é mais importante que minha saudade e sua raiva.

— Ana, eu entendo: os planos de Deus, as setas que viriam... Mas um filho? Cara, isso foi muita covardia até mesmo para Satanás! E como teremos cabeça para viajar sabendo que existe uma criança que precisa do apoio financeiro e emocional do pai que está em outro continente? Lembrando que a mãe não sou eu! Não é só uma questão de perdoar o Cristiano, mas também de equilibrar essa nova realidade e fazer tudo isso a distância.

— Amiga, você tem certeza de que esse filho é do Cris? A mulher veio e contou uma história de que o Alberto ajudou e tal... Mas, pelo que você disse, não chegou a rolar DNA.

— Nem precisava, Ana Luísa. O Alberto era esperto demais para cair no conto de uma periguete daquelas. Se ele bancou a garota por todo esse tempo é porque tinha alguma certeza de que a criança, de fato, era do Cristiano.

— Ou não. Talvez o Alberto só estivesse poupando o Cris de distrações desnecessárias. O Cris mesmo contou que na época em que se dava bem com o pai, o próprio Alberto o incentivava a não se prender a ninguém para que pudesse assumir logo os negócios da família. Que relacionamento amoroso não deveria ser prioridade... E a possibilidade de um filho certamente tiraria o foco do Cristiano. Além disso, dinheiro nunca foi problema para eles, né, Quelzinha? O que custava dar uma pensão mensal e manter o "possível filho problema" bem longe? Aquela garota poderia fazer um estrago bem maior na vida do Cris. Talvez esse tenha sido o pensamento do Alberto. Enquanto não tem DNA, essa criança pode não ser dele, sim. É muito provável que todo esse carnaval seja apenas uma tentativa de Satanás para acabar de vez com a viagem de vocês.

— É uma boa teoria, amor. Pode ser que tenha razão. Nossa! Como você é esperta! — o coitado do Rick falou pela primeira vez.

Analú e eu estávamos tão envolvidas nas supostas teorias acerca do provável filho do Cristiano que sequer lembrávamos que o Ricardo estava ali, nos fazendo companhia, e acompanhando toda a conversa.

— É claro que eu tenho razão, amor! Essa falsiane deve ser outra enviada do cão só para acabar com o sossego da Raquelzinha e do Cris. Mas cá para nós, amiga, ô talento infeliz que vocês têm para atrair esses secretários de Satanás. Vou te contar! Uma hora é satanistas, daí quando a gente pensa que tudo vai ficar bem, vem uma ex-namorada e com criança já crescida? Só pode ser invenção do diabo, mesmo!

Pela primeira vez durante aquela escabrosa noite, eu sorri. Só aquela louca tinha o dom de me fazer rir nas horas mais improváveis e impróprias.

— Mas conta aí, Raquel, como é que é essa tal Waleska: bonitona? — Rick perguntou. Em seguida, gritou com o beliscão dado pela Ana.

— Tá louco, garoto? — esbravejou Ana Luísa tão veementemente que sequer me preocupei em ficar chateada com a pergunta sem noção dele. — Isso é coisa que se pergunte? Você não acha que ela está mal o suficiente e ainda quer piorar a situação?!

— E por qual motivo o Cristiano não teria se relacionado com a *Miss* Bumbum? Aposto que todas as ex dele fazem esse tipo! — comentei irritada.

— Jura? — Rick continuou, mas levou outro beliscão da Ana. Esse era só pra deixar de ser tão metido.

— Juro, Rick! Cabelão escuro ondulado, cintura fina, quadril enorme... Calça colada e blusa decotada. Tá boa essa descrição ou quer mais?

— Ou seja, tipo vadia doida! — quando Analú começava a descer o nível, o melhor era desviar o foco do corpo da Waleska.

— Mas e agora, Ana, o que faço? Não posso nem sonhar em perdoar o Cristiano. Não nesse momento... Por outro lado, estamos prestes a viajar e agora tem esse problemão para resolver. Sinto-me de mãos atadas!

— É claro que sabe o que fazer, sim, Raquel. A primeira coisa, amanhã, é ir atrás dessa fulana e exigir um DNA dessa criança. Você não pode crucificar o seu marido por algo do passado e, principalmente, por algo que talvez ele nem tenha culpa.

— Posso, sim, senhora! Ele nunca mencionou essa história... Minha maior raiva é essa: ele saber que existe uma possibilidade, mesmo que remota, de ter tido um filho e não ter falado!

Como eu havia chorado, minha cabeça agora começava a doer.

— Amiga, vou tomar um analgésico e tentar dormir. Preciso mesmo ficar sozinha e orar, pedir para Deus me dar sabedoria e discernimento acerca dessa situação. São tantas coisas para decidir em tão pouco tempo e não consigo com minha cabeça latejando. Obrigada de coração pelo apoio, mas agora chegou o momento de Deus e eu nos entendermos.

— Tem certeza de que não quer que eu durma na cama ao seu ladinho? Posso até deitar de conchinha contigo só para você não sentir muita falta do Cris!

— Chata! — dei um tapa no braço dela enquanto ria novamente.

Era muito bom ter a companhia deles tão perto. Se ainda houvesse a possibilidade de passar um ano fora, uma das coisas que eu mais sentiria falta seria da presença dos dois; e dos meus pais e da igreja, claro! Mas era tão fácil me sentir bem e sorrir com a Ana e o Rick, mesmo num momento trágico como o que eu me encontrava agora. Despedimo-nos, enquanto Rick deixava claro que era só ligar, interfonar ou gritar, caso eu precisasse de alguma coisa.

Fechei a porta. Olhei para aquela minúscula sala, mas que havia se tornado, naquele momento, enorme. Senti um vazio gigantesco no peito.

Nunca dormimos separados desde que nos casamos! Claro que nos primeiros meses de casamento a gente se desentendia demais. Vez por outra, eu o mandava sair ou arrumava tudo e ia para casa da minha mãe. Mas sempre voltávamos; e como dizia o versículo de Efésios 4:26: "Irai-vos e não pequeis. Não se ponha o sol sobre vossa ira".

Irávamo-nos, brigávamos, mas, à noite, tudo estava em seu devido lugar e nunca dormimos separados desde então.

— Pois é! Essa é a primeira vez... E será a primeira de quantas, meu Deus? — falei sozinha, já iniciando uma conversa com o Pai.

De fato, eu só tinha a ele nesse instante. Preferi me ajoelhar na sala e iniciar a oração ali mesmo. Caso eu entrasse no quarto e olhasse a cama vazia, começaria a chorar novamente. E eu precisava estar calma para começar a questionar Deus. Pois é! Questionar!

Quase nunca eu costumava ser questionadora ou atrevida com o meu Deus. Isso não! Até porque eu o amava e temia demais para pensar em cometer um ato desrespeitoso. Ele era meu Pai, mas também Senhor absoluto de minha vida. Eu nunca o questionava por absolutamente nada. Quer dizer, quase nunca... O primeiro questionamento foi quando descobri que o homem que eu achava ser crente e a quem havia dado o meu coração era, na realidade, um satanista!

Não gostava nem de lembrar o ocorrido. Meu ódio por ele, minha revolta por Deus ter permitido aquilo (assim eu achava), minha fuga para São Paulo... Meus desejos carnais tomando forma... Ainda bem que tudo havia sido superado sem maiores prejuízos para minha vida. E agora ali estava eu: prestes a questionar o Senhor e Criador de todas as coisas pela segunda vez.

— Por que comigo, Senhor? — comecei bem direta. — Puxa vida, enfrentar satanistas e ameaças de morte não foi suficiente? Precisava ter uma ex e um possível filho na jogada? Essa foi demais até para mim, Pai! E olha que estávamos nos organizando para uma viagem missionária... Íamos pregar o evangelho e expressar um pouco do seu amor para aquele povo tão sofrido. Não podia ter desviado essa tribulação para outra casa, não?

"Raquel, você acha que tem sofrido muito, filha?"

Aquela conhecida voz começou a ecoar em minha mente e eu sabia que me arrependeria amargamente por ter iniciado aquela conversa. Sim, era ele: o Espírito Santo de Deus.

"Você lembra as aflições do apóstolo Paulo quando ele foi expulso da cidade de Antioquia só por pregar a minha Palavra? Como foi apedrejado, sendo tomado por morto em Listra? Ah, e na Macedônia, quando foi amarrado num tronco e açoitado feito criminoso? Lembra quando ele sofreu um naufrágio que o deixou à deriva no mar, quase tendo morrido também nessa ocasião? Agora, vamos pensar na situação de outros cristãos: os irmãos da igreja primitiva eram jogados nas arenas para serem devorados por leões; sem falar nos cristãos de hoje, torturados e aprisionados em países como a Coreia do Norte, a Índia... Você ora por eles todos os dias, não é verdade?"

— Oro Senhor, oro. E está bem, Pai, não precisa explicar mais nada...

"Preciso, sim, filha. Fica mais uns minutinhos de joelho e escuta."

Essa não! Eu sabia que iria me arrepender amargamente! Ele tinha razão em tudo o que ministrava em meu coração naquele instante. E eu achando que tinha uma vida muito sofrida!

"Você, de fato, acha que está sofrendo demais porque uma mulher chegou à sua porta e fez uma acusação contra o seu marido, acerca de algo do passado, numa época que ele sequer a conhecia?"

— Eu sei, Senhor, mas o Cristiano podia, ao menos, ter me contado sobre essa possibilidade. Minha raiva é ter sido pega de surpresa.

"Você estava questionando suas tribulações, Raquel, não o que ocorreu esta noite. Questionou as perseguições anteriores, como se EU, o Senhor da sua vida, não a tivesse livrado de todas elas. Livrei-a e a sua família. E, mesmo que você continue a duvidar de meu controle sobre tudo, continuarei guardando e trazendo provisão sobre todos vocês."

— Não, Pai. Jamais duvidei do Senhor, é que...

"Se não duvidou, por que o questionamento desta noite, quando mando dar graças por tudo? Se eu permiti é porque há um propósito maior. Adore em vez de questionar. Dê graças, em vez de querer saber o motivo pelo qual as coisas acontecem. Eu continuo sendo fiel a vocês. Continuo sendo Deus!"

Calou-se.

Preciso dizer que meu pranto já tinha tomado conta da sala inteira? Claro que eu tinha feito a besteira do ano não querendo conversar com o Cris. Puxa vida, ele, de fato, não tinha culpa de nada. Não agora... Tudo bem eu ter ficado chateada por ele não ter me contado nada antes. Mas, como Alberto tomou à frente de tudo e não foi feito um exame de DNA, ele podia ter achado que a tal Waleska tivesse mentido. Eu não podia ter feito aquilo com ele. Não sem ter certeza de que aquela mulher falava a verdade. E mesmo que ele tivesse tido um filho com ela, isso era coisa do "velho homem". Eu não deveria maltratá-lo daquela maneira, mesmo muito irada como estava. Tampouco eu era uma sofredora. Exatamente o que Deus havia me ensinado naquele instante: eu estava longe de ser uma sofredora e o passado do Cristiano não poderia condená-lo para sempre, principalmente se eu havia feito uma aliança de na alegria e na tristeza!

"Desculpa, Pai!", foi o que eu disse mentalmente, enquanto pegava o celular e ligava para a minha mãe.

CAPÍTULO 3

Tudo vai ficar bem

"Mas graças a Deus, que nos dá a vitória por meio de nosso Senhor Jesus Cristo."

1Coríntios 15:57

CONTA O LEÃO

Rodei um pouco pela cidade antes de ter a coragem de bater na porta dos pastores. Eu procurava um meio menos traumático de dar a notícia, mas não encontrava. Caso eu não parasse logo em meu destino, corria o sério risco de perder o restinho de coragem que ainda me restava. Precisava acabar com aquilo de uma vez por todas.

— Por favor, não me odeiem!

Foi a primeira coisa que eu disse quando Rosa, a diarista, abriu a porta do apartamento e observei que os pastores estavam na sala assistindo a um filme. Era sexta-feira, único dia de folga deles. Por isso, estavam ali, tentando relaxar. Cineminha em casa juntos, e eu tinha de aparecer e estragar a única noite de folga daqueles dois abençoados.

"Que mancada, Cris!", pensei, enquanto tentava organizar as ideias e entrava, abatido, já me acomodando na poltrona desocupada diante deles.

— O que houve, Cris? Que motivo teríamos para odiar você? — perguntou o pastor, calmo como sempre, imaginando que eu estava fazendo drama por mais um desentendimento bobo com a Raquel (quase sempre eu costumava aumentar a dimensão das coisas, mas isso não significava necessariamente que era dramático). Ele tinha tanta certeza de que não era nada grave que nem sequer se moveu diante da TV. Meu estimado sogro nem me olhou! Ah, quando ele soubesse...

A pastora fez cara de tédio, também continuou assistindo ao filme, provavelmente imaginando uma nova crise infantil entre mim e sua linda filha. Rosa, entretanto, abriu um sorrisão, cruzou os braços e ficou esperando a narração da próxima comédia "CrisQuel". Ela se divertia horrores com nossas briguinhas bobas.

— É o seguinte... — respirei bem fundo. — Existe a possibilidade de eu ter tido um filho no passado, e a mãe da criança acabou de sair lá de casa.

Com certeza, todo mundo já foi pego de surpresa por um barulho muito alto. Tipo quando alguém solta uma bomba e você não está esperando... É instintivo você se assustar e olhar para o local de onde o barulho ou explosão saiu. Foi exatamente o que aconteceu naquela sala: todas as cabeças viraram em minha direção. Achei que os olhos da pastora saltariam da órbita, tamanho seu espanto.

— Não falei que existia uma possibilidade imensa de vocês me odiarem? — comentei, lamentando. Agora, eles tinham todos os motivos do mundo para ficarem BEM aborrecidos comigo.

— Onde está Raquel e com quem? — foi a primeira pergunta feita pela pastora.

— Com a Ana e o Rick, lá em casa.

Ela respirou aliviada. Raquel estava no melhor lugar naquele momento.

— Todo mundo fica calmo! — pediu o pastor. — Calma, Cris. Explica melhor essa história... E conta detalhes, por favor. Não quero surpresas futuras. Conta logo tudo o que aconteceu no passado entre você e essa mulher e por que pode ser que você tenha um filho.

E lá fui eu explicar tudo. Quando terminei, o pastor perguntou:

— Agora ela precisa de dinheiro e veio direto a você?

— Isso mesmo. E podem apostar, eu estou tão surpreso quanto todos vocês!

— Existe alguma prova concreta de que essa criança é sua? — questionou a pastora, parecendo ainda estar em estado de choque.

— Nada além da palavra dela. Mas, para o meu pai ter bancado essa mulher durante dois anos, ela tinha de ter algum trunfo. O doutor Alberto Cavalcanti jamais faria papel de trouxa, principalmente para um tipo clássico feito Waleska. É isso o que me assusta.

— Você acha que ele pode ter pedido um DNA sem que você soubesse? — quis saber o pastor.

Rosa permanecia em pé, com a boca e os olhos arregalados.

— Acho. Isso é simples de fazer... Podem ter pegado alguns fios meus na escova de cabelo e tudo estaria resolvido.

— Será que sua mãe sabe algo a respeito?

— Duvido muito. Meu pai nunca envolvia minha mãe nesse tipo de assunto. Na realidade, ela era apenas peça de "exibição". Só fazia o "social" entre os amigos e a família.

— Mas por qual motivo seu pai nunca lhe contou nada? Se ele já estava tomando todas as providências e o problema dela aparentemente era apenas financeiro, podia ter contado...

— Não sei. Juro que não sei. Tudo o que eu sei é que tenho um baita problema para resolver neste instante, e Raquel me colocou para correr de casa.

— Ah, mas eu também teria feito a mesma coisa, Cris! — Rosa finalmente havia se metido na história. — Cê sabe que eu gosto demais de você, mas filho grande batendo na porta da gente não dá pra perdoar, não... Raquelzinha fez certo!

— Rosa, que tal você fazer um cafezinho para gente? — a pastora perguntou com um tom irritado, fuzilando-a com o olhar.

— Café, pastora? Já tá todo mundo nervoso e vão ficar ainda pior! É melhor um chá de camomila, né não?

— Criatura, faz chá, faz café, faz qualquer coisa... Mas, em nome de Jesus, vai para aquela cozinha e só volta daqui uma hora! — retrucou a pastora.

Mas Rosa realmente tinha razão, cafeína naquele momento era uma péssima ideia.

— Isso não é o fim do mundo, Cris. — o pastor tentou consolar.

— Como não, pastor? Vamos viajar daqui a 15 dias! Nossa vida está de cabeça para baixo. Nosso foco já estava nos projetos de Guiné-Bissau e essa mulher aparece agora falando em filho? O senhor poderia pensar em algo pior para acontecer nesse momento?

— Você preferiria uma doença grave ou lidar com a perda de alguém? — ele perguntou, enquanto fiz cara feia.

— Eu não preferiria nem uma coisa nem outra. Só queria sossego para fazer essa viagem em paz e ser muito útil na vida daquelas pessoas. É pedir demais?

— Cris, os problemas e as tribulações surgem em nossa vida para serem resolvidos. Se Deus permitiu que essa mulher aparecesse agora, é porque existe um propósito maior. Não adianta questionar, mas, sim, saber de que maneira podemos ser usados nessa situação.

— Puxa, é lindo ouvir o senhor falando desse jeito, mas a realidade é que minha esposa não quer ver minha cara nem pintada de ouro. E com o ódio que ela estava de mim, provavelmente não existe mais a possibilidade de essa viagem acontecer.

— Ó seu chazinho aqui, Cris. E quer saber? Eu teria feito a mesma coisa que a Raquelzinha, sim! Mas depois pensaria melhor. Afinal, hoje você não tem culpa de nada, né? Daí, meu coração iria amansar e logo, logo eu perdoava. Ela vai fazer a mesma coisa, você vai ver!

— Será, Rosa? Ela estava possessa. Não sei como não quebrou todos os pratos na minha cabeça!

Rimos. Na realidade, nós estávamos precisando descontrair um pouco.

— Claro que tudo vai ficar bem, Cris. Vocês são servos do Deus Altíssimo e Satanás não terá vitória sobre essa situação. Se esse filho for seu, de fato, você vai assumir e nós vamos apoiá-lo em tudo o que precisar, inclusive quando estiver longe. E se não for... Vamos respirar aliviados e continuar a fazer a vontade de Deus aqui nesta Terra.

— Amém, pastor! Eu só espero que Deus fale com a Raquel sobre isso. Fico muito mal por saber que ela está sofrendo por algo do meu passado.

— Cris, seu passado é mais sujo que puleiro de galinheiro, meu filho. Raquel precisa se acostumar! — retrucou o pastor, enquanto continuávamos a rir. Pior é que ele tinha razão em tudo o que dizia.

— Por falar em Raquel... Olha quem está ligando!

Era ela!

Meu coração acelerou de tal modo que achei que ele fosse explodir no peito. Raquel poderia estar ligando para destilar para os pais toda sua raiva por mim (o que era bem provável) ou...

Depois de algum tempo, a pastora voltou pra sala e falou que eu deveria ir para casa.

"Mas já?", pensei totalmente incrédulo diante daquela reação. Raquel me queria de volta?

— Vá, meu filho. Eu, Débora e Rosa estaremos cobrindo vocês em oração. Deus está no controle de absolutamente tudo. Essa situação vai se resolver logo, Cris, tudo vai ficar bem!

Coloquei a sacola nos ombros e tratei de voar para casa. Para ser sincero, eu ainda não conseguia acreditar naquela brusca mudança de comportamento da Raquel: há duas horas ela estava me odiando... Achei que eu fosse passar pelo menos uns três dias fora de casa. Agora, com tão pouco tempo, ela já me pedia para voltar?

"Eu tenho cuidado de vocês!"

Era a doce voz do Espírito Santo que adentrava meus ouvidos naquele instante e me trazia a paz que excede todo entendimento. Um dos primeiros versículos que eu havia decorado quando me converti foi o que está em 1 Pedro 5:7, que falava justamente sobre aquilo: "Lançando sobre ele toda a vossa ansiedade, porque ele tem cuidado de vós". De fato, eu podia confiar que tudo ficaria bem, pois o nosso Deus estava cuidando de cada detalhe das nossas vidas. Enquanto nós cuidávamos de pregar sua palavra e espalhar seu amor por essa terra, ele enviava anjos pra guardar nossas vidas e trabalhava em nosso interior para que ficássemos cada vez mais parecidos com ele.

— Puxa, em apenas duas horas o Senhor trabalhou na ira da Raquel? Tu és o Todo-Poderoso mesmo! Ainda bem que eu estou do teu lado, Senhor... "Tamo junto" até o fim! — brinquei enquanto chegava ao nosso prédio e preparava meu coração para ver Raquel. Eu precisava ouvir de seus lábios que independentemente do que acontecesse, permaneceríamos juntos.

Desde a primeira vez em que coloquei meus olhos nela, o sentimento que imperava em mim era o de tê-la para sempre. Eu já não conseguia mais me imaginar vivendo longe dela. É claro que eu sabia que só seria impossível viver sem Deus e que, caso a Raquel me faltasse por alguma razão, eu precisava continuar tocando a vida e servindo ao Senhor. Mas seria isso: tocar a vida... Cumprir meu propósito nesta Terra e só. A emoção, o prazer de voltar todos os dias para os braços de quem se ama de verdade... ah, isso certamente eu perderia! E era por esse motivo que, de minha parte, eu faria o possível para permanecermos juntos em toda e qualquer situação. Se Deus havia nos unido em um só propósito, então apenas ele poderia nos separar.

E por falar em Deus ter nos unido, havia coisa mais prazerosa do que cheirar o pescoço da pessoa amada quando nos deitamos na cama? E sentir seus dedos por entre meus cabelos, me fazendo um cafuné e me colocando para dormir? Quando nos distanciávamos, eu sentia falta de absolutamente todos os momentos que passava junto com Raquel. Absolutamente tudo me remetia a algum momento junto a ela.

"Por favor, Deus, sei que minha cota de pedidos para o Senhor já deve estar esgotada faz tempo... Mas, se o Senhor me permite pedir mais alguma coisa, peço que, em nome do teu filho Jesus, que o Senhor nos conserve juntos até a morte. Se eu tiver tua mão poderosa a nos guardar e o prazer da companhia dela diariamente, sei que posso suportar tudo!"

Foi a rápida oração que fiz enquanto temerosamente abria a porta do apartamento e a procurava com o olhar.

Ela estava na varanda, de costas para mim. Era tentador ver aquela cena. Imediatamente, lembrei-me do aroma do seu perfume... Era o mesmo de quando nos conhecemos. A primeira vez que dei uma carona para ela, aquela doce fragrância invadindo todo o carro. Ao relembrar aquele dia, foi impossível me conter: fui até ela e mansamente me aproximei do seu ouvido, absorvendo novamente seu cheiro e enchendo meus pulmões com ele.

— Posso abraçar minha esposa? — perguntei baixinho em seu ouvido, ansiando desesperadamente por uma resposta positiva. Após aquelas longas duas horas, eu precisava sentir o corpo dela junto ao meu novamente. Era uma necessidade.

— Não, não pode. — Meu coração parou de bater por uns dois segundos. — Deve!

E aí o alívio foi imediato. Por aquela noite, era tudo o que eu precisava ouvir.

NARRA A OVELHA

— Mãe, por acaso o Cris está aí?

— Está, sim, filha. Pensei em ligar, mas como sabia que a Ana e o Rick estavam aí, esperei até você dar notícias. Como você está?

— Depois de orar, estou bem. Não posso culpá-lo por algo que aconteceu antes de nos conhecermos, né?

— Não, não pode. Principalmente, sabendo dos antecedentes dele, né Raquel? Para um cara que tinha consagrado a vida a Satanás, do que mais você duvidaria? Um possível filho é o menor de seus problemas, querida. Eu já estava admirada com o fato de ninguém ter batido em sua porta antes com uma acusação dessas!

— Mãe... Você não está ajudando.

— Desculpa, filha, não me entenda mal. Eu adoro o Cris, você sabe. Mas não dá para você ficar revoltada e surpresa com o passado dele vindo à tona. Tenho certeza de que tem muita coisa que ele sequer se lembra. Ele é um novo homem agora, transformado pelo poder de Deus. É um marido e genro maravilhoso. Não dá pra sofrer por isso. Precisa perdoar mesmo e pedir que Deus faça o melhor por vocês.

— Eu sei, mãe. Vou fazer uma nova aliança com Deus e com o Cris de que nunca mais o mandarei sair novamente de casa. Sei que já fiz isso outras vezes e "quebrei", mas preciso me controlar mais. Você tem toda razão:

a qualquer momento uma novidade desagradável pode bater em nossa porta e não dá para ficar sofrendo com isso. Só posso esperar em Deus que tudo ficará bem. Do jeito dele e debaixo de seu propósito, mas vai.

— Isso, filha. Essa é a atitude que uma mulher de oração precisa ter: colocar tudo diante do nosso Deus e ter a certeza de que ele vai fazer o melhor. Independentemente se é do modo como queremos ou não.

— Tá bom! Já entendi tudo.

— E... Você viu a criança?

— Não. A fulana veio sozinha.

— É menino ou menina? — seu tom de voz denotava cautela. Por mais que eu já estivesse superando a situação, doía falar naquilo. Era muito recente!

— Menino. Christian. Dá para acreditar nisso?

— Desculpa. Eu não devia ter perguntado. Deve doer muito falar nisso, né?

— Deixa para lá, mãe. Caso seja verdade, vou precisar me acostumar com a ideia mesmo. Agora, por favor, peça para ele vir para casa.

— Hoje, não. É só para você aprender a lição e nunca mais fazer isso novamente.

— Mãe, não tem graça.

— Desculpa, era só pra descontrair. Coloco-o para fora em dois minutos... Você sabe que estamos juntas nessa em oração, palavras e tudo o que precisar, não sabe?

— Sei, sim. Obrigada.

— Sabe também que no fim tudo vai dar certo?

— Sei. Agora manda meu marido de volta. Tô me sentindo muito só nesse apartamento enooooorme!

Rimos, enquanto desligávamos. De verdade, eu iria sentir muita falta de todo mundo quando estivéssemos fora. É... A certeza de que iríamos viajar tinha voltado. Satanás não conseguiria nos impedir de chegar a Guiné-Bissau.

— Você perdeu mais essa! — disse, olhando para os ares e deixando claro pelo poder das minhas palavras que nenhum dos planos do nosso Deus seria frustrado. Éramos seus servos e estávamos ali para atender a uma missão dada por ele. Certamente, iríamos cumprir nosso chamado até o fim.

Fiquei na varanda contemplando aquele céu estrelado e aproveitando para guardar na memória cada imagem da minha amada cidade. João Pessoa permanecia bucólica, aconchegante e linda. Como eu amava aquele lugar! Passar um ano ausente dali seria um desafio a mais para superar. Eu precisava, de fato, guardar cada pedacinho que pudesse dela em minha mente. Não sei quanto tempo fiquei ali a contemplar aquele céu lindo...

— Posso abraçar minha esposa? — ouvi aquela voz que fazia meu coração estremecer e tomei um leve susto. Claro que eu estava ali à sua espera, mas fiquei tão absorta contemplando a cidade que sequer ouvi a porta abrir.

— Não, não pode. Deve!

Sorri e me desmanchei ao dizer aquilo. Eu continuava de costas para ele, apoiada na varanda, quando Cristiano se acomodou por trás e me abraçou, colocando seu queixo na curva do meu pescoço. Sua boca estava bem rente ao meu ouvido direito.

— Foram as duas horas mais longas da minha vida, sabia?

— Exagerado! Quer dizer que você ter sumido antes do casamento não foi pior? Ou quando fui embora para São Paulo? Existem várias outras horas intermináveis nessa lista... Fica até difícil escolher as piores...

Virei para ele e óbvio que fui interrompida por um beijo seu.

Ficamos ali, nos beijando... E muito! Aquele tipo de beijo que quando estava perto de acabar, só se prolongava. Não queria descolar minha boca da dele. Não tinha forças para interromper nosso momento.

— Vou corrigir... — ele disse, enquanto continuava a me beijar. — Foi o pior momento desde que Waldeck sumiu de nossas vidas...

Estávamos agora colados, ele com a mão em meu rosto, tentando falar e me beijar ao mesmo tempo.

— É... Também concor... — tentei dizer. Mas continuar a beijá-lo era melhor que colocar o papo em dia. Infelizmente, ele interrompeu nossos beijos e segurou meu rosto com as duas mãos, como se precisasse falar algo olhando bem no fundo em meus olhos.

— Sabe por que esse foi um dos piores momentos para mim? Porque eu estou fazendo você sofrer! Não foi diabo nenhum, tampouco outra pessoa querendo atingi-la... Foi algo que eu provoquei!

— No passado, Cris. Você não pode mudar o passado... Está tudo bem, agora. Eu é que fui infantil e agi no calor das emoções. Me perdoe, por favor!

— Sou eu quem precisa ser perdoado, amor. Você tinha razão, eu devia ter falado sobre a possibilidade de a Waleska aparecer. Mas nunca mais tive notícias dela tampouco meu pai contou que lhe enviava uma mesada. Achei que a história toda havia sido só uma armação. Daí, deixei para lá! Se ao menos eu pudesse imaginar que ela apareceria um dia, juro que teria contado.

— *Psiu*! — colei meu dedo em seus lábios, silenciando-o. — Tudo vai se resolver. Se Deus é por nós, quem será contra?

— Só preciso que você me garanta que, independentemente do que acontecer, vamos permanecer juntos até o fim. Que nada, nem ninguém, vai nos separar. Apenas a morte. Promete? — seu olhar era ansioso. Eu diria até faminto.

— Só a morte nos separa, Cris. Ou a volta de Jesus. Mais uma vez, prometo-lhe isso!

E o beijo tão desejado reiniciou... De fato, não sei que horas cessou.

Éramos apenas eu, ele e uma promessa: a morte ou a volta de Jesus.

CAPÍTULO 4

Mexendo na ferida

"Sara os quebrantados de coração, e lhes ata as suas feridas."

SALMOS 147:3

CONTA O LEÃO

— Você quer falar sobre o assunto? — perguntei, enquanto acariciava suas costas. Como sempre, Raquel estava reclinada em meu peito e eu adorava acariciar aquelas costas macias. Já era início da madrugada, mas, pelo visto, nenhum de nós tinha sono. Também pudera, com as emoções da noite, estava difícil dormir.

— Precisamos... Embora esse não seja o assunto predileto de nenhuma mulher, não vou conseguir dormir com isso martelando em minha cabeça.

— Se for pra você ficar chateada e a gente correr o risco de brigar outra vez, melhor tomar um Diazepam!

Eu não tinha nervos de aço. Duas brigas com a Raquel numa só noite seria demais.

— Não. Não vamos brigar... Relaxa. Já entendi que você não tem culpa. No presente, porque no passado...

— Amor, por favor!

— Tá, tá bom. Juro que não provoco mais. E aí? Já pensou no que vamos fazer primeiro?

— Não tenho ideia. Estava esperando minha sábia e amada esposa me orientar. Pode não parecer, mas estou tão chocado quanto você, amor. Essa mulher apareceu há quatro anos e sumiu. Nunca mais deu notícias...

Enquanto explicava mais uma vez minha falta de participação naquela história, chegamos à conclusão de que a primeira coisa a ser feita seria um teste de DNA. Não dava para continuar em dúvida se o filho era meu. Esta precisava ser a primeira providência do dia. O café da manhã da Waleska seria nossa presença em sua porta.

— E se essa criança, de fato, for minha? — perguntei temeroso. E por mais que eu soubesse que o Espírito Santo estava no controle de tudo (inclusive dos nervos dela), ter dúvidas sobre o fato era uma coisa; ter a total certeza que existe um filho fora do casamento era outra totalmente diferente. Eu tinha todos os motivos do mundo para temer, sim!

— Nós vamos dar toda a assistência do mundo, Cris. Fazer o quê? Esse menino não tem culpa de nada. Aliás, é o mais prejudicado nessa história. O garoto cresceu até hoje sem saber quem era seu pai, não teve seu apoio nem seu exemplo...

— Graças a Deus por minha conversão! — brinquei, recordando que até pouco tempo atrás eu não era exemplo nem para um cachorro, que dirá para uma criança.

— Nisso, eu preciso concordar com você. Enfim, precisamos recuperar o tempo perdido com ele. Quero dizer... Não que eu queira essa mulher em nossa porta achando que é íntima só porque tem um filho com você. Isso já é querer demais!

— Concordo plenamente contigo, amor. Ninguém merece a Waleska na cola.

— Só na cama, né, Cris? — ela me beliscou enquanto comentava isso.

— Aiii! Você falou que não brigaríamos.

— Tá... Então, podemos recuperar o tempo perdido com ele nas férias. Se ele for mesmo seu filho, você pode fechar um acordo amigável com a "dita cuja" para ele passe um tempo conosco sempre que possível. Você vai pagar pensão, telefonar sempre e, quando der, ele estará aqui conosco. É só o que podemos fazer.

— Ok. Mas vou lhe fazer uma pergunta e preciso que seja muito sincera... Isso só vai funcionar se formos totalmente sinceros um com outro, Raquel. Não dá pra ficar camuflando sentimentos e, depois, as coisas estourarem lá na frente.

Ela sentou.

— Faz logo esse raio de pergunta, criatura! — esbravejou.

— Bom... Você não vai se sentir mal por... assim, caso fique confirmado que o garoto é mesmo meu filho... e... quero saber se você não vai ficar mal por ter de conviver com uma criança que não é nossa.

Neste instante, sentei mais perto dela. Agarrei novamente o rosto de Raquel porque eu precisava olhar em seus olhos e ver que aquilo não seria uma tortura para ela. Eu não suportaria causar mais danos à sua vida. Ela já precisou conviver com um noivo satanista e, sem que desconfiasse, teve seu nome exposto para toda a cidade por causa disso, sofreu ameaças de morte, foi feita refém em plena lua de mel. E agora teria de conviver com o filho do marido? Filho que ela sequer sabia que existia? Eu só traria essa criança para nossas vidas se de fato isso não fosse magoá-la (ainda mais). Se eu visse ao menos uma fagulha de dor em seus olhos, daria outro jeito na situação. Não sei como nem fazendo o quê, mas daria.

— Não, Cris, não vou. Não precisa se preocupar. Você sabe, ter filhos nunca foi prioridade em nosso relacionamento. Primeiro, por causa dos

Escolhidos, agora, devido à proximidade da grande tribulação. De verdade, eu não tenho estrutura para me preocupar com um bebê no meio de um possível caos. Fique tranquilo. Vou apoiá-lo e ajudá-lo com o Christian, mas não vou sofrer com isso, não.

Encostei minha testa na dela agradecendo em silêncio aos céus pela sorte de tê-la comigo para enfrentar essa situação. Comecei a beijá-la devagarinho, sentindo novamente o sabor da sua boca, mas, infelizmente, ela me interrompeu.

— Espere... Antes que você me faça perder o raciocínio, deixa agora eu fazer uma pergunta.

— Hummm... Vai ser torturante esperar mais alguns minutos para tê-la novamente, mas... Vai lá, pergunte!

— Você já chegou a imaginar se ele parece com você? Tipo, se tem a cor dos seus cabelos... Os olhos de alguém da família ou coisa parecida?

Ela perguntava de modo bem inocente. Sem rancor, deboche ou nada do tipo. Era minha ovelha bem ali em meu colo. Aquela por quem fui totalmente capturado.

— Não. Quero ter certeza se ele é meu filho antes de criar qualquer tipo de expectativa... E, desde que eu soube dessa possibilidade, só consegui pensar em você: em como você estava, se me perdoaria... Por enquanto, só tenho você em minha cabeça!

Não deixei-a falar mais nada. Recomecei o beijo de onde havíamos parado. Ter Raquel uma vez era muito pouco. Eu sempre precisava de mais. E era isso o que eu continuaria tendo.

NARRA A OVELHA

Ana Luísa madrugou em nossa porta. Queria saber como eu havia passado a noite e se já dava sinais de recuperação do baque anterior.

— Mas já perdoou a criatura? — disse ela ao entrar e ver que Cristiano estava em casa. — Nossa, Raquel! Vejo que o espírito de mansidão voltou a se apossar de você! — provocou.

— Ana, só pra lembrá-la, — Cris retrucou, devolvendo o tom de ironia — você foi nossa madrinha de casamento. Achei que gostasse de mim. Não é seu papel ser conciliadora, não?

— Perco o amigo, mas não perco a piada! — ela disse indo em direção à cozinha. — Quero *cappuccino*. Não tomei café porque acordei preocupadíssima com seu bem-estar, dona Raquel. Daí chego aqui e percebo que sua noite foi melhor que a minha! — continuou debochada. — Custava ter me dado um alô, garota? Morri de preocupação a noite inteira! Pensei até em vir de madrugada só para ver se você não estava aos prantos... Sim: só para reforçar, estou um suco de jiló hoje! Também, pudera, dormi mal porque estava preocupada com minha melhor amiga que sequer deu uma satisfação para dizer que estava tudo bem...

— Desculpa! — disse, percebendo que de fato eu poderia ter enviado, ao menos, uma mensagem tranquilizando-a. — Realmente deveria ter dado algum sinal de vida, mas não dá pra ficar feliz por estarmos bem, não?

— Ainda, não. Estou de barriga vazia e felicidade não é meu forte nesse momento.

Para me redimir, fui preparar o bendito café antes que ela continuasse a destilar mais veneno naquela cozinha e matasse a todos intoxicados.

— Bom dia, gente! — Rick também foi entrando na cozinha. — Vocês sabiam que tinham deixado a porta da frente destrancada? Não se preocupem, já passei a chave. Agora sim, vamos aos cumprimentos matinais: Oi, Cris! Cara que coisa boa vê-lo... Fico aliviado que você e a Raquel se resolveram.

Sorrimos em agradecimento.

— Tá aliviado, né, amor? Lógico, não foi você que ficou a noite em claro pensando no sofrimento da Raquel!

— Raquel, enfia logo um pedaço de pão na boca dela, senão ninguém terá paz o restante do dia — Rick comentou, também já sentando à mesa e recebendo um cutucão da esposa em resposta. Como aquele ser tão generoso aguentava conviver com Ana Luísa? Acho que só Deus derramando muita graça sobre a vida dele, mesmo.

— Mas, e aí? — Analú questionou parecendo toda animada. — O que a gente vai fazer agora pela manhã? Se vocês já estão de pé às sete e meia e comendo é porque teremos um dia agitado...

— Cadê o mau-humor de um minuto atrás? — perguntei surpreendida com aquela mudança brusca de comportamento. Ela só podia ser bipolar e eu já devia estar acostumada.

— Comi e o mau-humor passou. E aí? Vamos atrás daquela periguete de quinta e dar na cara dela? — sugeriu em polvorosa.

— Tá louca, garota? — os três reagiram ao mesmo tempo.

— Ué, se uma mulher aparecesse na minha porta dizendo ter um filho do meu marido, eu ia lá e dava na cara dela! Hummm... Falando nisso, por acaso existe essa possibilidade, Ricardo? — Ana voltou-se para ele de maneira ameaçadora.

— Eu, hein! Claro que não. Come aí e me deixa quieto, por favor!

— Sua perturbada! Cris e eu acordamos cedo porque vamos procurar a Waleska e pedir um exame de DNA. E você não vai conosco de modo algum. Somos crentes, sabia? E crente se comporta! Não dá na cara de ninguém, não!

Que bobagem aquela criatura tinha falado! Hoje ela estava surtada.

— Ah não, Raquel! Passei a noite acordada por sua causa! Não é possível que eu não vá ver essa fulana sequer de longe. Juro me comportar!

— Não! Eu te conheço! Você não vai se comportar coisa nenhuma.

— Mas como vou falar mal dela sem ao menos ter colocado meus olhos na fulana? Não dá, gente! Preciso olhar a periguete de cima a baixo, dar aquela intimidada... Aí, depois, a gente tira o resto do dia para falar mal.

— Gente, essa criatura precisa receber Jesus de novo na vida dela! — Cris comentou, se segurando para não rir na cara da Ana.

— Fica na sua, Cristiano. Tudo isso, aqui, é culpa sua! Quero dizer, do seu passado duvidoso. Ainda assim, a culpa é sua.

Eles fizeram careta um para o outro.

Assim que terminamos o café, tratei de pegar minha bolsa e sair correndo dali antes que a Ana cismasse mesmo de ir conosco.

— Juro que quando sair de lá ligo para você e vamos almoçar todos juntos. Que tal a gente comer na casa da mamãe? Peço pra Rosa colocar água no feijão, aí eu prometo contar como foi a conversa.

Ela não ficou nem um pouco satisfeita, mas se conformou. Saborear um almoço feito pela Rosa e de quebra saber das notícias era melhor que nada.

***

— Waleska está hospedada no apartamento de uma amiga. Mas o local não é muito próximo daqui, não. Olha o endereço.

Passei o papel para o Cristiano enquanto permanecíamos no carro em silêncio. Era complicado falar alguma coisa naquele momento. Íamos nos encontrar com uma mulher que já estivera na cama com ele e com quem, provavelmente, ele tivera um filho. Não era a situação mais agradável e fácil de lidar. Não era como fazer compras no shopping ou visitar um amigo. Não mesmo.

— Já que o local não é tão próximo, a vantagem será ter tempo para conversar sobre o que fazer quando a gente chegar lá. Devo ir direto ao assunto e já pedir o DNA logo de cara? Tomo à frente da conversa ou você quer falar com ela?

O coitado falava de modo cauteloso, como se eu pudesse desmontar a qualquer momento.

— Amor, já disse que estamos juntos nessa, não falei? Chegamos lá, pedimos para ela descer e falamos juntos. Nada de subir até o local. Conversamos na recepção do prédio mesmo. Se é que tem algum prédio com recepção nesse fim de mundo! Enfim, vamos resolvendo à medida que o assunto for surgindo.

Selamos o acordo com uma carícia nas mãos. Se Deus estava no controle de tudo e estávamos bem um com o outro, tudo daria certo. Estávamos ali para corrigir um erro do passado, não para arrumar confusão. Não havia motivos para as coisas se complicarem.

***

— Existe um tipo teste que é bem seguro, pedido pela internet mesmo. Neste site aqui. O kit chega pelos correios e não é preciso esperar muito, dá para pedir agorinha. Ele é tão seguro quanto qualquer outro resultado. A vantagem deste laboratório é o resultado sair bem mais rápido do que os daqui da cidade. Questão de tecnologia, vocês sabem... Tipo, 72 horas após a análise chegar ao laboratório já teremos o resultado. Andei me informando — ela disse, com toda a calma do mundo.

— Excelente, então. Saberemos o resultado antes de nossa viagem, amor! — Cristiano comentou, demonstrando alívio em poder resolver o assunto antes de nos ausentarmos. Na realidade, desde a hora em que chegamos e começamos a conversar na frente do prédio onde Waleska estava hospedada, o clima entre nós era o de maior cordialidade possível.

Fomos polidos, educados e não havia necessidade de dar na cara de ninguém, contrariando a Ana Luísa.

— Tudo bem, então. Vou solicitar o exame e em pouquíssimo tempo tudo estará esclarecido. Esse laboratório parece ser de extrema confiança. Posso acessar agora mesmo pelo celular e a gente já faz o pagamento. Após a solicitação, eles vão enviar um kit. Quando chegar, você vem coletar o material genético do Christian. Eu já trouxe de Brasília alguns fios do cabelo dele e logo saberemos se você é ou não o pai... Quer dizer, eu já tenho essa certeza, mas se o DNA é tão importante para você, não tem problema.

— E o que preciso fazer para solicitar esse exame?

— A exigência é que você tenha um cartão com, no mínimo, 10 mil reais de limite disponível.

— Como assim? Eu não quero comprar uma criança; só quero descobrir a paternidade dela!

A piada sem graça de Cristiano era porque visivelmente ele estava assustado com o valor exigido. Enquanto isso, eu só observava a conversa. Tratando-se de dinheiro, aí é que eu não me meteria mesmo.

— Dez mil reais por um exame? — continuou ele. — Nem morto! Até porque eu não tenho esse dinheiro. Quero dizer, ter eu tenho, só não é para essa finalidade. Nós vamos passar um ano fora só gerando despesas, não recursos próprios. Precisamos de cada centavo nas mãos neste momento.

Isso era fato: precisávamos de cada moedinha, sim, e o Cris não estava sendo pão-duro, apenas realista. Mesmo porque, num laboratório qualquer, esse exame custaria, no máximo, mil reais. Assim como Waleska, eu também já havia tomado minhas providências e verificado valores.

— Fica tranquilo, Cris, isso não é um golpe para eu roubar seu dinheiro, não. É só uma garantia do laboratório de que esse exame é para uma finalidade séria. Têm muitas pessoas querendo falsificar esses exames e comprometendo a vida dos outros. Com um valor tão alto exigido como garantia, essa é a maneira de eles se prevenirem contra pilantras, afinal não é todo mundo que possui um cartão com um limite tão considerável.

E só. A transição foi muito rápida e na maior normalidade. Não dava para acreditar. Finalmente, tínhamos saído de lá e fechado essa etapa.

— Só fiquei preocupada pelo fato de exigirem um cartão com limite tão alto — comentei. — Nunca vi isso, gente! Passar um valor pequeno e exigir um limite maior. Aliás, vi sim: só quando precisei alugar um carro. Mas por que eles exigiriam um limite de 10 mil se o exame só custa 800?

— Deve ser questão de segurança mesmo, amor. Eles estão sempre inventando novas regras para tentar driblar os maus elementos. Mas não há motivos para preocupação, afinal eu mesmo digitei a senha e vi que ela colocou apenas os 800 reais. Não teremos problemas quanto a isso. Agora é só orar e aguardar.

— Bom mesmo, até porque esse é o cartão que usaremos para comprar o que falta para nossa viagem e nos mantermos lá no primeiro mês.

As coisas não estavam fáceis, financeiramente falando. Eu era sócia da dona Vânia numa loja de roupas no shopping, mas com a crise que o país estava enfrentando, não dava para tirar muita coisa nem para mim, nem para ela. Até funcionárias já tínhamos demitido. A sorte é que ela possuía algumas salas comerciais e apartamentos em seu nome e conseguia se manter com esses aluguéis. Mas eu, não. O Cris estava trabalhando em uma construtora de um dos membros da igreja, mas o salário não era lá essas coisas... Além disso, guardávamos praticamente tudo o que recebíamos porque íamos precisar nos manter um ano e meio em Guiné-Bissau sem salário. A igreja nos daria uma ajuda mensal, mas era muito pouco, até porque já sustentava outros missionários (e que não poderiam ser abandonados) e as entradas financeiras também tinham diminuído por causa do grande desemprego entre os membros.

— Não se preocupa, amor. É praxe algumas empresas solicitarem isso. Vai dar tudo certo, sim. O pior já passou. Eu acho... Já estamos nos preparando para o fato de ele ser mesmo meu filho. O que mais poderia dar errado?

Cris tinha razão: o pior seria o garoto ser filho dele, mas isso já estava até que bem resolvido. Não poderíamos dar assistência quando estivéssemos fora, mas teríamos de dar pensão... E apesar de já estarmos no limite financeiro, éramos dizimistas fiéis e acreditávamos num Deus provedor e fiel. Ele nos daria os recursos necessários para bancar o Christian. De fato, já estávamos preparados para qualquer coisa.

***

— Como assim esse cartão não possui limite? Tem quase 10 mil reais liberados, moça. Tem algum engano acontecendo.

O Cris estava a ponto de ter um colapso nervoso enquanto passávamos nossas compras no caixa. Havíamos almoçado na mamãe com a Ana e o Rick, depois, fomos os quatro a uma loja de departamentos que estava em promoção para comprarmos roupas e tantas outras coisas que precisaríamos em Guiné-Bissau. Aquele país era muito quente! E, apesar de morarmos no nordeste brasileiro, por causa da igreja tínhamos muitos ternos, blusas de manga comprida e tal... Impossível usar isso lá. Sendo assim, comprar roupas bem mais leves que as que tínhamos era uma necessidade, não um gasto desnecessário.

— Hoje cedo, consultamos e havia 10 mil prontos para serem usados. Gastamos 800 numa clínica pela internet e deveria ter mais de nove mil liberados. Isso não faz sentido — ele rebatia com a atendente, enquanto a fila aumentava e as pessoas já começavam a olhar com cara feia.

— Amiga, eu passo no meu cartão e assim que você resolver, me ressarce.

Ana tomou à frente com aquele cartão praticamente ilimitado que tinha. Num momento como esse é que eu me questionava por não ter feito uma faculdade de Direito também!

Cristiano passou meia hora tentando falar com a operadora do cartão e nossas dúvidas finalmente foram esclarecidas.

— A tal clínica usou todo o nosso limite. Só não entendo como fizeram isso, eu mesmo vi Waleska digitar apenas o valor de 800 reais — Cris comentava possesso de raiva. — Está na cara que a culpa é da tal clínica.

— Isso tá muito estranho, Cris! E se de algum modo o celular dela estivesse programado para capturar sua senha? — Ricardo perguntou desconfiado, ele entendia muito dessas coisas de site e tecnologia. — Ela seria capaz disso?

Se Rick estava levantando uma suspeita dessas era porque podia ser bem possível a Waleska ter alguma coisa com isso.

— Será que caímos num golpe, Cris? — perguntei atônita, indignada, chocada e tantos outros adjetivos que pudessem passar pela minha mente.

— Mas por que motivo ela faria isso? A garota veio resolver o problema de paternidade do filho, não teria sentido me prejudicar agora, até porque ela sairia perdendo.

— Vamos até onde essa fulana está hospedada para descobrir tudo o que está acontecendo... — sugeriu Analú. — Chegou a hora da Ana Luísa advogada ficar cara a cara com ela.

Ai, meu Deus! Meus maiores temores começavam a se concretizar: Ana e Waleska no mesmo ambiente! Mas diante de tamanha suspeita e com todo nosso dinheiro sumido, ter uma advogada por perto se fazia necessário.

— Promete que não vai fazer um escândalo? — perguntei, enquanto entrávamos no carro e já nos encaminhávamos para o apartamento da tal amiga.

— Não prometo nada. Se precisar, faço escândalo e quebro a cara dela, sim!

Jesus amado... E eu achando que a noite anterior havia sido caótica!

***

— Como assim não tem nenhuma Waleska no 403? — Cristiano perguntou fora de si, enquanto Ana, Rick e eu ficávamos boquiabertos com aquela constatação.

Tomei a dianteira da conversa antes que o Cris se descontrolasse de vez.

— Moço, estivemos aqui pela manhã e falamos com ela. A Waleska informou que estava hospedada no apartamento de uma amiga e que o número era 403. Isso é verdade porque a vimos, hoje, logo cedo.

— Sim, eu sei da moça que estava no 403. O que estou tentando dizer é que ela não estava na casa de amiga nenhuma. O apartamento é alugado por diárias; as pessoas entram num site e reservam os dias como em um hotel. E essa tal Waleska foi embora por volta de meio-dia. Eu mesmo a vi saindo com as malas.

Aquilo, sim, era uma reviravolta digna de filmes.

— Tenho um amigo das antigas em Brasília... Vou fazer um telefonema e já volto.

O Cris procurava manter a calma, mas a ficha dele, tal qual a nossa, estava começando a cair.

— Essa vadia passou a perna em vocês, amiga. Não tô acreditando nisso! — Ana comentou indignada.

— Mas por qual motivo, gente? O valor era relativamente pequeno. Vale a pena a pessoa se deslocar de Brasília até João Pessoa para dar um golpe de 10 mil reais?

Aquilo não fazia sentido. Principalmente, com uma criança envolvida na história. A não ser que...

— É isso gente: não tem criança nenhuma, não existe clínica. É tudo um golpe! — Cristiano tinha acabado de desligar o telefone e nos revelado toda a verdade.

O Armandinho, amigo do Cris da época de adolescência (e que também andou "pegando" a Waleska), ainda mantinha contato com a bandida. Ele abriu o jogo todo: Waleska estava sendo procurada em Brasília por estelionato, fraude e andava agora aplicando golpes em algumas cidades do Brasil. Seu alvo era, aos poucos, conseguir dinheiro para sair do país.

— Pelo que eu entendi, ela tenta localizar pessoas que já fizeram parte de seu passado, em localidades diferentes, e conta um tipo de história para cada uma delas. Para alguns, está montando um negócio superrentável e captando sócios; para outros, a história do filho... Só de conhecidos do Armandinho eu sou o terceiro que caio nessa mentira deslavada.

— Que mulher cara de pau! — comentei ainda incrédula.

— Contudo, é muita loucura eu estar feliz mesmo tendo caído nesse golpe e perdido 10 mil?

— Se você for louco por se sentir assim, eu também sou... A felicidade que sinto agora não cabe dentro de mim! — disse, enquanto o beijava.

— Eu sinto cheiro de gente 171 de longe! — Ana berrou. — Se, de manhã, você tivesse me trazido, eu jamais teria permitido você passar o cartão para aquela safada. Ah, se eu pego essa mulher...

A promessa ficou no ar.

Fomos à delegacia, lá soubemos que Waleska já estava respondendo a cinco processos e a especialidade dela era clonar senha dos cartões e depois usar todo o limite disponível.

— Mas ela já tinha aparecido há alguns anos e falado com você e seu pai sobre uma criança. Já era um golpe? Por que seu pai não falou mais nada sobre isso?

Estávamos, agora, na casa de meus pais. Precisávamos das orações e do apoio deles. Era muita loucura para um fim de semana só.

— Meu pai era muito esperto, pastor. Deve ter sentido cheiro de golpe no ar e feito alguma ameaça para aquela criatura desaparecer. Aí, quando ela soube que ele havia morrido, ressuscitou a história e deu muita sorte de a gente ter acreditado e de o limite no cartão estar disponível. Deu muita sorte mesmo... E apesar de não ser um valor tão alto, 10 mil vai bancá-la por, no mínimo, uns dois meses. Mas não nego, apesar de precisarmos do dinheiro, foi um alívio imenso essa história de filho ter sido apenas uma invenção do capeta — Cris comentou enquanto todos, agora sim, relaxávamos.

— O problema é que fiquei devendo dinheiro pra Ana... — falei, contabilizando os prejuízos.

— Isso não é novidade, Raquel. Vez por outra você me deve. Sempre paga, mas vive devendo... Uma dívida a mais, outra a menos não vai fazer diferença! — disse a debochada.

— Quem mandou nadar em dinheiro? — repliquei.

— Glórias a Deus por isso! — ela levantou as mãos para os céus, enquanto ríamos.

E precisávamos rir! Daqui a pouco a dura realidade bateria à nossa porta: em 15 dias, viajaríamos e agora sem nenhum tostão para nos bancar.

— Acho que chegou a hora de vendermos o apartamento, Raquel — Cris sugeriu. —Vamos passar mais de um ano fora e seu pai já está construindo o acampamento... Acho que Deus permitiu esse prejuízo para que nos desprendêssemos do nosso cantinho. Hoje, o foco é viajar tranquilos e fazer nosso melhor lá em Guiné-Bissau. Não dá para ficarmos apegados a um apartamento que passará mais de ano fechado. O ideal é vender mesmo.

Concordei totalmente. Meus pais haviam sacrificado o único imóvel que possuíam para construir um local e nos manter em segurança (caso fosse necessário) e hoje moravam de aluguel. Não seria justo possuir um apartamento quitado e ficar na dependência da igreja nos ajudar.

— Venderemos o apartamento, garantiremos nosso sustento por um ano em Guiné-Bissau e o restante o senhor investe no sítio. Naquilo que for necessário: placas solares, poços artesianos... Deixe o sítio pronto caso, de fato, a gente precise ir para lá.

Daí foi uma comoção geral. Ana Luísa começou a apelar dizendo que não queria mais o dinheiro de volta e que o valor gasto ela nos dava de presente; minha mãe já ficou imaginando que não teríamos onde morar quando voltássemos...

— O Cris tem razão, mãe. Em um ano, tanta coisa pode mudar. Caso não haja a necessidade de morarmos no sítio, alugamos um lugar pequeno e, assim que arrumarmos um novo emprego, as coisas vão se ajeitar novamente. Existem outras prioridades agora e manter esse apartamento não é o mais importante.

E as coisas ficaram definidas assim: Ana seria a responsável por encontrar um comprador antes de nossa viagem. Levaríamos dinheiro suficiente para nos manter por esse ano e também guardaria um pouco para quando voltássemos (assim não dependeríamos da urgência de um emprego ou da caridade alheia), no mais, todo o restante iria para o papai investir nas necessidades do sítio.

— E por falar em sítio, eu já estava programando um evento para nossa liderança e seria importantíssimo vocês participarem. Quero muito que, antes de se ausentarem, os dois possam participar de um acampamento conosco. Será no próximo fim de semana e a presença de todos é imprescindível.

Quando meu pai colocava a palavra "imprescindível" numa frase, era porque o negócio era sério mesmo. Vinha uma nova bomba por aí, meus nervos já estavam à flor da pele.

— Pelo seu discurso, já vi que não teremos como não participar. Estou certa, pai? — perguntei já respirando fundo.

— Está. Inclusive, dona Ana Luísa e seu Ricardo também precisarão ir... Você também, dona Rosa, sei que da cozinha está nos escutando muito bem.

— Ih... Agora o negócio é sério, mesmo! — Ana comentou, enquanto esperávamos pela próxima surpresa ou bomba que estava prestes a surgir em nosso meio.

CAPÍTULO 5

Treinamento

"Todos os que competem nos jogos se submetem a um treinamento rigoroso para obter uma coroa que logo perece; mas nós o fazemos para ganhar uma coroa que dura para sempre."

1 Coríntios 9:25

CONTA O LEÃO

Toda a liderança de confiança do pastor havia sido convocada para um treinamento. Apenas minha mãe ficara de fora porque estava viajando, fazendo compras para a loja e só retornaria no meio da semana.

— Não tem problema. Faremos esses acampamentos uma vez a cada dois meses. Não faltará oportunidade para ela — foi o que o pastor me disse.

Aquele não era um treinamento para aperfeiçoar algum dom ou talento no ministério. Não. Na realidade, era um acampamento no meio do nada, caso um dia precisássemos fugir de uma hora para outra. Era um treinamento de preparação para a grande tribulação.

— Vocês não precisam enlouquecer com isso. Já falei que se trata apenas um treinamento para não sermos pegos de surpresa. Nada mais. É importantíssimo estarmos preparados para tudo. E, se precisarmos arrumar nossas coisas de uma hora pra outra ou mesmo fugir, é bom saber o que fazer e o que levar... — pastor Carlos tentou nos tranquilizar.

Era sábado pela manhã. Havíamos saído de João Pessoa por volta das sete da matina e em vez de estarmos aproveitando nosso último fim de semana na cidade que tanto amávamos (dali a oito dias estaríamos embarcando para Guiné-Bissau), curtindo nossos familiares e amigos (e que passariam um tempão sem nossa presença), estávamos ali no sítio. De mochila nas costas e tudo. Definitivamente, aquela não era a festa de despedidas que eu havia imaginado.

Estávamos conferindo as instalações do sítio e as coisas pareciam bem encaminhadas: o galpão onde ficava o refeitório e os quartos estavam quase prontos. Faltava apenas o acabamento com cerâmica e o forro, mas com o dinheiro da venda do apartamento, esse problema seria facilmente solucionado.

— Por que fogão a lenha? — perguntei sem entender o motivo pelo qual, em pleno século 21, alguém usaria um fogão a lenha. Sem contar que o local continuava sem água encanada nem energia elétrica.

— Porque chegará um tempo em que não poderemos comprar absolutamente mais nada, Cris. Por isso precisamos das duas opções de fogão — o pastor explicou de maneira muito óbvia. Afinal, apenas quem tivesse a marca da besta poderia levar sua vida normalmente dali a algum tempo.

O sítio ficava num local distante, numa região rural da cidade de Pilões, duas horas (em média) da capital. Era no meio do mato mesmo. Para chegar lá, só conhecendo muito bem o lugar. O galpão fora construído bem ao lado de uma fonte de água, tipo uma nascente pequena que jorrava em meio a pedras, e o pessoal dizia que a água era mineral. Ficava aproximadamente a uns cem metros da construção. Percebi que era precaução por causa das chuvas.

Havia também um rio que passava na parte traseira da propriedade. Esse ficava mais distante, mas como o lugar não era muito grande, dava para ir a pé sem se cansar em demasia. Ao lado direito do galpão, distante uns 50 metros, ficava o galinheiro e o curral dos bichos. Sinceramente, me admirei com o que vi: já devia ter mais de cem aves ali. Galinhas, patos, perus... Eram muitas mesmo. Parecia até que meu sogro iria comercializar os bichos! Ah, e no curral, quatro vacas leiteiras e dois bois ocupavam o espaço. Sem falar em três cavalos aparentemente fortes e saudáveis.

O local estava muito diferente da última vez que eu colocara meus pés ali. Isso havia sido há menos de um ano, mas impressionava a velocidade com que eles tinham tocado a obra. E o mais assombroso era tudo estar tão bem feito e num local de difícil acesso. "Como eles conseguiram esse feito?", perguntava-me tão admirado quanto os outros.

Éramos, aproximadamente, 40 pessoas. Na realidade, umas seis famílias. O restante eram pessoas solteiras ou cujos familiares não frequentavam nossa igreja.

— Só poderemos trazer conosco, caso seja necessário fugir para cá, pessoas que estão muito firmes com Deus e conosco. Não podemos correr o risco de trazer alguém e, de repente, essa pessoa não se encaixar em nossas regras de sobrevivência. Não podemos correr nenhum tipo de risco interno, afinal, do lado de fora, já estaremos sendo caçados feito bichos.

Respirei fundo e olhei para Raquel, que ouvia tudo com atenção e sequer teve coragem de me encarar. Ainda assim, agarrou minha mão como se eu fosse sua única segurança naquele instante. E, ao olhar para seu perfil, cabelos totalmente presos bem no alto da cabeça, face completamente exposta, foi impossível não lembrar a primeira vez que a vi, lá no escritório de seu pai... Eram os mesmo traços perfeitos, a mesma natureza arrebatadora... Porém, com uma única diferença: agora ela era totalmente minha. Tentei voltar minha concentração para o pastor, que dava mais algumas orientações.

— Sei que será difícil abandonar a família, mas não permitiremos ninguém de fora se refugiando conosco. Todas as pessoas aqui presentes são da nossa mais alta confiança e foram selecionadas a dedo. O último estágio dessa seleção é esse acampamento. Precisamos estar preparados para uma fuga durante a madrugada ou para passar vários dias no mato. Por isso vocês estão aqui: para passarem por adversidades e conseguirem superar. Mas vamos logo conhecer toda a propriedade antes que eu continue a falar sobre o acampamento. A maioria de vocês nunca esteve aqui, então é importante ver o andamento da nossa construção e se habituar ao local. E calma: talvez nunca precisemos nos mudar para cá. Seria um alívio... E caso não haja essa necessidade, nosso trabalho aqui não será em vão: assim que tudo estiver pronto, vamos começar a fazer nossos retiros aqui. Há tempos, precisávamos de um local assim para edificação pessoal e descanso. Ah, e quem quiser passar um fim de semana ecológico, também será bem-vindo.

Todos esboçaram um sorriso, mas estava difícil. O clima era pesado demais porque a possibilidade de fugir e viver naquele lugar, apesar de bem confortável, era terrível. Abandonar a civilização, os amigos, a família... A vida!

Procurei não pensar muito naquilo e me vi sendo guiado por Raquel. Sua mão ainda estava agarrada à minha, e ela seguia o pastor Carlos e o Léo enquanto eles mostravam o restante da estrutura da propriedade. Na lateral esquerda do galpão foi feita uma horta imensa: tomate, cebola, pimentão, pimenta, abóbora, além das frutas, como mamão, banana, manga, jaca... Havia até alguns pés de cana-de-açúcar. Aquela terra era muito fértil de verdade! Para nossa sorte, muitas plantações já existiam quando o pastor comprou o local, inclusive já podíamos saborear muitas coisas.

— Provem essa jaca! Está doce como o mel — Léo ofereceu e prontamente fomos conferir outras delícias que já brotavam da terra. Aparentemente, ali era nossa Canaã.

Enquanto estávamos embaixo da enorme jaqueira, percebi que havia vários troncos no chão, enfileirados. Na realidade, parecia a disposição de bancos da igreja; uma fileira de um lado e outra do outro.

Raquel e eu nos sentamos lado a lado. Tirei uma mecha do seu lindo cabelo loiro, que insistiu em cair sobre seus olhos.

— Não importa o que aconteça, estamos juntos. Você sabe disso, não é? — falei, tentando passar segurança sobre o futuro mais certo e, ao mesmo tempo, incerto que poderíamos enfrentar.

— Até que a morte nos separe ou o Senhor Jesus volte... Estamos juntos, sim! — ela retribuiu, beijando minha mão.

— Vou aproveitar que todos estão à vontade, bem sentados em bancos naturais — prosseguiu o pastor Carlos enquanto um novo sorriso se formava entre todos nós — e vou tentar explicar melhor onde a Bíblia e essa nossa realidade se encaixam. Os livros do profeta Daniel, do apóstolo Mateus e do Apocalipse falam claramente sobre um período terrível que a Terra enfrentará. Um período terrível sobretudo para nós, cristãos: o período da tribulação. Isso não é nenhuma novidade até porque já venho falando acerca disso em minhas pregações e em particular com muitos de vocês. Mateus 24:9 diz: "Então vos hão de entregar para serdes atormentados, e matar-vos-ão; e sereis odiados de todas as gentes por causa do meu nome. Nesse tempo, muitos serão escandalizados, e trair-se-ão uns aos outros, e uns aos outros se aborrecerão". Meus amados, a Bíblia relata que a volta de Jesus viria acompanhada de muitos sinais: falsos profetas, terremotos, guerras... Tudo isso já temos visto acontecer bem de perto. Contudo, a volta de Jesus também seria precedida por um período de perseguição contra os cristãos: por causa do nome dele, do nome do filho de Deus, muitos seriam entregues a morte. Além disso, teremos de lidar com a vinda da besta, do anticristo. Esse seria o auge do período de perseguição.

Olhei ao redor e as pessoas praticamente não respiravam. A coisa era tão séria que, além de calada, Ana Luísa sequer se movia... Ela e Rick estavam próximos a nós, mas a impressão era de que apenas o pastor estava naquele lugar, tamanha a quietude em nosso meio.

— Em Apocalipse vários capítulos e versículos falam sobre a perseguição e os responsáveis por essa perseguição: a besta e o anticristo. No capítulo 13, o versículo 15 diz: "E foi-lhe concedido que desse espírito à imagem da besta, para que também a imagem da besta falasse, e fizesse que fossem mortos todos os que não adorassem a imagem da besta. E faz com que a todos, pequenos e grandes, ricos e pobres, livres e servos, lhes seja posto um sinal na sua mão direita, ou nas suas testas; Para que ninguém possa comprar ou vender, senão aquele que tiver o sinal, ou o nome da besta, ou o número do seu nome". E todos já sabem que chegará um período na Terra em que apenas por meio dessa marca é que as pessoas, no mundo, poderão comprar seus alimentos, vestimentas, receber seus salários...

— E quem colocar o sinal da besta logicamente está condenado! — completou Leonardo, enquanto o grupo permanecia em transe. Por mais que todos conhecessem os fatos que batiam à nossa porta, ainda assim, ouvir aquilo dos lábios do pastor só tornou tudo mais real... As palavras chegavam a ser chocantes.

— Sim! Todos os que cederem e colocarem o sinal pertencente à besta automaticamente estarão condenados — concluiu o pastor Carlos.

— Assim, todos os cristãos que estiverem vivos nesse período serão mortos por fome, frio... Ou condenados! — acabei exclamando em alta voz. De verdade, eu sequer havia me programado para emitir opinião. Simplesmente saiu.

— Uma terrível verdade, Cris. Não haveria escapatória para os verdadeiros cristãos, pois, ou se renderiam e colocariam o sinal da besta, ou morreriam... Isso, claro, se não estiverem preparados; o que não é nosso caso. Por isso estamos aqui! Para mostrar que há um modo, sim, de escapar e esperar o arrebatamento. Por esse motivo vendemos nossos bens e compramos esse sítio. Mateus 24:15 diz: "Quando pois virdes que a abominação da desolação, de que falou o profeta Daniel, está no lugar santo; quem lê, entenda; Então os que estiverem na Judeia, fujam para os montes; E quem estiver sobre o telhado não desça a tirar alguma coisa da sua casa". Ou seja, a Bíblia nos orienta claramente a fugir. Mas não é fugir sem destino para qualquer lugar. O mundo inteiro estará debaixo do governo do anticristo e da besta; assim, a fuga deve ser para um lugar onde se possa sobreviver sem que se coloque o sinal. Devemos fugir para um lugar onde podemos viver plantando e colhendo, sem depender do sistema do mundo.

Agora tudo começava a fazer sentido. Na realidade, sentido já fazia desde que eu conversara com o pastor aquela primeira vez e depois com a Raquel. Porém, tudo ficara mais claro. O irmão Léo e o pastor Carlos construíram um lugar que pudesse servir como rota de fuga caso esse período sombrio da humanidade realmente nos atingisse. Eles estavam, de fato, preparados para enfrentar com muita coragem e fé o período terrível da grande tribulação.

— Pastor, mas por que nos apresentar esse local agora? Por que esse treinamento tão repentino? Até pouco tempo atrás, o senhor praticamente não falava conosco a esse respeito. Tudo bem, nós sabíamos que o senhor estava construindo esse lugar, inclusive pagávamos uma mensalidade pequena para ajudar na construção. Mas até agora era um projeto para um futuro distante. O que acarretou essa mudança? — questionou Dona Marlene, enquanto permanecíamos em estado de atenção total.

Pastor Carlos respirou fundo, tentou esboçar um leve sorriso, mas eu sabia: a bomba seria jogada agora.

— Há cerca de 20 dias, lemos nos jornais que um *chip* começará a ser implantado nos cidadãos americanos. Na realidade, já começaram a ser feitos testes em seres humanos há muito tempo. A diferença é que passará a ser obrigatório nos Estados Unidos para quem depende do sistema público de saúde. Daqui a algum tempo, só serão atendidos nos hospitais pessoas com o *chip*. Nele deverá conter todas as informações, como dados pessoais, bancários etc. E o presidente americano já determinou como prazo para o implante um ano. O mais interessante é que o *chip* só pode ser colocado na mão direita das pessoas ou na testa.

— Ou seja, seria o *chip* o sinal da besta? — Ana perguntou, chamando a atenção de todos.

— Isso! Seria muito óbvio para a humanidade alguém querer colocar na mão ou na testa das pessoas o número 666. Todos saberiam que seria o sinal da besta e muitos recusariam. A estratégia do diabo é criar algo que engane toda a humanidade, inclusive os cristãos. Quem suspeitaria de um *chip* cuja utilidade será localizar pessoas, facilitar a identificação, entre tantos outros benefícios? E o mais chocante é que o *chip* só funciona na mão direita ou na testa; a empresa fabricante já deixou isso claro. Por isso, estamos aqui. Porque a obrigatoriedade dessa implantação pode chegar até o nosso país e caso não tenhamos preparo espiritual, emocional, físico, além de uma estrutura que possibilite nossa sobrevivência, iremos padecer com o restante da humanidade.

O pastor Carlos estava deixando claro que nem todos os cristãos suportariam passar por esse período. Muitos não tolerariam sofrer necessidade, tampouco serem torturados, e terminariam denunciando uns aos outros. Assim, só poderiam estar conosco pessoas da mais alta confiança, que estavam ali para enfrentar um fim de semana de treinamento. E, caso essa desolação nos alcançasse, precisávamos estar prontos para sobreviver a todo custo e esperar pela volta de nosso redentor Jesus Cristo.

— Essa noite, vamos acampar no meio do mato. Vocês trouxeram os itens da lista que foi enviada durante a semana? — todos pegaram a lista e conferiam os itens. — Só quero deixar claro que não poderá ser levado nada além do conteúdo dessa lista e aquele que esquecer algum item também não poderá pegar emprestado de ninguém.

— Por que isso, pastor? Como assim não podemos pedir nada emprestado? — Ana perguntou. — Estou aqui com o Rick, claro que vou poder pegar alguma coisa com ele. Não vou? E emprestar e pegar algo emprestado deveriam ser coisas óbvias já que estamos nos preparando para viver em comunidade. Devemos nos acostumar a dividir tudo. Ou estou errada?

Ela acabara de deixar claro sua insatisfação por não poder pedir socorro a ninguém, caso precisasse.

— É certo que viveremos em comunidade. Porém, o treinamento de hoje não é de sobrevivência em grupo, mas individual. — houve um burburinho imenso neste instante. — Calma, explicarei: viver aqui com a estrutura necessária para o grupo será o menor de nossos problemas. Se a grande tribulação de fato nos alcançar e de alguma maneira esse lugar for descoberto, invadido, nos renderemos para sermos torturados e mortos ou tentaremos fugir?

— Todo mundo vai correr... Não fica um! — Rosa disse com aquele jeitinho cômico dela, ninguém segurou o riso. E bem que estávamos precisando de uma piada para quebrar a tensão palpável que havia ali.

— E durante a fuga, estando no meio do mato, se vocês precisarem de algo emprestado pedirão a quem? — pastor Carlos continuou.

Houve um novo silêncio. De fato, não havíamos pensado na possibilidade de precisar fugir do sítio. Se deixar a civilização já seria horrível, imagina fugir do único local seguro que tínhamos?

— Agora o bicho pegou! — Ana saiu com essa e o pastor tentou nos aliviar.

— Como provavelmente os casais tentarão escapar juntos, vamos permitir que esse treinamento seja feito em dupla. As pessoas mais idosas, como dona Marlene e seu Júlio (eles eram um casal e deviam ter por volta de uns 70 anos), terão ajuda do Gideão (um dos diáconos da igreja e que era solteiro) para ensinar-lhes a montar a barraca dentre outras coisas. Mas, para o restante, serão apenas os dois no meio do nada. Para os solteiros, fizemos nós mesmos uma divisão de duplas: meninas e meninos separados, ok? Lembrem-se de que não deverão acampar próximos a ninguém tampouco pedir ajuda. Todos ficarão espalhados pelo local e cada um vai se virar como puder. Ah, também não será permitido o retorno para o galpão; ou vocês enfrentam o desafio ou estão fora da nossa comunidade. Esse é um teste para verificarmos quem, de fato, aguentará passar sufoco e permanecer firme. Alguém se habilita a desistir?

E quem seria louco de abrir mão da única possibilidade de sobrevivência caso o período tribulacionário nos alcançasse?

— Começamos que horas pastor? — Rick perguntou, enquanto todos balançavam a cabeça afirmativamente, concordando com ele.

— Peguem suas listas e vamos conferir se todos trouxeram os itens necessários!

○	• *uma mochila grande e resistente*
○	• *uma barraca de acampar pequena*
○	• *um jogo de canivete suíço*

- uma corda fina (resistente) de cinco metros
- três latas de atum ou sardinha
- três pacotes de miojo
- três barras de cereal
- um pedaço pequeno de sabão
- uma calça jeans
- uma blusa
- um conjunto de peça íntima
- uma garrafa com água
- uma vasilha pequena para cozinhar
- uma toalha pequena
- uma caixa de antibióticos
- uma caixa de analgésico e antitérmico
- uma caixa de fósforos
- um candeeiro (pequeno) com óleo
- um antídoto (com seringa) para veneno de cobra
- vir ao camping usando casaco e botas de borracha (estilo construção civil)

Nossa! Era muita coisa para caber em apenas uma mochila, mas fizemos o possível para acomodar tudo. E, mesmo com tanta coisa para ser guardada, a quantidade de comida era mínima. Porém, se levássemos em conta que precisaríamos fugir de uma hora para outra no meio do mato, comer bem certamente não seria nossa principal preocupação.

— O acampamento começará ao meio-dia de hoje e encerrará às dez da manhã de amanhã. Tenho apenas uma ressalva a fazer: essa é uma lista oficial do que vocês precisam ter guardado para uma eventualidade; entretanto, para esse acampamento, só poderão levar uma unidade de cada item alimentício.

— Quer dizer que só podemos levar uma lata de sardinha, um pacote de miojo e uma barra de cereal para nos alimentarmos por 24 horas? — perguntou Ana Luísa desesperada, começando a pensar melhor na possibilidade de se entregar logo ao anticristo em vez de tentar fugir e sobreviver. — Gente, olha o meu tamanho... Isso não vai dar pra chegar nem até às três da tarde de hoje.

— Pois é, dona Ana Luísa, se a senhora tivesse participado de todas as convocações de jejum, certamente não sofreria. Muitos de nós estamos acostumados a jejuar o dia inteiro, fazendo apenas uma leve refeição à noite. Uma barra de cereal e miojo com sardinha é luxo para quem está sendo perseguido! — Raquel a repreendeu e Ana Luísa fez cara feia. A realidade era muito dura mesmo e todos nós precisávamos começar a nos acostumar com ela.

— Retirem agora da mochila os excessos de comida e coloquem nessas caixas. Quando o acampamento terminar, vocês passam aqui para recolher o excedente. Ah, e é importante já deixar a mochila sempre arrumada. Caso haja um desastre mundial, não apenas a grande tribulação, mas qualquer desastre que necessite de fuga, é importantíssimo não se preocupar em arrumar nada, apenas em colocar a mochila nas costas e correr o máximo que puder.

— Podemos, ao menos, montar a barraca durante o dia? — Ana Luísa perguntou desanimada.

— Sim. E já podem começar a se espalhar... Fiquem ao máximo de distância que puderem uns dos outros. Precisamos vivenciar essa experiência ao limite. Não podemos vacilar. Precisamos estar bem preparados caso a tribulação nos alcance. Agora, vão! Se espalhem! E que Deus e seus anjos estejam conosco!

Raquel, eu, o pastor Carlos, a pastora Débora, Rosa, Ana e Rick nos entreolhamos. Era como uma despedida. Não uma despedida real, mas ainda assim dolorosa.

— Somos você e eu! — falei.

— Sempre!

NARRA A OVELHA

Levamos quase meia hora procurando um lugar bem no meio do mato e sem água por perto. Exatamente isso: acampamos num lugar onde não havia água, pois se fosse preciso fugir de uma hora para outra, teríamos de estar preparados para viver com pouquíssimo daquele precioso líquido. A única garrafinha que cada um de nós possuía serviria para beber, cozinhar e lavar as mãos... Impossível, não? Não! Grande parte dos seres humanos vivia com quase nada de água potável; se eles podiam, nós também conseguiríamos. Claro que ninguém tomaria banho, e na hora de preparar nossa comida, não colocaríamos a quantidade de água necessária porque seria desperdício.

— Acho que devemos dividir agora um miojo com sardinha e comer o outro amanhã de manhã, o que você acha? — consultei o Cris, que estava mais preocupado em encontrar um lugar para armar nossa barraca do que comer, até porque as coisas só piorariam caso começasse a chover. O céu estava bem carregado de nuvens e aquilo sim era uma preocupação das grandes.

— Tanto faz, amor. Você decide.

Olhei ao redor pensativa, o sítio tinha em média uns dez hectares e muitas árvores na propriedade. Uma parte era descampada, onde ficava nossa horta. A outra parte tinha árvores de todos os tipos, tanto frutíferas quanto de sombra.

— Acho que seu pai deu muita sorte com esse lugar — comentou Cris, parecendo ler meu pensamento. — Com tantas árvores espalhadas pela propriedade fica praticamente impossível um veículo aéreo conseguir nos rastrear. Contudo, estou na dúvida se montar nossa barraca embaixo de uma árvore seria o melhor lugar...

— Ué, tá na dúvida por qual motivo? Olha para o céu Cris: as nuvens estão carregadas e pode ser que caia um dilúvio essa noite. As árvores formariam uma proteção natural.

Para mim, aquilo parecia lógico.

— Você só está esquecendo um detalhe: as árvores atraem raios. Nós não queremos tomar uma descarga elétrica em pleno mato. Concorda? Além disso, muitos bichos, como cobras, costumam frequentar os galhos das árvores... Também não querermos nenhum deles caindo sobre nossas cabeças. Sem chance de nos abrigarmos junto às árvores.

Nossa! Ele tinha razão. Em momento nenhum aquilo me ocorrera. Comecei a pensar em dona Marlene, seu Júlio, meus pais, Ana... E se eles não se lembrassem desses detalhes?

— Cris, nós precisamos encontrar o pessoal e alertá-los sobre o risco das árvores. Não podemos permitir que...

— Amor, nenhum deles é criança. Todo mundo está aqui num acampamento de sobrevivência! Há risco como tudo nessa vida... Lembra a dona Isabel, nossa vizinha? A mulher foi à padaria e enfartou lá mesmo. Morreu! E era crente, firme em Deus. Quando chega a hora, meu amor, só Deus mesmo pra livrar... — ele disse, enquanto estirava a lona e tentava enfiar as varetas pelos buracos. Não parecia ser muito complicado, mas, assim mesmo, fui ajudar. Caso um dia eu precisasse montar uma barraca e ele não estivesse perto, seria bom saber como fazer aquilo.

— O que você acabou de dizer não ajudou a me tranquilizar...

— Desculpa, amor, só estou sendo realista. Se Deus não nos guardar e nos livrar de todos os males, incluindo raios e cobras, o que nós, seres pecadores e mortais, poderemos fazer?

— Ter cuidado, como estamos tendo agora! — respondi, agora tentando levantar a barraca que já estava com as caneletas no lugar.

— Exatamente. Só podemos ter cuidado. Os outros também terão. E caso eles sejam inexperientes, Deus os livrará... Opa: agora sim teremos um abrigo para passar a noite! — gabou-se, enquanto contemplava a barraca montada.

— Com a minha ajuda!

Senti-me muito útil nesse instante.

— Sempre! — puxou-me para perto e me beijou de modo apaixonado. Para sua mão começar a deslizar por meu corpo foi só questão de segundos. — É melhor eu parar — ele tentou falar.

— Também acho — concordei, recuperando o fôlego e me afastando.

A primeira providência que o Cris tomou depois de montar a barraca foi fazer uma fogueira. O local que escolhemos tinha um matinho bem rasteiro porque não queríamos bichos circulando nem perigo de incêndio. Passamos um bom tempo procurando galhos fininhos, bem secos e em grande quantidade para que o fogo não cessasse rapidamente. Assim que a fogueira ficou pronta, pegamos nossa latinha e, com o mínimo de água possível, preparamos o miojo com sardinha.

— Isso está ruim demais, amor. Não vou aguentar comer, não! Pode ficar com a minha parte. Toma.

Passei minha "sopa" de miojo para o Cris enquanto me levantava e pensava no que fazer para amenizar a fome. As horas corriam e tudo o que eu tinha comido até aquele momento eram alguns pedaços de jaca pela manhã e minha barra de cereal ao meio-dia. Minha situação não estava nada boa.

— Só temos a minha barra de cereal agora e um pacote de miojo com sardinha. E você não pode passar quase 24 horas com apenas duas barrinhas. Sinto muito, amor, mas você precisa fazer um esforço e colocar um pouco desse carboidrato pra dentro desse corpo lindo. Não posso arriscar que você desmaie de fome bem no meio do mato.

— Uma xícara de café... Como eu preciso de uma xícara de café, meu Deus! O que custava meu pai ter incluído na lista um pacote de café solúvel e uns sachezinhos de açúcar? Preciso de açúcar! — lamentei. Sim, eu estava sendo infantil. Não adiantava desejar algo que não havia por ali.

— Não sei. pergunta para ele depois. Seria até bom um cafezinho para nos aquecer durante a noite, né?

Peguei de volta a latinha do miojo e comi com um nojo terrível. Eu odiava aquele tipo de macarrão, principalmente com sardinha dentro... Eca! Mas era aquilo ou passar a noite e a manhã com uma barra de cereal. Tinha de deixar de frescura e comer mesmo.

Assim que terminei a minha parte, entrei na barraca (tendo o cuidado de deixar as botas do lado de fora para não encher o local de areia) e qual não foi minha desagradável surpresa quando, ao sentar, percebi que não tínhamos nem um colchonete fininho para deitar.

— Amor, o chão está muito duro!

— Amor da minha vida, todo chão é duro.

Ele tentou não ser irônico, mas foi.

— Não tem condições de dormir aqui!

— Mas não tinha colchonete na lista. E ele foi bem claro, só poderíamos trazer o que estivesse na lista, até porque, não cabia mais nada na mochila. Mas faz o seguinte: pega suas peças de roupa e estira na barraca, coloca as minhas por cima, depois forra com as duas toalhas e deita com a cabeça em cima da mochila seca e dobrada. Não vai ser a coisa mais macia do mundo, mas já ajuda.

— E você? Não vai deitar em cima de nada?

— Claro que não, meu amor! Eu seria capaz de ficar na frente de um caminhão para protegê-la. Dormir no chão só pra vê-la um pouquinho mais feliz não vai ser sacrifício nenhum. Fica tranquila.

Como ele podia ser tão fofo mesmo em meio a um perrengue daqueles? Mas o Cris era assim: gentil, fofo, lindo e meu!

— Depois penso nisso. Perdi a vontade de deitar — disse, tentando ocupar minha mente com outra coisa, mas o quê? Estávamos no meio do nada, com nada pra comer ou fazer.

— Hahahahahahaha! — comecei a rir desesperada. Até dor na bochecha e na barriga senti.

— Hum... Amor, você está bem? —Cris perguntou, enquanto, sentado em cima de uma graminha, saboreava o restinho de seu "Quinojo".

— Ai, amor... Tô imaginando a cara da Analú! Se eu que sou bem menos fresca e estou sofrendo horrores, imagina ela! Meu Deus, eu não queria estar na pele do Rick!

Ele começou a rir também. Era impossível imaginar aquela dondoca, acostumada a todo o tipo de conforto, ali no mato e passando o maior perrengue de sua vida. Isso tudo sem direito a nem ao menos um colchonete para deitar.

— Isso é porque os maruins ainda não começaram a picar. Quando eles entrarem em ação...

— Não brinca, amor! — parei de rir imediatamente. — Fala sério que, além de comer aquele quinojo, dormir no chão, não ter água para praticamente nada, ainda vou ter de enfrentar um milhão de mosquitos que picam a ponto de arrancar pedaço?

Eu não perguntava, eu praticamente gritava.

— Você, eu e todo mundo aqui hoje... Vem cá. — ele me puxou para sentar no colo dele. Sacou uma Bíblia pequenininha; um novo testamento, desses de bolso; e que estava em sua jaqueta.

— Isso não estava na lista, estava? — provoquei, torrando um pouco sua paciência.

Ele deu uma palmada leve em minha perna, repreendendo-me. Apenas sorri. Puxa... Se eu pudesse escolher qualquer pessoa no mundo para passar esse momento comigo, certamente seria ele. Eu estava com a pessoa certa; quer fosse na vida, quer fosse na tribulação.

— "Então vi um novo céu e uma nova terra, pois o primeiro céu e a primeira terra tinham passado; e o mar já não existia", Apocalipse 21:1... "Ele enxugará dos seus olhos toda lágrima. Não haverá mais morte, nem tristeza, nem choro, nem dor, pois a antiga ordem já passou." Esse é o versículo 4. Já o capítulo 22 versículo 12 diz: "Eis que venho em breve! A minha recompensa está comigo, e eu retribuirei a cada um de acordo com o que fez". O livro de Apocalipse traz revelações terríveis sobre o que está para acontecer em breve, mas não podemos negar que também nos enche de esperança. Apazigua saber que logo estaremos num lugar onde não haverá mais sofrimentos e que também receberemos recompensa por tudo que fizemos em prol do reino de Deus. Não só seremos salvos da condenação eterna, como também receberemos galardão; dá pra acreditar? Vai valer a pena resistirmos até o fim, amor! Vamos nos manter otimistas, afinal, a Bíblia diz para dar graças por tudo. Assim: graças a Deus que estou aqui com você!

Quando aquela criatura havia amadurecido tanto? E, sim, esse novo Cristiano era um homem de Deus e que não temia desafios. Um verdadeiro leão diante das adversidades e das novas circunstâncias que nos cercavam. Estava abrindo mão do conforto do nosso país e de estabilidade financeira para pregar o evangelho num local paupérrimo, com pessoas que não tinham absolutamente nada para oferecer em troca. Ao contrário, por ser um país de maioria muçulmana, corríamos risco de perseguição. Entretanto, nada se comparava ao que eu via agora: no meio do mato, com todas as condições desfavoráveis (e nem precisávamos estar ali; não éramos obrigados), faltando poucos dias para passarmos um ano longe da família, ele, em vez de reclamar (como eu havia feito desde que chegara), tentava me deixar o mais confortável possível, além de manter seus olhos e seu coração na eternidade que estava reservada para os filhos de Deus.

— Você é muito lindo, sabia? — mantive meus olhos nos seus, enquanto contornava suas sobrancelhas com meus dedos. Tratei de decorar bem cada traço de sua fisionomia (como se eu já não tivesse tudo em minha mente!), afinal, não tinha como saber o dia de amanhã. Na verdade, não havia nenhuma garantia nessa Terra. E como o Cris acabara de mencionar: nossas certezas e esperanças estavam apenas nos céus reservadas para os filhos de Deus. Por isso, enquanto estávamos ali, juntos, eu aproveitava cada pedacinho dele.

Ele pareceu não entender o motivo pelo qual eu agia dessa maneira. Há poucos segundos, eu reclamava dos maruins, agora me sentia plena, satisfeita e apaixonada (sempre); mesmo naquele fim de mundo sem estrutura. Cristiano fechou a Bíblia e me encarou novamente.

— O que passa, nesse momento, nessa cabecinha linda, dona Raquel? Por acaso, você está tentando me seduzir no meio do mato? — perguntou provocativo.

— Está dando certo, amor? — devolvi a pergunta, sendo provocativa também.

— Como está!

— É que, enquanto você lia a Bíblia, fiquei pensando... Está escurecendo e não temos nada pra fazer. Daqui a pouco começa a esfriar e conheço um excelente exercício para nos aquecer. Já que você não tem nenhum compromisso essa noite nem eu...

— Tem certeza de que você quer encarar o chão agora? — perguntou, enquanto já beijava o meu pescoço.

— Absoluta! Ou... você tem uma ideia melhor? — tentei falar enquanto ainda conseguia raciocinar.

— Nenhuma.

Foi a última coisa dita por um de nós, enquanto seu colo e sua boca tomavam de conta de mim.

***

— Cris! — susurrei, ameaçando chorar. — Acorda, amor, por favor!

Eu não tinha noção da hora, só sabia que estava bem escuro. Também pudera: o "exercício" havia nos deixado tão exaustos que acabamos pegando no sono. E deitar no chão batido daquela barraca tentando encontrar uma posição não tão desagradável acabava com as forças de qualquer um! Foi aí, durante aquela escuridão aterradora, que senti algo se mexer bem embaixo de nós.

— Amor, pelo amor de Deus, acorda! — comecei a cutucá-lo, já chorando.

— Raquel? — ele levantou assustado. — O que está acontecendo, amor? Está se sentindo mal?

— AI!!!! Você se mexeu e o bicho também!

Eu estava deitada, imóvel e apavorada. Não conseguia raciocinar, apenas chorar.

— Que bicho, Raquel? Do que você está falando?

— AAAI!!! — gritamos ao mesmo tempo.

— Agora eu senti — ele disse. — Deve ser uma cobra.

Era tudo o que eu não precisava ouvir naquele instante. Meu pânico, que já estava no limite, extrapolou de vez. Fiquei em pé, gritei e me agarrei ao Cris, como se ele fosse a última boia do Titanic. Eu não sairia de cima dele por nada nesse mundo.

— Calma, criatura! Você vai me derrubar e vamos cair os dois em cima do bicho, ele vai se machucar e nos atacar como defesa. Pelo amor de Jesus, se acalma!

Havíamos acendido o candeeiro, iluminando um pouco o ambiente. Mas do modo como eu me agitava dentro da barraca (na realidade, não dava pra ficar em pé; estávamos meio agachados), o Cris temia que o negócio virasse e incendiasse tudo. Aí, sim, no meio do nada, no escuro e com a barraca queimando, teríamos um baita problema pra resolver. Até pior que a cobra!

As coisas poderiam piorar, e muito. Respirei fundo, desci de cima dele e fiquei imóvel. Ao menos estávamos na barraca e ela estava bem lacrada (só não derretemos de calor porque o clima tinha esfriado bastante e havia uma abertura com tela, tipo uma janelinha nas laterais). Não tinha como nenhuma espécie de bicho adentrar o ambiente. O problema é que, como estávamos sem colchonete, o animal (que pela largura e tamanho achamos ser uma cobra) passou se arrastando por baixo e encontrou justamente uma brecha entre o Cris e eu. A impressão que dava era a de que o bicho estava ali juntinho de nós.

— Pronto, estou mais calma... O que vamos fazer? — falei sem chorar. Ponto para mim.

— Hã?... Nada, amor.

— Como assim nada, Cristiano? — engrossei o tom. — Nós temos uma cobra passeando entre nós. Não posso passar a noite inteira nessa posição.

— E você prefere sair nessa escuridão e arriscar dar de cara com o bicho do lado de fora? Vamos fazer assim: eu sento no chão e você em meu colo. Garanto que você não vai sentir bicho nenhum perturbando.

— Mas você vai passar a madrugada sentado comigo em seu colo? Não vai aguentar, amor! — apesar de manter meu peso em dia, a pessoa passar a madrugada com 50 kg no colo, no chão durinho, seria um desafio e tanto.

— Amor, nós poderíamos estar fugindo do anticristo, já pensou? Poderíamos estar no meio do mato, nesse escuro, com os bichos passando bem ao nosso lado e os soldados do inferno atrás de nós. Vou sobreviver, não se preocupe. Senta aqui, vem.

Como não tinha alternativa, ficamos ali: eu em seu colo, abraçados um ao outro. Vez por outra, o coitado se remexia ou mudava de posição porque com certeza não estava fácil se manter assim.

— Você está com fome? — perguntei, quebrando o silêncio. Estava tudo tão quieto e não tínhamos nada para fazer. Eu sequer conseguia lembrar alguma brincadeira... Dessa vez, senti falta da Ana. Com certeza, não faltaria assunto para a madrugada.

— Você está com fome? — devolveu a pergunta.

Já deveria ser alta noite ou madrugada. Não sei quanto tempo dormimos sossegados. E, apesar do candeeiro estar aceso, estava difícil enxergar as horas.

— Tô. E agora só temos uma barra de cereal e um miojo com sardinha.

— Come a barra, então.

— Não posso. Só ficaremos com o miojo para enfrentar a manhã inteira. Também já comi minha barra, essa deveria ser a sua...

— Podemos tentar achar alguma árvore frutífera pela manhã. Seu pai não falou nada sobre catar alguma coisa para comer, ou falou?

— Que eu me lembre, não.

Peguei a mochila bem próxima a nós (na realidade tudo ali estava bem próximo) e tratei de pegar a barra de cereal. Sinceramente, nunca havia comido aquilo com tanto prazer na vida! Só por aquela barrinha estar apagando a lembrança do miojo com sardinha, já estava valendo.

Dei metade ao Cris. Apesar de ele ter insistido muito para que eu comesse tudo, me sentiria melhor se ele aceitasse. Meu marido já estava fazendo sacrifícios demais por mim. Ao menos metade da barrinha ele merecia.

Adormecemos de tanta dor no corpo e cansaço. Para ser sincera, houve um momento em que eu já nem me importava mais com a cobra. Ajeitei-me ao lado do Cris e terminamos por deitar no chão novamente. Se a cobra rodopiou a noite inteira ao nosso redor, de fato, nem percebemos. O cansaço havia sido um santo remédio para o meu medo.

***

— Bom dia, minha vida. Graças a Deus, sobrevivemos! — ele me acordou, beijou minha testa e me abraçou.

— Bom dia, amor! Só garanto a sobrevivência depois que o miojo do café da manhã descer pela minha goela — repliquei com um leve sorriso.

— Pois é, temos um café da manhã delicioso à nossa espera.

Ele levantou, me arrastando junto. O dia estava apenas começando!

CAPÍTULO 6

Despedidas

"E disse-lhes: vão pelo mundo todo e preguem o evangelho a todas as pessoas."

Marcos 16:15

CONTA O LEÃO

A impressão foi que o pessoal amanheceu no galpão. Todos já estavam lá quando chegamos. Todos, menos nós e os pastores, que chegaram conosco.

— Sinceramente, depois desse acampamento, penso que ser capturada pelos soldados do anticristo não deve ser tão ruim assim. Na verdade, não pode ser pior que isso! — Analú comentou, arrancando risos de todos.

— E se vocês acham que sofreram, imaginem passar por tudo isso e ainda ter de correr, se esconder pela mata; tudo com soldados fortemente armados na cola de vocês... Eu só quero que, caso isso aconteça, estejam preparados! — defendeu-se pastor Carlos.

— Tem alguém machucado? — a pastora perguntou. — Passando mal por algum motivo?

— Acho que a pressão da Marlene caiu um pouco. Além disso, por causa da artrite, estamos com dificuldade de nos locomover — respondeu seu Júlio, ajudando a esposa a se acomodar melhor numa cadeira que trouxeram para ela. Pasmem: tínhamos cadeiras no galpão!

Simone, que era enfermeira e fazia parte do grupo, estava munida de aparelho de pressão e correu para ajudar dona Marlene. De fato, ter alguém da área de saúde ali conosco era essencial.

— Agora vamos comer. Vocês acharam que eu faria vocês passarem por todo esse sofrimento sem recompensá-los no fim? Já são dez horas, mas temos à nossa espera um café da manhã digno de hotel: mungunzá doce, bolos, cuscuz, macaxeira, inhame, frutas, café, pão... Liberei a Rosa para passar a noite aqui com a irmã Neide e preparar esse banquete. Mas teremos outros treinamentos e elas não estarão dispensadas.

Corremos em direção ao refeitório. Na verdade, precisamos parar no meio do caminho para que o pastor pudesse orar pelo alimento antes que todos devorassem tudo o que havia ali. Nossa última refeição tinha sido metade de um miojo às 5h30 da manhã!

— Além do episódio da cobra, do quinojo e do chão duro, sabe o que achei terrível também? — disse Raquel, enquanto Ana, Rick e eu nos deliciávamos com a comida. Eu até já começava a achar que aquela noite tinha valido muito a pena só pelo prazer de colocar aquela refeição na boca.

— O que pode ser pior que uma cobra circulando entre você e o Cris dentro da barraca? — Ana Luísa questionou com a boca cheia.

— O tédio! — Raquel respondeu com a boca também cheia. — Ai, Ana, chegou uma hora que até de você eu senti falta... Não tínhamos o que comer, a não ser uma barra de cereal pra dividir entre dois, não podíamos sair da barraca por causa da cobra, também não dava para dormir com o desconforto... E eu odeio não ter nada para fazer! Mas conta: e vocês, como passaram a noite? O que fizeram pra matar o tédio?

— Nós fizemos sexo, claro! No meio do mato, tudo escuro, com fome... Você queria que a gente tivesse feito o quê? — engasguei e precisei na hora cuspir o cuscuz.

— ANA LUÍSA! — todos repreenderam uníssono.

Aquilo não era assunto para a hora da comida. Nem para outra hora também. Quero dizer, ela expor a intimidade deles na minha frente e na de Raquel era demais. Eu sabia que as mulheres conversavam sobre praticamente tudo (nós homens, não. Eu jamais falaria para um amigo sobre minha vida sexual com minha esposa!), mas será que Raquel contava nossas intimidades para a Ana?

— Ué, gente, qual o problema? Vai dizer que vocês não fizeram também? Um tédio horroroso daqueles e sem ninguém para conversar... Somos casados! Isso é uma questão de lógica. Aposto que seus pais também aproveitaram, Raquel.

Hoje ela estava impossível!

— Vou pegar mais bolo — Raquel falou.

— Eu também — concordei rápido.

Raquel e eu nos levantamos e saímos enquanto Ricardo dava uma bronca nela. Entretanto, quando nos olhamos, foi impossível não rir. Aquela garota tinha razão em tudo o que dissera. E era bem capaz de os pastores terem aproveitado a solidão e o friozinho também.

— Ou eles oraram a noite inteira — Raquel comentou como se tivesse lido meu pensamento.

— Duvido muito! — respondi, enquanto ela me beliscava e terminava de encher nossos pratos.

***

— Graças a Deus coube tudo! — exclamei, agradecido aos céus por finalmente fechar a última mala e constatar que tudo o que precisávamos levar estava dentro dela.

Iríamos usar duas malas gigantes, outra menor e duas frasqueiras. Já estava imaginando o quanto iríamos pagar por excesso de bagagem.

— Um ano fora, Cris. E não vamos estar no centro de uma grande cidade. É uma aldeia, lembra? Precisamos de tudo isso, sim.

Raquel se justificou enquanto eu olhava nada satisfeito para todas aquelas bagagens dentro do quarto. Pior que ela tinha razão: embora tivéssemos uma leve ideia do que nos esperaria, só após desembarcar em Guiné-Bissau e nos acomodar na casa que seria nossa pelo próximo ano é que saberíamos se algo nos faria falta. Sendo assim, levar tudo o que imaginávamos precisar era mesmo necessário.

— Mas precisava colocar tantos pacotes de café?

— Rosânia, uma das chefes da base, me contou que lá só tem café solúvel. Você sabe o quanto preciso de café e quanto odeio o solúvel. Portanto, não mexe em nada, por favor!

Ela me deu um beijinho para amenizar minha frustração, pois seria eu que iria carregar o "peso extra".

— Você está lembrada do jantar, hoje, na minha mãe, né? — perguntei para garantir. Era sexta-feira e iríamos embora no dia seguinte. No dia anterior, na igreja, tinha sido feito um "bota-fora" com todos os amigos de ministério e alguns parentes da Raquel. Inclusive, Felipe e Beatriz haviam aparecido. Situação ainda constrangedora, porém já superada. Ao menos, eu achava. Hoje, era o dia da despedida na casa da mamãe.

— Claro que sim, amor. Daqui a pouco começo a me arrumar.

Estávamos tão exaustos com a comemoração anterior e com o fim da arrumação das malas (levamos quase 15 dias separando o que levaríamos e o que doaríamos), que deitamos na cama e ficamos em silêncio, apenas descansando as costas e respirando um pouco.

— Você está com medo? — ela perguntou de olhos fechados, como se estivesse sonhando acordada.

— Hum... — demorei um pouco para responder, pois não sabia que tipo de sentimento se apoderava de mim naquele instante. — Bom, eu não sei se o que sinto é medo... Acho que é, sim. Tudo que é desconhecido dá medo, não?

Imaginei se ela também se sentia do mesmo modo ou se eu apenas estava sendo frouxo.

— Também sinto isso. Mesmo já tendo passado por vários treinamentos e sabendo mais ou menos como as coisas funcionam, ainda assim vamos conviver com pessoas que nunca vimos...

— E viver numa terra que nunca visitamos... — completei.

— É... com costumes diferentes...

— Eu não quero viajar assim — eu disse, ao passo que olhei para ela e segurei suas mãos. — Acho que precisamos orar e pedir ao Senhor que nos dê força e fé. Não estou pensando em desistir nem estou arrependido. Só não quero sentir medo e nem que você sinta também. Independentemente do que nos espera, precisamos confiar que o nosso Deus é soberano e está no controle de tudo.

— Concordo. Também não quero esse sentimento nos rondando, afinal, o verdadeiro amor lança fora todo o medo. E tenho tanto amor por esse projeto e pela oportunidade que Deus está nos dando! Definitivamente, não deveríamos nos sentir assim.

Colocamo-nos de joelhos e começamos a invocar a presença do Espírito Santo de Deus sobre aquele lugar e sobre nossas vidas.

— Senhor Deus e Pai, estamos sob um propósito que é maior que nossa própria vida ou vontade. Clamamos para que o Senhor nos dê fé e ousadia necessárias para não temermos nem vacilarmos...

Passamos um bom tempo ali, orando e lançando fora todo resquício de medo que porventura pudesse nos rondar. Apesar de aparentemente ser um medo normal e até mesmo bobo, não podíamos deixar que ele crescesse dentro de nós e trouxesse consigo o sentimento de incredulidade. Precisávamos cortá-lo antes que pudesse nos atrapalhar de alguma forma. A oração deveria ser sempre nossa primeira arma, não a última. Assim, encerramos aquele momento tomando posse da armadura de Deus, que se encontrava lá em Efésios 6:11,18: "Revesti-vos de toda a armadura de Deus, para que possais estar firmes contra as astutas ciladas do diabo. Porque não temos que lutar contra a carne e o sangue... Portanto, tomai toda a armadura de Deus, para que possais resistir no dia mau e, havendo feito tudo, ficar firmes... Tomai também o capacete da salvação, e a espada do Espírito, que é a palavra de Deus; Orando em todo o tempo com toda a oração e súplica no Espírito, e vigiando nisto com toda a perseverança e súplica por todos os santos..."

Tínhamos um Deus Todo-Poderoso nos guardando, tínhamos sua armadura sobre nossas vidas e buscávamos orar em todo o tempo. O que precisávamos temer mesmo?

***

Sinceramente, nunca imaginei ter tantas surpresas na noite anterior à nossa viagem.

— Moacir?! — gritei de alegria quando o vi sentado no sofá da sala, na casa de minha mãe. — Cara, que surpresa maravilhosa encontrar você aqui!

Depois que perdemos tudo, Moacir ainda passou uns meses conosco. Tio Edson, irmão da mamãe, tentou efetivá-lo como motorista, mas infelizmente sua filha que morava na Itália havia descoberto um câncer e toda a família mudou-se imediatamente para lá. Catarina precisava de toda a assistência do mundo, e quem ficou numa situação difícil foi o Moacir, que conseguiu um emprego em Recife (cerca de duas horas de distância de João Pessoa) e precisou nos deixar. Tudo bem que ele sempre aparecia nos finais de semana, porém, após sua conversão, conseguimos ficar ainda mais próximos do que já éramos; e essa "distância" entre nós a princípio me incomodou demais. Sendo assim, vê-lo ali em nossa despedida foi mais que um presente de amigo: foi de irmão!

— Que surpresa o quê, Cris? Você já devia estar esperando minha presença nesse jantar, ou achou que eu iria deixar você ir viajar sem que eu pudesse me despedir? Minha presença era mais que confirmada!

Enquanto nos abraçávamos, aproveitei para dar uma geral pela sala. Tinha muita gente ali. Quer dizer, não tinha tanta gente assim, mas achei que seríamos apenas nós e a mamãe. Também desconfiei que Moacir viesse, mas ninguém mais além dele. Na real, eu não esperava aquilo. E acho que nem Raquel. Inclusive, ali tinha gente que eu sequer conhecia.

— Tio Edson? Não estou acreditando que até o senhor está por aqui! — fiquei admirado com o que vi.

— Oi, Cris! Pois é, graças a Deus a Catarina está totalmente restabelecida e sua tia e eu pudemos voltar. É muito bom viver na Europa, mas o escritório precisava de mim. Estava bem cansativo viajar para comparecer a audiências aqui. Não entrei em contato contigo antes porque cheguei há apenas três dias. Que bom poder vê-los antes da viagem! Mas minha presença aqui também se deve por outro motivo...

Antes que ele pudesse falar, minha mãe pediu licença e me puxou para apresentar um desconhecido que circulava pelo ambiente e que eu não fazia a menor ideia de quem era.

— Esse aqui é o Vítor Santiago. Ele é gerente de um dos bancos onde tenho conta. — opa, opa, opa! Por que o gerente do banco da minha mãe estaria numa reunião de família? Não, essa não! Não acredito que... — Eu não queria que você viajasse sem saber que o Vítor e eu estamos nos conhecendo melhor. Eu já havia mencionado alguma coisa, mas queria que você o conhecesse.

Aquilo só podia ser brincadeira da minha mãe. Eu realmente não tinha levado a sério quando comentou antes, mas pra ela trazer o cara e me apresentar, é porque era sério mesmo! E aquele modo de falar? "Estamos nos conhecendo melhor"... Desde quando ela usava essas gírias modernas? Sério mesmo que ela tinha de fazer isso justamente hoje, faltando poucas horas para Raquel e eu viajarmos?

Glória, secretária do lar da mamãe, passou com as taças de vinho e imediatamente puxei uma e virei de uma só vez. Sei que não deveria ter feito aquilo, mas para aquela notícia descer e ser bem digerida, só com a ajuda de uma bebida, e o vinho foi a primeira coisa que vi pela frente...

— Tá louco, Cris? — Raquel tomou a taça da minha mão e me repreendeu ao pé do ouvido, impedindo que mais alguém pudesse ouvir (se é que isso era possível). — Você não está acostumado a beber. Quer dizer, não mais. Virar uma taça de vinho assim, de uma vez só? Daqui a pouco você vai ficar embriagado!

O tal Vítor estendeu a mão para mim.

— Prazer, Cristiano. Pena conhecê-lo só agora, tão perto de você ir embora.

Ele ficou lá, com a mão estendida, enquanto eu olhava para ele e para a mão. Para a mão e para ele. Minha vontade era dar um soco na cara daquela criatura. Ela era minha mãe e ele estava conhecendo melhor a mulher que havia me parido e amamentado. Ele não podia fazer aquilo!

— Cris!

Mamãe e Raquel me trouxeram de volta para a realidade e fizeram sinal para que eu apertasse a mão daquele... daquele... cidadão. É! Daquele cidadão diante de mim.

"Faz mais de dois anos que sua mãe está sozinha. Agora você vai embora. Ela perdeu o marido, vai ficar sem o único filho e, em contrapartida, você tem a companhia da Raquel. Você realmente acha justo implicar com isso? Não está na hora de ela recomeçar a vida sentimental?"

— É fácil para o Senhor falar, né, Espírito Santo! — retruquei sem perceber que falava com "alguém invisível" bem ao meu lado. Todos olharam pra mim como se eu fosse louco, enquanto o Vítor parecia estar apavorado. O coitado continuava ali com a mão estirada. Eu entenderia se ele pedisse desculpas e saísse correndo. Isso até que não seria má ideia...

— Desculpa, eu estava distraído! Prazer, Vítor. Confesso que fui surpreendido pela notícia... Minha mãe poderia ter me contado antes.

Dei um sorriso forçado e fuzilei mamãe com o olhar.

— Contei para você, sim! Disse que estava conhecendo melhor alguém, não disse? E só apresentei agora porque amanhã você irá embora e não vai poder pegar no meu pé. Ah, vou pedir para a Glória servir o jantar...

Ela segurou na mão do tal cara e saiu arrastando-o, enquanto ele terminava de me cumprimentar com um aceno de cabeça.

— Ei, você está pálido. Respira, respira... — orientava Raquel, pegando uma revista e me abanando.

— Você ouviu aquilo, amor? — perguntei totalmente incrédulo.

— Ouvi, amor.

— Por acaso você sabia de alguma coisa?

— Eu não sei guardar segredos de você, meu amor. Você acha mesmo que sua mãe me contaria alguma coisa?

Raquel ao menos não tinha me enganado. Já minha mãe...

— O jantar estará servido em cinco minutos. Temos alguns petiscos aqui, mas não exagerem: o filé ao molho madeira e o *penne* com camarão e molho pesto estão divinos. Não quero ver sobrar nada! — mamãe disse, enquanto permanecia agarrada à mão do Vítor e agora o apresentava a Moacir.

— Seus pais chegaram, Raquel — mamãe avisou animada.

— Puxa, nem sabia que vocês estariam aqui hoje! — Raquel comentou, achando que a despedida do dia anterior na igreja já havia sido suficiente para seus pais. — Minha nora predileta, você acha mesmo que eu deixaria minha líder e confidente fora do jantar de despedida dos nossos filhos? Claro que não! A presença deles, hoje, era obrigatória.

Mamãe piscou para Raquel, enquanto os pastores cumprimentavam Vítor como se o conhecessem.

— Não acredito que seus pais fizeram isso comigo! — comentei admirado e indignado com a intimidade que rolava entre eles. Meus olhos não conseguiam "processar" aquela cena.

— Fizeram o quê, criatura?

— Eles já conheciam o tal Vítor e não disseram absolutamente nada!

— Está olhando de cara feia para mim por quê, Cris? — perguntou minha estimada sogrinha, de maneira bem despretensiosa, enquanto se aproximava de mim.

— A senhora me traiu!

— De modo algum: na verdade, eu fui fiel a Vânia, o que é bem diferente... Não tenho o costume de sair por aí contando os segredos das minhas discípulas e você já devia saber disso. Além do mais, ele já anda frequentando alguns cultos com ela. Estão indo juntos às reuniões no domingo pela manhã. Como vocês só vão ao culto da noite, nunca se cruzaram.

— Não acredito que fui o último a saber!

— Fica calmo, Cris. — meu sogro precisou intervir antes que eu entrasse em colapso. — O Vítor aparentemente é uma ótima pessoa e sua mãe e ele só estão se conhecendo. Eles não possuem nenhum envolvimento físico, se é o que você quer saber. Estamos aconselhando Vânia o tempo inteiro e ela só pensa em se casar caso ele se converta.

Casar? Eu acabava de saber que minha mãe estava conhecendo melhor um cara e meus sogros já estavam discutindo com ela a possibilidade de um casamento?

— Olha, eu não preciso saber de mais nada! Amanhã estarei de partida e nem se quiser poderei fazer algo a respeito. Confio totalmente em vocês para resolverem isso!

Saí de fininho para não ter de pensar mais no assunto. Ainda bem que tio Edson fez sinal me chamando. Eu precisava fugir do foco daquela conversa e era já.

— Caramba! Você viaja amanhã, e se eu não te puxo para conversar por 5 minutos, é capaz de você ir embora sem que eu tenha conseguido te falar sobre o que de tão importante me trouxe aqui.

Outra surpresa? Só esperava que não fosse no nível da mamãe. Eu não teria coração para suportar.

— Fala, tio. O que aconteceu?

— Fomos procurados por um cartório da cidade. Não sabíamos que seu avô possuía um terreno gigantesco próximo à barreira do Cabo Branco, pois ele não constava no testamento nem nada do tipo. Para resumir, tem uma construtora interessada nele e já fechamos negócio. O importante é que ele vale milhões e decidimos dividir com todos os membros da família, inclusive filhos e netos. Ou seja, você acaba de herdar 100 mil reais! Sei que não é um valor astronômico, mas considerando que toda a família será beneficiada, não é um mau negócio, concorda?

— Meu Deus! — exclamei, passando as mãos no rosto de tão nervoso que estava. — Isso não é uma pegadinha, é, tio? Porque se for, não tem graça!

— Claro que não, Cris! Sua mãe já sabe que receberá esse dinheiro e me pediu para te dar a notícia pessoalmente. Ela queria muito que você viajasse ciente dessa novidade tão boa.

Deus era bondoso, maravilhoso, tremendo... Incrível mesmo! Ele estava me restituindo dez vezes mais o que eu havia perdido com a Waleska. E para quem tinha precisado vender o apartamento para se sustentar e estava preocupado com o término da construção do sítio, aquela notícia era tudo o que eu precisava ouvir.

"Eu cuido de cada necessidade sua... Continue sem temer. Assim como fui com Josué e ordenei a ele, te ordeno agora: seja forte e corajoso! Eu sou contigo por onde quer que você for!", eram as palavras que o Espírito Santo ecoava em meu coração, trazendo a certeza de que a oração feita à tarde já começava a render frutos.

— Muito obrigado, tio. Você foi o portador de uma notícia maravilhosa.

Olhei para mamãe, que sorriu e piscou o olho. Para ser sincero, até a chateação que estava sentindo pela "novidade" chamada Vítor havia ido embora.

— Todos para a mesa! — ela chamou. — Está na hora de orarmos e fazermos um brinde pela vida de nossos filhos. Amamos vocês demais, Cris e Raquelzinha, e desejamos que esse clima de paz e muita prosperidade possa alcançar vocês em todos os seus caminhos.

De fato, não poderíamos ter tido uma despedida melhor.

NARRA A OVELHA

Estávamos em Recife. Essa era a rota mais barata para chegar a Guiné-Bissau, e meus pais e Dona Vânia tinham nos acompanhado até o aeroporto. Porém, como já tínhamos feito o *check-in* e nos despedido de todos, agora era fato: só Deus e nosso destino nos acompanhariam a partir daquele momento.

Encaminhava-me para a sala de embarque quando passei em frente à Polícia Federal e os vi... Era coincidência demais para ser verdade: Araújo, aquele policial federal que havia me dado apoio no caso das crianças desaparecidas (caso envolvendo uma quadrilha com ramificações na Paraíba e em Pernambuco) e Waleska!

— Não pode ser, meu Pai! — admirei-me. — É coincidência demais num só lugar.

Cris tinha ido a uma cafeteria buscar um *cappuccino* para mim, enquanto eu deveria ir até a sala de embarque lotada e tentar assegurar duas poltronas para nós.

Virei-me e busquei o Cris com olhos. A ideia era sinalizar que eu pretendia desviar o caminho, mas o tumulto na cafeteria estava enorme: pessoas se acotovelavam, querendo fazer os pedidos, enquanto o coitado do meu marido disputava espaço, tentando me fazer a mulher mais feliz do mundo com uma das bebidas que eu mais amava.

Fiquei na dúvida se deveria ou não ir até ele e explicar o que estava acontecendo, mas aí correria o risco do Araújo e da Waleska saírem dali sem que eu tivesse a oportunidade de, ao menos, dar uma palavra com os dois. E eu estava interessada demais em falar com eles... Eu era jornalista! E embora não estivesse exercendo minha profissão, meu faro continuava acentuado: Waleska presa na Polícia Federal de Pernambuco? Eu precisava falar com o Araújo e tinha de ser agora!

Bati no vidro e tentei me equilibrar, enquanto segurava minha bolsa (pesadíssima) e uma frasqueira (em estado pior). Todos na saleta olharam (havia umas seis pessoas por lá). Waleska, quando me reconheceu, enterrou as mãos no rosto. A impressão era de que ela queria desaparecer dali. Fiz sinal para o Araújo na intenção de que ele me reconhecesse também.

Só havíamos nos encontrado uma única vez há mais de dois anos. O provável era ele não se lembrar, porém, ante minha insistência, acho que a ficha começou a cair... "*Yes!*" Ele estava vindo abrir a porta. Alguma coisa eu conseguiria.

— Oi, Araújo. Não sei se você ainda se lembra de mim, mas sou a Raquel. Aquela jornalista de João Pessoa do caso das crianças desaparecidas e do tráfico de órgãos humanos...

— Oi, Raquel, que prazer revê-la! — Cumprimentou-me com dois beijos no rosto. Não tinha nada a ver, mas, do fundo do meu coração, eu esperava que o Cris não tivesse visto aquilo. Meu marido era um novo homem, totalmente transformado por Deus, mas digamos que o ciúme era uma área que ainda precisava ser trabalhada em sua vida. Para ele, ver um homem do porte do Araújo me cumprimentando em pleno aeroporto não seria nada bom. Eu tinha certeza daquilo. — Como eu posso te ajudar?

— Aquela mulher, ali na sala com vocês, posso perguntar se ela está presa?

— Está, sim. Você a conhece?

— Conheço. Quinze dias atrás ela aplicou um golpe em mim e no meu esposo. Dez mil reais... Foi complicado, pois eles já tinham sido namorados e ela chegou dizendo que...

— ... tinha um filho dele e que sabia de uma clínica para fazer exame de DNA pela internet. Pois é, temos três queixas dessas contra ela e mais algumas de extorsão, além de estelionato. Sinto muito pela perda de vocês. Você quer entrar e prestar queixa?

Naquele instante, pensei no motivo pelo qual eu estava ali. O que me fez entrar naquela sala? Por que eu estava ali querendo falar com a Waleska? Queria um pedido de desculpa? Ouvir que ela sentia muito? Ou estava ali para denunciá-la e fazer justiça? Na realidade, eu não sabia.

"Suportem-se uns aos outros e perdoem as queixas que tiverem uns contra os outros. Perdoem como o Senhor lhes perdoou." O versículo 13 do capítulo 3 de Colossenses veio imediatamente em minha memória. Deus havia me colocado ali não para acusar ou cobrar uma dívida, mas para expressar o amor dele por aquela criatura através do perdão. E como o apóstolo Paulo havia dito em sua carta aos Filipenses, era necessário esquecer as coisas que ficaram para trás, e isso implicava perdoar a Waleska para que pudéssemos começar uma vida nova em Guiné-Bissau, livre de sentimentos de injustiça e rancores. Além disso, Deus já havia restituído dez vezes mais o valor que ela nos roubara. Eu precisava perdoar e falar do amor de Jesus por ela; isso sim.

— Não, não quero registrar nada, já deve ter muita acusação pesando sobre sua vida. Na verdade, eu queria falar com ela um instante. É possível?

— Só se ela concordar. Não posso obrigá-la a falar com você, mas posso tentar.

— Fala que não vim registrar queixa nem acusá-la de nada. Diz só que tenho um recado de Deus para ela, só isso.

Assim ele fez. A princípio, ela resistiu um pouco, depois, cedeu. Acho que deve ter ficado curiosa a respeito desse recado do Todo-Poderoso.

— Fala logo o que você quer! Como pode ver, estou meio "presa" e não posso dar atenção! — disse sarcasticamente. Não é que Waleskinha tinha senso de humor?

Percebi que Satanás queria me testar e estava tentando tirar minha paciência com aquela atitude rebelde dela.

"Em vez de estar agradecida por você não ter feito a denúncia, ela fica de provocação?", era exatamente o que ele soprava em meus ouvidos.

"Tá amarrado e repreendido em nome de Jesus!", pensei, enquanto me ajoelhava diante dela. Waleska estava sentada em uma cadeira e suas mãos algemadas. Abaixei-me porque queria ficar de igual para igual com ela e só assim seria possível. Não queria que ela precisasse olhar para cima para me encarar, mas que estivéssemos em pé de igualdade: dois seres humanos, pecadores, e que precisavam do amor e da misericórdia de Deus. É o que éramos.

— Deus me mandou aqui para dizer que não tenho nada contra você. Na verdade, você não deve nada a mim e ao Cris. Eu estou aqui, Waleska, porque Jesus quer que você saiba que ele deseja entrar em sua vida e te dar uma nova chance de recomeçar. Ele ama você, e assim como fez comigo e com o Cris, quer perdoar os seus pecados, te dar a salvação e a oportunidade de viver uma vida digna com ele. Jesus não veio para condenar, mas para salvar. Eu estou aqui para saber se você deseja receber essa salvação e ser transformada.

Seus olhos se encheram de lágrimas, mas ela virou a cara. Waleska era durona demais para demonstrar humildade e arrependimento, e aquilo era uma pena: Jesus havia morrido para que todo aquele que nele crer pudesse ser salvo, e Waleska estava incluída nesse plano. Mas Jesus era um cavalheiro e só adentrava a vida de alguém se fosse convidado. Ela precisava dar o segundo passo e aceitá-lo, pois o primeiro ele já havia dado: ter morrido em uma cruz para salvá-la.

— Olha, Raquel, você é muito bacana. Tinha todos os motivos do mundo para ter ódio de mim, me acusar, mas, em vez disso, veio me perdoar e dizer todas essas palavras bonitas. Mas eu sinto muito. Esse negócio de receber Jesus não é pra mim. Na hora em que mais precisei de Deus, foi quando minha família perdeu tudo. E onde ele estava? É fácil falar que Deus nos ama quando se tem uma família maravilhosa e uma vida perfeita como a sua. Queria ver se estivesse em meu lugar.

Imediatamente, o Espírito Santo falou ao meu coração que o recado estava dado. Nada mais do que eu falasse traria resultados. A semente já havia sido plantada por meio de minhas palavras e eu precisava crer que um dia elas dariam frutos.

Apenas a abracei. Dei um abraço bem apertado mesmo, como se ela fosse uma amiga querida de longa data. Dei o meu e-mail e o endereço de meus pais para o Araújo. Falei que, caso a Waleska precisasse, ela poderia entrar em contato comigo, e que eu faria o que pudesse para ajudá-la, mesmo a distância.

— Principalmente, orar — falei para ela. — Todos os dias, colocarei sua vida em oração e espero mesmo que um dia as coisas melhorem pra você.

Agradeci aos policiais, abençoei a vida de todos e, quando já ia saindo, o Araújo me deu um forte abraço e me fez uma confissão:

— Foi muito importante o que aconteceu aqui e agora! Estou impressionado com o que vi. Nunca tinha compartilhado isso com ninguém, mas há alguns meses frequento uma igreja evangélica. Eu estava indo com um amigo, mas sem nenhum compromisso. Agora, diante da cena que presenciei, entendo que eu preciso ser como você: ter um coração assim, disposto a perdoar quem nos fez tanto mal. E se é Jesus quem faz tudo isso na sua vida, realmente preciso dele.

Do lado de fora da sala, Araújo começou a me contar mais alguns fatos de sua vida, experiências em que o próprio Deus falara claramente com ele. Enquanto isso, aproveitei para testemunhar acerca do que Deus havia feito em minha vida e na do Cris. E, diante da sede dele por conhecer mais a Deus e, tal qual a mim, ser capaz de sentir uma paz maravilhosa (para perdoar aquela criatura, meu coração, de fato, precisava estar inundado pela paz do Senhor), levei-o a fazer a oração de confissão ali mesmo, em pleno aeroporto.

"Sim, Deus tinha um propósito tremendo quando entrei naquela sala", pensei, enquanto saía e me dirigia até as poltronas da sala de embarque e já contemplava, ao longe, Cristiano sentado, de cara feia, com meu café nas mãos.

"Essa não! Com certeza ele viu o que não devia! Eu só estava evangelizando... Quebranta aquele coração ali, meu Pai!", orei em pensamento, enquanto tratava de abrir um sorriso na direção dele. Eu precisava me antecipar e já chegar contando sobre o ocorrido, sem dar chances ao Cris de colocar sua raiva para fora. Ele ouviria tudo e, depois, sabendo o quanto Deus me usara, certamente a raiva passaria rapidinho. Pior é que, analisando as coisas pela ótica dele, se fosse eu em seu lugar e o visse abraçando uma mulher desconhecida em pleno aeroporto, talvez eu também não o deixasse explicar nada. Ele estaria muito enrascado comigo! E, provavelmente, por esse motivo, eu já começava a sentir as consequências desse tal "enroscamento" se abatendo sobre mim. Eu devia estar mesmo muito encrencada!

— Amor, você não sabe o que aconteceu! — eu disse toda feliz, antecipando-me ao "El Niño" de ira que estava prestes a me alcançar.

— Sei, sim, Raquel. Sei que você me fez enfrentar uma fila enorme para comprar um *cappuccino*. Também sei que passei meia hora naquela maldita fila e, quando finalmente consigo comprar o café da minha querida esposa, eu a vejo abraçada com um homem desconhecido. Aliás, abraçada de um modo que só amigos íntimos se abraçam! — lá vinha a mistura de drama e ciúme que só o Cris sabia fazer bem. — O engraçado é que minha esposa tem amigos íntimos homens e eu nem sabia! Ah, o *cappuccino* eu tive que tomar antes que esfriasse! — disse ele enquanto jogava o copo fora, aborrecido. Pois é, agora eu ficaria sem meu café e com um marido irado para amansar!

— Você vai, ao menos, me dar uma chance de explicar? Foi algo maravilhoso...

Eu tentava me explicar com toda a humildade do mundo, mas estava difícil.

— Só pode ter sido maravilhoso mesmo, Raquel. Você faz seu marido de idiota numa fila de café e depois abraça aquele bolo de músculos diante do aeroporto inteiro. De fato, tinha que ser maravilhoso e valer a pena!

Vi, em seus olhos, o descontrole querendo irromper. Ele ainda falava de maneira aceitável, mas eu não sabia até que ponto ele se manteria "educado" (se é que eu poderia chamar aquilo de educação).

— Cris, por favor, me escuta! Não tem nada a ver com o que você está pensando. — eu estava quase suplicando. Só podia ser Satanás, mesmo, usando a vida dele para me punir pela conversão de Araújo. — Eu só preciso falar sem ser interrompida. É possível?

— Fique à vontade, Raquel. Se é que existe explicação para a cena melosa que presenciei.

Haja paciência!

— Estava vindo pegar as poltronas quando passei diante da Polícia Federal e vi Waleska sentada lá. — ele olhou admirado. Tentou disfarçar o interesse, mas foi só falar no nome dela que seu "alerta" ligou. — Daí, olhei ao redor na saleta e reconheci o investigador que tinha me ajudado com um caso que cobri aqui em Recife há uns dois anos.

— E aquele abraço todo era só por tê-lo reconhecido? — perguntou ironicamente.

— Você falou que não iria me interromper. — alertei, e ele fechou a cara mais uma vez. — Como eu dizia, reconheci o Araújo e pedi para entrar. Deus me mandou liberar perdão sobre a vida da Waleska em nosso nome. Deixei claro que Deus a amava e queria lhe dar uma nova chance. Minhas palavras não surtiram muito efeito nela, mas, para Araújo, fizeram toda a diferença. No momento do abraço, ele tinha acabado de confessar Jesus como Senhor e Salvador. Essa é a história: o cara estava se convertendo. Só isso!

Percebi que ele estava a ponto de voar em meu pescoço.

— Você só pode ser muito inocente mesmo, Raquel! Você acha que foi a primeira garota evangélica a me despertar interesse? Sempre que eu conhecia uma garota cristã interessante, eu dizia que queria receber Jesus só para ganhá-la. Aí, depois que eu conseguia levá-la para a cama, minhas palavras não valiam absolutamente nada! Esse cara só disse isso porque está interessado em você.

Ok. Agora ele estava descendo o nível e minha mansidão também, indo para o ralo.

— Quer saber, Cris? Não fui por vontade própria até aquela sala. Na nossa despedida, Deus quis me usar como canal de bênção para alguém, eu apenas obedeci. O propósito de uma vida ser salva foi alcançado. Agora, se seu ciúme doentio não lhe permite enxergar a ação de Deus, não posso fazer nada. Desculpe-me pela fila, pelo café e pela cena que você presenciou, mas eu não me arrependo de nada porque sei exatamente o que aconteceu ali. Uma vida vai para a eternidade e, por isso, eu estou muito feliz, apesar de você ter destilado toda a sua ira sobre mim.

Saí de perto dele e fui me sentar um pouco mais distante. E nada de anunciarem aquela porcaria de voo! Teríamos que continuar ali, sentados, distantes um do outro, esperando. Agora quem estava chateada era eu. Olhei de rabo de olho, tentando ver a reação dele, mas não o vi mais.

"Puxa vida! Para onde foi aquela criatura?", questionei preocupada. Ouvi chamarem nosso embarque e nada de ele aparecer. Comecei a me preocupar. Os passageiros começaram a formar a fila e eu estava ali, feito a garota do Exorcista, revirando minha cabeça de um lado para outro tentando encontrá-lo. Fui para o fim da fila e comecei a orar baixinho, pedindo a Deus que ele aparecesse logo.

"Satanás armar uma dessas bem na hora do embarque? Está amarrado e repreendido em nome de Jesus toda seta do mal contra nossa paz e viagem!"

Até os olhos eu fechei, tentando me concentrar melhor para orar. Foi aí que senti alguém encostando ao meu lado.

— Toma. — Cris segurava um novo copo de *cappuccino*. — Espero que esteja gostoso... O outro estava quase frio, você teria odiado. — Tentei permanecer séria ao lado daquele lindo. — Isso não significa que fiquei supersatisfeito com a cena que vi. Não mesmo. Mas entendo. Desculpa pelo modo infantil como me comportei.

Satisfeita, tomei meu café enquanto acompanhávamos a fila. E se eu não estivesse com uma bolsa em um ombro, a *nécessaire* no outro e o café nas mãos, teria agarrado seu pescoço e dado todos os beijos do mundo.

— Só desculpo se me der um beijinho. — foi o apelo provocativo que arrancou um discreto sorriso dele.

E não foi apenas um beijinho; mas ele aproveitou o momento e me deu um beijão daqueles de cinema, mesmo eu estando com as mãos todas ocupadas! E pouco me importava se as pessoas olhavam para nós...

— Só espero que o tal Araújo tenha visto isso — ele disse, enquanto eu o beliscava de leve, repreendendo-o por aquele comentário ridículo. — Pronta para embarcar rumo a nossa nova vida? — prosseguiu, assim que chegamos diante da atendente que conferia as passagens e os documentos.

— Só se for agora.

Pisquei para ele, enquanto cruzávamos o corredor entrando na aeronave. Era a despedida perfeita. Nosso destino finalmente começava a nos alcançar.

CAPÍTULO 7

Uma nova vida

"Eu os estou enviando como ovelhas no meio de lobos. Portanto, sejam astutos como as serpentes e sem malícia como as pombas."

MATEUS 10:16

CONTA O LEÃO

Tive um longo tempo dentro do avião (e fora, nas escalas) para repensar muita coisa em minha vida. Olhei para Raquel ao meu lado, dormindo, e lembrei a cena no aeroporto. Sim, eu a havia perdoado. Não, não estava mais mal-humorado por causa daquilo. Inclusive já tinha até lhe dado uns beijinhos. Eu estava mesmo era irado comigo.

Definitivamente, eu ainda não havia permitido Deus tratar meu ciúme. Muita coisa ou quase tudo fora transformado em meu interior: Deus era o centro de minha vida, meu respirar, minha força. Eu o amava mais que a Raquel e que a mim mesmo. Minha vida pertencia totalmente a ele! Já não havia mais espaço para mentiras; Raquel e eu vivíamos um relacionamento de santidade dentro de nosso matrimônio. Dinheiro e poder não eram mais prioridade. De fato, eu vivia uma nova vida e era também uma nova criatura.

Contudo, a raiva quase descontrolada que senti ao ver Raquel abraçada àquele homem me fez esquecer por um segundo que eu era cristão. Na minha mente, só conseguia absorver que ela era minha e que jamais deveria estar abraçada a outro homem, a não ser seu pai, claro. O que dizer, então, de ver minha mulher abraçada a um homem que eu não conhecia? Principalmente, um cidadão daquele "tamanho", que mais parecia o Thor! Covardia! Se ele não tivesse os olhos e o cabelo escuro, eu poderia jurar que era o mesmo ator.

Eu não poderia nem me dar ao luxo de ir lá e fazer uma cena básica de ciúmes, pois correria o sério risco de ser preso por desacato a autoridade ou, pior, perder um membro do corpo, tamanha a surra que eu iria levar... Como eu não queria nem uma coisa, nem outra, achei melhor ficar por ali mesmo, me roendo de ciúmes.

Naquela hora, minha sensatez tinha me lembrado que Raquel jamais havia sido desrespeitosa comigo. Se ela estava ali, com certeza tinha um bom motivo. Mas mesmo assim, o ciúme tomava conta de mim, e quando a vi vindo em minha direção, tratei logo de fechar a cara. Foi nesse momento que o Espírito Santo me lembrou do quanto meu ciúme era doentio e precisava ser tratado. E ele tinha razão: se eu ficava aborrecido apenas por ter me enganado quanto a Raquel, que nunca havia me dado motivos para desconfiança, que outras áreas mais do meu emocional Satanás iria usar para me prejudicar? E não apenas no meu casamento, mas também em meu ministério... Nossa luta com o reino das trevas inicia-se, sobretudo, na mente. Satanás lança as setas (dúvida, medo, incredulidade) e, dependendo de como estamos emocionalmente, alimentamos ou não essas setas em nosso interior. É aí onde o pecado começa a brotar: o rei Davi pecou no momento que sua mente foi inundada pelo desejo de possuir Bate-Seba. A minha ira começou quando vi a cena do abraço... Minha cabeça imediatamente começou a criar teorias descabidas...

Que setas o maligno usaria para nos prejudicar em Guiné-Bissau? Que artimanhas utilizaria para me fazer perder o foco e colocar tudo a perder? Provavelmente, uma das nossas maiores batalhas espirituais ocorreria nesse país e eu precisava ficar atento para não me deixar dominar por nada.

"Espírito Santo, me ajuda a ter domínio sobre meus pensamentos e sentimentos. Já consegui vencer tantas coisas indevidas que me incomodavam... Eu reconheço que preciso ter mais controle emocional. Quero agradá-lo em tudo e sei que isso é um obstáculo. Trata-me, Deus! Não permita que Satanás prevaleça sobre minha mente", orei, fechando meus olhos e deixando-me embalar pelo mesmo sono que possuía Raquel. Eu precisava dominar meus sentimentos para não ser dominado pelo meu maior inimigo: minhas emoções; minha carne. Isso era fato. Eu precisava prevalecer.

***

Primeiras impressões assim que aterrissamos em Guiné-Bissau: pobreza extrema! O aeroporto parecia estar localizado no meio do nada. Era uma pista de terra batida com um asfalto no meio. Descemos no descampado. Não havia nenhum tipo de proteção sobre nossas cabeças e o sol de rachar nos recepcionava.

— Meu Pai do céu, se o aeroporto internacional é assim, imagina o restante da cidade! — Raquel exclamava admirada e concordei totalmente com ela.

O negócio realmente não seria fácil. A parte boa foi que, assim que adentramos o setor de desembarque, vimos os missionários da base que estavam com cartazes de boas-vindas. Aquilo foi um alívio imenso, principalmente após tantas horas de voo e escalas em São Paulo e Casablanca. Achei que nunca chegaríamos a este bendito país.

— Antônio e Madalena, que coisa boa conhecer vocês pessoalmente! — Raquel cumprimentou, enquanto eu igualmente os cumprimentava.

Eles eram os chefes da base onde ficaríamos e também eram nosso contato com o local e a cultura durante o período de preparação. Aparentemente, eram pessoas humildes e muito fiéis a Deus e a essa missão.

— É tão bom ter vocês aqui conosco, Raquel e Cristiano! — Madalena disse com leve sotaque lusitano.

Eles eram brasileiros, mas já estavam nesta missão há mais de 20 anos. Como Guiné-Bissau havia sido colônia de Portugal, algumas pessoas ainda conservavam o sotaque. Além disso, na região, uma das línguas predominantes era o crioulo, e aí, com essa mistura toda, sotaques diferentes surgiam por todos os lugares.

— Nós que ficamos imensamente felizes em já encontrar vocês aqui. Estamos exaustos! — comentei, enquanto eles nos ajudavam com as malas e nos levavam em direção ao carro, uma caminhonete tipo cabine dupla. Não era nova, mas dava uma ajuda e tanto, visto que a base não se situava na capital, mas numa região um pouco distante chamada Gabu, que ficava a umas três horas e meia de onde estávamos.

Contudo, para quem estava viajando há praticamente um dia e meio (pegamos escalas de oito horas entre um aeroporto e outro), enfrentar mais algumas horas sacolejando dentro de um veículo não era a melhor notícia.

— Vamos ficar hospedados hoje aqui em Guiné-Bissau. Sabemos como a viagem foi longa e, quando vocês tiverem descansado um pouco mais, podemos mostrar locais importantes como o mercado, a embaixada brasileira, as igrejas que nos apoiam e os hospitais. Nunca se sabe quando um de vocês, ou os dois, estarão aqui na capital, por isso é importante que tenham, ao menos, noção de onde ficam esses lugares.

As palavras mágicas foram ditas em alto e bom som: descansar! De verdade, eu nem ouvi o restante da frase! Só sei que tinha hospital no meio e mais alguma coisa. O importante é que não iríamos hoje para a base e poderíamos deitar numa cama macia e confortável.

***

— Isso só pode ser a antessala do inferno, amor! — disse baixinho para Raquel, enquanto me levantava e procurava qualquer coisa para me abanar. Vi em cima da bolsa dela a revista do avião; aquilo devia servir!

— Deixa de exagero, Cris! O clima em João Pessoa também é quente — ela respondeu, tentando amenizar um pouco as coisas.

De fato, João Pessoa também era quente. Mas a brisa que corria por nossa cidade era uma coisa maravilhosa! Você andava pelas ruas e o vento muitas vezes só faltava nos carregar... Era um quente agradável. Mas aqui? Eu tinha certeza de que Coulubre, meu demônio guia na época que eu era satanista, se sentiria em casa.

— Amor, olha para mim: estou derretendo! Daqui a pouco vou ter evaporado! Daí, sim, não terá mais missão para cumprir por aqui. Meu Deus!

Eu reclamava e me abanava. Só faltava enfiar o corpo dentro do ventilador. Ah, sim, tínhamos um ventilador, mas ele soprava um vento quente. Eu estava me sentindo dentro de uma sauna, mas sem expectativas de sair lá de dentro. Isso porque eu só estava de shorts. Imagina viver ali com blusa, calça...

— Vai chorar agora, Cris, ou vai deixar para depois? — Raquel perguntou cinicamente. — Você sabia muito bem onde estava se metendo quando topou vir para cá. Ninguém o enganou. Sabia que era quente para dedéu e que o local em que ficaremos sequer tem energia elétrica. Não teremos nenhum tipo de conforto nem estrutura necessária para uma vida normal. Ainda assim, você topou. Se está reclamando agora com esse luxo de ventilador, imagina quando chegar lá na aldeia! É bom manter o bico calado, porque essas pessoas estão fazendo o melhor que podem para nos receber!

Raquel calou todos os meus argumentos. Ela tinha razão em tudo: eu tinha inventado nossa viagem até ali. Aconteceu logo depois que nos casamos... Fomos a um seminário de missões e, assistindo a alguns testemunhos de missionários, conhecemos melhor a história e as necessidades de algumas regiões. Meu coração imediatamente se conectou com o povo fula (maior etnia nômade do mundo) e com Guiné-Bissau, um lugar de maioria muçulmana e tão necessitado da Palavra e do amor de Deus.

— Podemos nos programar — sugeri na época. — Trabalho um ano dando o máximo de mim, economizamos de todas as maneiras, juntamos dinheiro e, depois, podemos separar um tempo para fazer missões lá. De alguma forma seremos úteis.

Eu estava simplesmente apaixonado pela possibilidade de servir naquele país.

— Cris, você não tem noção do que está propondo, principalmente porque você nunca se envolveu com nada parecido antes. Nas imagens, tudo é muito lindo: o chamado, a missão... Mas, na prática, você não tem noção mesmo.

Entretanto, o amor por Deus e por seu reino queimava dentro de mim. Queria estar lá, cavar poços para matar a sede do povo, levar medicamentos, ensiná-los a gerar a própria renda... Mas, agora, diante da dura realidade e do calor infernal que se abatia sobre nós, eu já estava pensando numa maneira de voltar. E olha que só fazia quatro horas que havíamos chegado.

Hospedamo-nos na casa de outro casal de missionários que costumava servir de apoio para os cristãos espalhados nas diversas localidades:

Miguel e Joana eram muito simpáticos e receptivos, tinham dois filhos pequenos que dividiam a casa com eles.

— Esses são Alejandro e Estéfany. É no quarto deles que vocês dormirão hoje.

E ali estávamos: no quarto das crianças. E eu tentando a todo o custo não me desesperar por conta do calor insuportável que circulava o ambiente.

— Desculpa, amor. Eu sei, sim, que a escolha foi minha... — falava e me abanava. Daqui a pouco meu braço se deslocaria, tamanho o esforço que eu fazia. — Eu só não contava que o calor seria tanto. Você sabe que o calor e eu não nos entendemos bem...

— Então escolheu o país errado, devia ter optado pela Rússia! É melhor fazer as pazes com o calor porque ele será nossa maior companhia aqui. E pode ser que Miguel, Joana ou as crianças nos escutem, portanto, para de murmurar, por favor!

Tratei de me abanar sem reclamar mais. De fato, seria constrangedor algum deles me ouvir resmungar algo. Com tão poucos recursos, eles estavam fazendo o melhor que podiam para nos manter confortáveis.

— Já que temos dinheiro, o que você acha de comprarmos um ar-condicionado para eles? Seria uma retribuição maravilhosa pela forma gentil como estão nos recebendo — perguntei animado.

— E eles pagariam o aumento na conta de energia como? Meu amor, a situação aqui é precária. O dinheiro que eles recebem só dá para o básico. Além disso, o sistema de energia é muito deficiente... Eles precisam de dinheiro para aluguel, feira, combustível... E pagar mais caro por uma conta de energia devido a um ar-condicionado certamente não está nos planos deles. Mas valeu a intenção. Sei que foi de coração.

Claro que foi de coração. Eu queria retribuir a bondade deles. Confesso também que imaginei a possibilidade de, vez por outra, precisarmos passar alguns dias ali. Não seria nada mal ter um ar-condicionado por perto. Infelizmente, fracassei na tentativa.

Depois que chegamos, só tínhamos dormido umas três horas. Dormido não, desmaiado de cansaço. Mas aí o calor se tornou tão insuportável que acordou a mim e a Raquel.

Era fim da tarde em Guiné-Bissau quando saímos do quarto. Não tínhamos almoçado (o cansaço venceu) e a fome começava a incomodar.

— Sentem-se. Vamos comer todos juntos. Preparamos uma refeição especial para vocês.

A família que nos recebia, juntamente com Antônio e Madalena, estava reunida, aparentemente só nos aguardando para comer.

— Temos cuscuz com peixe seco e também chá verde. Espero que gostem.

Uma palavra conhecida: cuscuz. Eu estava sonhando? Não, não estava! Era cuscuz mesmo.

— Ótimo! Está tudo ótimo! Sou muito grato pela receptividade de vocês. — retruquei ainda de boca cheia, esquecendo os bons modos que me eram característicos. Porém, para elogiar aquele manjar, valia a pena deixá-los um pouco de lado.

Apesar de o cuscuz não ser exatamente do tipo que estávamos acostumados (a impressão é que eles pegaram o milho seco, rasparam e transformaram naquela massa), ainda assim estava muito bom. O peixe também. Eu só não era muito fã do chá, mas ainda assim tomei e, da mesma forma, elogiei. Era o mínimo que poderia fazer.

Após a refeição, conversamos bastante. Queríamos saber tudo: características da aldeia em que ficaríamos, como seria nossa casa; a maior necessidade do povo no momento...

— É sempre quente aqui? O período do inverno já está se aproximando? — perguntei despretensiosamente. Raquel, ao meu lado, me deu um leve cutucão, mas acho que ninguém percebeu.

— O clima é, de fato, desafiador. Infelizmente, as altas temperaturas nos acompanham praticamente o ano inteiro. — começaram a contar, então, que muitas vezes dormiam do lado de fora da casa, no quintal, porque o calor chegava a ser insuportável. — Fazemos uma cobertura tipo palhoça e levamos nossa cama para lá. Em seguida, molhamos os colchões e deitamos na esperança de que o clima de fora nos ajude a refrescar um pouco.

Nada animador, nada! Por que fui perguntar?

— Já está na hora de nos recolhermos. E não se preocupem: as crianças dormem no quarto conosco e o Antônio e a Madalena na sala. Eles já estão acostumados porque sempre trazem muitos visitantes à nossa casa. Boa noite. Fiquem na paz do Senhor!

Confesso que me entristeci. Gostaria de passar a noite conversando na sala. Na verdade, qualquer coisa era melhor que estar dentro daquele quarto pequeno e abafado...

"Cris!", o Espírito Santo alertou, "essa é uma boa oportunidade para você orar e não murmurar. Se não consegue dormir com o calor, aproveita e peça a Deus para trabalhar nas resistências de sua mente."

Foi o que ele me disse claramente, enquanto eu tratava de obedecer.

— Você não vai dormir? — Raquel perguntou intrigada.

Eu deveria estar com muito sono e cansado. O lógico seria deitar cedo para, no outro dia, acordar descansado, afinal, daríamos uma volta pela cidade e depois seguiríamos para a base em Gabu, o que levaria algumas horas de carro. Eu deveria ser obrigado a descansar. Deveria...

— Pode deitar, amor. Vou orar um pouco. Nesse momento, a oração é uma necessidade.

Ela me deu um beijo de boa noite, ligou o cataventozinho no quarto e apagou. Como ela conseguia?

Tratei de não pensar mais em dormir ou no calor, me ajoelhei.

— Deus, eu sei que tenho me queixado demais. Quando aceitei o desafio de vir para cá resplandecer seu amor sobre a vida dessas pessoas, não agi com a razão. Não! Agi com o espírito, com o amor que movia meu coração naquele instante. Agora, chego aqui e tudo que consigo ver são dificuldades: o calor, o desconforto. Sei que tudo isso é apenas o início, por isso, tira todo esse espírito de murmuração de dentro de mim, Pai. Eu preciso do Senhor para vencer essa batalha. Também me recordo que no avião já clamei por uma mudança em minhas emoções, sei que a mente será o local onde Satanás mais investirá em minha vida. Portanto, me dá do fruto da fé! Eu sei que se houver fé, a razão, as circunstâncias e as tribulações não prevalecerão sobre o meu chamado. Me dá ousadia, Senhor, para seguir adiante e não olhar as dificuldades. A partir de hoje, faço uma aliança contigo: independentemente do que aconteça, não murmurarei nem pelo calor, nem pelo alimento ou a falta dele, e nem por doença! Por nada! Lutarei contra minhas emoções, começarei pela murmuração.

Fiquei mais um tempo ali. Aproveitei para orar por nossos familiares, por aquela família tão abençoada que nos recebia e por tantos outros motivos que foram surgindo em minha mente. Não sei como, nem que horas, mas o importante é que finalmente dormi. Não me lembrei do calor ou de qualquer desconforto. Apenas dormi. Deus continuava a ser bom. Independentemente de onde estávamos ou de quais circunstâncias enfrentávamos. Quando lutamos contra nossa carne e buscamos agradá-lo em tudo, ele ouve nossas orações e está sempre pronto a nos socorrer. Inclusive, mudando o clima e o ambiente. Agora, após conseguir dormir sossegado, eu provava disso.

NARRA A OVELHA

Nunca pensei que passaria por nada parecido. Ok! Nós já tínhamos ouvido todo tipo de relato e experiência missionária sobre Guiné-Bissau e outras localidades do mundo... Passamos por treinamentos em bases missionárias no Brasil, mas nunca imaginei que aquilo fosse real... Achei que o pessoal exagerava sobre certas coisas. Aquilo não podia ser de verdade, não mesmo!

— Pelo amor de Deus, diz que não vou precisar provar isso! É pegadinha, não é? Porque se for, já podem rir, deu certo: estou apavorada! Podem parar. É sério!

— O povo fula fez uma festa de recepção para vocês, Raquel. Isso demonstra quão estão felizes com a presença dos dois. E cabeça de macaco faz parte do jantar de comemoração. Sinto muito, é a cultura deles! Será uma rejeição grande caso vocês não experimentem.

Foram as palavras ditas pelo Antônio, e que sem dúvida alguma mais me aterrorizaram na vida (ao menos até agora!). Nem mesmo quando li no jornal que o Cristiano era satanista e que talvez tivesse matado o Thiago num ritual maligno, fiquei tão desesperada. A comparação poderia parecer o cúmulo do absurdo, mas comer cabeça de macaco (ou cérebro do bicho) também era desesperador e absurdo!

"Cabeça de macaco não! Pelo amor de Deus, não!"

Tentei encontrar a rota de fuga mais próxima, mas o povo todo estava ali ao redor da fogueira, com suas roupas coloridas e uma animação contagiante. Batiam seus tambores, cantavam, dançavam e comiam. De brancos, só tínhamos eu e o Cristiano, pois Antônio e Madalena também eram negros. Ou seja, uma branquela saindo de fininho seria percebida a quilômetros de distância. Não tinha como escapar dali, meu Deus!

— Amor, agora é minha vez de colocar a real: você também sabia de tudo isso... Dos costumes, da alimentação... Isso é cultura, meu bem, não podemos fazer essa desfeita!

O Cris queria me dar lição de moral agora? Só estava na terrinha a menos de 48 horas e já se sentia o David Brainerd da nova geração!

— Eu tenho problema com comida desconhecida e você sabe disso. Ahhh... Cris pelo amor de Deus! Come o meu pedaço e o seu, por favor!

Eu praticamente chorava. E implorava também.

— Meu amor, se eu pudesse, claro que faria esse sacrifício! Mas como você será aceita por eles? Esse gesto de dividir o prato e aceitar a comida oferecida sela o início de uma amizade e precisa ser feito por você mesma.

O pior é que ele estava certo. A ideia de servir aqui por um ano tinha sido dele, mas eu havia concordado — se arrependimento matasse! — e eu também sabia que passaríamos privações e todo o tipo de dificuldade. Mas comer cabeça de macaco? Fala sério!

— Me dá esse negócio logo, pelo amor de Deus! — disse irada. E a ira não tinha motivos porque a culpa não era dele. Entretanto, eu estava indignada, sim, e precisava descontar em alguém. E certamente seria nele. — Me dá esse troço antes que eu desista.

— Calma. Você está em uma festa de recepção para nós. Precisa manter o sorriso ou todos desconfiarão — ele explicou, enquanto o líder da aldeia vinha todo sorridente me trazendo a gororoba.

— Tem uma banana aqui. Prende a respiração, coloca o pedaço na boca, mastiga e engole de uma vez só. Depois, pega a banana, joga por cima e tenta tirar o gosto ruim... Não se esqueça de sorrir.

Se ele não estivesse sendo tão fofo, eu teria sido grossa com ele. Como assim prender a respiração, comer o macaco, a banana e ainda sorrir? E tudo isso ao mesmo tempo! Mas ele só queria ajudar.

Preciso dizer que foram os dez segundos mais longos da minha vida? Foi muita sorte eu não ter vomitado em cima do "Chefe".

— Parabéns, amor! Sentiu gosto de alguma coisa?

— De banana com cocô. E você?

— É melhor não dizer, deixa pra lá.

Ele segurou minhas mãos e discretamente colocou uma bala de menta para que eu tirasse o gosto terrível da boca. Era uma mania do Cris ter sempre, nos bolsos, uma balinha de menta (e dentro da mala ele trouxe vários sacos. "Precisamos nos precaver!", foi o que ele justificou) e confesso que em diversas situações a balinha havia sido mais importante que a própria refeição servida. Graças a Deus, sobrevivemos quase intactos àquela!

Fomos para o meio do pessoal. Praticamente todos ali se divertiam enquanto comiam a macacada. Tentamos nos encaixar e socializar de alguma maneira. Por um ano e meio aquelas pessoas seriam o mais próximo que conheceríamos de família. Era por eles que estávamos ali. Por amor a eles (mesmo sem conhecê-los), daríamos mais de um ano de trabalho da nossa vida. E olhando para a alegria deles, com tão pouco para viver, além da pouquíssima expectativa de futuro, foi que percebi que o sabor do macaco já não fazia mais nenhuma diferença. Um elo de amor estava sendo construído entre nós, e o "macaco" era a representação disso.

— Posso lhe dar um beijinho agora? — o engraçadinho do meu marido perguntou.

— Nunca! — respondi, enquanto ele segurava minha mão. — Não é costume deles esse tipo de carinho. Precisamos controlar certos tipos de intimidade. Além disso, não vou ficar trocando saliva com gosto de macaco com você. Pode esquecer!

Ele não fez uma cara satisfeita, tão pouco eu. Mas até nos habituarmos com os costumes, todo cuidado era pouco.

— A casa de vocês já está arrumada. Madalena quis fazer uma surpresa. Já podem ir conhecê-la — Antônio falou, já nos arrastando, enquanto nos despedíamos do grupo. Foi quando senti alguém abraçar minhas pernas.

Era uma criança. Um menino lindo, de pele bem escura e os olhos azuis mais profundos que eu já vira em toda a minha vida.

— Cris, olha isso! Como é possível?

Abaixei-me um pouco e fiquei com o rosto rente ao seu. De fato, ele era muito lindo. A pele cor de ébano brilhava e até parecia refletir o brilho da fogueira. E o que dizer do contraste com a cor dos dentes e o globo branco do olho? Era uma perfeição.

Ele devia ter aproximadamente uns sete ou oito anos de idade. Era tão magrinho... Raquítico mesmo. Mas, mesmo diante de tanta fragilidade, me deu um abraço tão gostoso que a impressão que passava era a de que nos conhecíamos há anos. Carência total era o nome daquilo! Impossível não se conectar a ele.

— Oi! Como você se chama?

— Ele é Yanito — Antônio respondeu. — Por causa da cor tão diferente de seus olhos, ele é considerado amaldiçoado. As pessoas fazem chacota de sua família e eles não são bem-vindos entre seu próprio povo. O resultado é que a mãe não se importa com ele. Na verdade, ela também o considera uma maldição. Diz que toda a família ser rejeitada é culpa do garoto. Ele vive por aí, perambulando. Uns feiticeiros, inclusive, já tentaram sacrificá-lo, mas ele tem se abrigado conosco na base da missão. Os feiticeiros não ousam nos enfrentar; isso já é uma segurança para ele. Vejo a poderosa mão de Deus e um grande propósito na vida desse menino.

Aquilo que eu acabara de escutar era terrível demais: como uma criança tão linda podia ser considerada maldita apenas pela cor de seus olhos?

— Antônio, isso é absurdo! Como assim a família o rejeita só por causa dos olhos? — eu mal conseguia conter minha raiva de tão revoltada que estava. — O mundo precisa saber dessas atrocidades! Feiticeiros querendo sacrificar uma criança inocente por isso?

— Calma, Raquel. Como eu disse antes, a cultura deles é muito forte. Não podemos chegar batendo de frente porque dessa forma não seremos aceitos. E se não somos aceitos, o evangelho também não será. Você precisa se acalmar porque ainda se chocará muito com certos costumes daqui.

Ou você entende que essa é a nova vida de vocês e que precisam se adaptar a ela para ganhar a confiança do povo, ou não conseguirão cumprir seus objetivos aqui.

Mais uma vez eu estava errada. Antônio tinha razão: era uma cultura de milhares de anos, passada de geração em geração, e eu não podia chegar com meus "costumes brancos ocidentais" e me chocar com as coisas que eles faziam. Eu precisava conhecê-los, respeitá-los e, só depois, mostrar que existia uma nova vida longe de rejeição e sacrifícios preparada para eles também.

— Você tem toda razão, Antônio. Desculpa ter agido na base da emoção. De fato, tudo é tão diferente, tão surpreendente — disse, enquanto sorria para Yanito e fazia um carinho em seu rosto. — Ele não tem culpa de nada! — lamentei, enquanto o abraçava e ele retribuía.

— Vocês farão um excelente trabalho aqui, podem ter certeza. Vocês têm amor pelas vidas, isso é o mais importante. Agora, vamos conhecer sua casa.

Yanito segurou em minha mão e veio conosco. Era muito engraçado aquilo: como uma criança criava uma conexão tão imediata com alguém? E pior, como eu já estava criando uma conexão daquela intensidade com ele?

***

A casa era em formato de círculo. Sim, tipo uma oca de índio, mas feita de alvenaria (ou algo parecido). Tinha cozinha com fogão a lenha (claro), quarto e um espaço tipo sala. O banheiro (ou algo semelhante) ficava do lado de fora.

— Não quero ouvir nenhuma reclamação sobre isso — Cris avisou baixinho.

— Com certeza. Para mim está tudo ótimo — respondi engolindo seco e imaginando que tipo de bichos eu encontraria na hora do banho. — Só não levanto nunca mais de madrugada pra fazer xixi.

— Nem eu.

Ainda bem que Antônio ia à frente mostrando os espaços e não conseguiu ouvir nossos cochichos. E Yanito? Ainda agarrado em minha mão.

— O quarto de vocês ficou bem confortável. Tem janela. — O pobre do Antônio comentou todo feliz. — Ah, e tivemos problemas na instalação da placa solar. Infelizmente, vocês não terão energia durante algum tempo.

Apenas nos olhamos e sorrimos. Tive a ligeira impressão que o Cris desmaiaria com a notícia, mas ele se comportou muito bem e apenas respondeu "Sem problemas, Antônio. Sei que vocês fizeram o melhor." Eu estava chocada: ele, de fato, estava disposto a viver uma nova vida por ali. Era impossível meu amor e minha admiração por ele não crescerem mais, a cada demonstração de mudança como aquela.

A aldeia ficava no meio do mato. A única estrada que passava por lá era de terra e essa região em que nos encontrávamos fazia fronteira com o Senegal. Apenas uns 18 km nos separavam desse país vizinho. O povo fula vivia praticamente de subsistência e a base de sua economia e alimentação eram o arroz e o milho. Carne praticamente não fazia parte de seu dia a dia e, durante o tempo que ficamos conversando com Antônio e Madalena, pudemos conhecer um pouco mais da realidade daquela terra que agora também era nossa.

— Vocês precisam descansar e nós também. Vem, Yanito! Raquel e Cristiano precisam dormir — Antônio o chamou.

O menino resistiu um pouco, não queria ir para a base e continuava agarrado a mim.

— Amanhã trago você de volta. Eles estão muito cansados — Madalena disse em crioulo, enquanto o Antônio traduzia para nós. O menino fez cara feia, mas obedeceu. Antônio e Madalena, junto de outros missionários lá na base, o criavam. Vez por outra, ele ia para casa, mas a falta de afeto dos pais só colaborava para que ele passasse cada vez mais tempo na missão. — Dá tchau pra Raquel e pro Cris — Madalena pediu e ele prontamente atendeu. Quer dizer, foi quase isso... O tchau para mim ele deu, para o Cris, não.

— Será que eu ganhei um rival? Não estamos aqui há nem dois dias e você já está arrumando problemas para mim, dona Raquel! — ele brincou, enquanto eu o beliscava.

— Não tenho culpa de ser mais carismática que você, meu amor — respondi sarcasticamente, enquanto fechávamos bem a porta (erámos os novatos estrangeiros e alguns espertalhões locais poderiam achar que tínhamos dinheiro. Tínhamos, só que não estava conosco, mas no banco!). Ali ficamos, iluminados por um candeeiro, sem saber o que fazer naquele instante.

— Você está pensando o mesmo que eu?

— Acho que sim...

— O acampamento! — dissemos ao mesmo tempo, enquanto nos abraçávamos e ríamos.

— Você já deu notícias para seus pais? — Cris perguntou apenas para confirmar o que já suspeitava.

— Claro que sim. Foi a primeira coisa que fiz. E claro que o que mais pedi foi oração, afinal esses primeiros dias serão os mais difíceis.

Ficamos ali abraçados. Eu estava agarrada a ele e com a cabeça em seu peito, enquanto Cristiano apoiava o queixo em minha cabeça. Entrelaçados era a palavra correta. Sentir as batidas de seu coração tão próximo ao meu ouvido era reconfortante naquele instante. Era o som de lar e porto seguro que eu tanto precisava.

Foi instintivo e não premeditado. Comecei a beijar seu peito como se aquilo pudesse colocá-lo ainda mais dentro de mim. Como se aquilo fosse possível: já éramos um só! Porém, quando percebi, já estávamos naquele estado de êxtase total: eu, ele e a penumbra do ambiente.

Tão automático quanto eu ter beijado seu peito foi ele começar beijando minha testa e depois docemente encontrar minha boca. Suas mãos, então, encontraram meu cabelo e depois meu rosto. Enquanto nossos lábios se tocavam, meu coração acelerava descontroladamente. O engraçado era que, quanto mais do Cris eu tinha, mais eu o desejava. A sensação era de que eu sempre me sentiria abobada, encantada e trêmula ao seu toque. Aquilo era tão normal entre nós... Normal e encantador ao mesmo tempo.

— Acho que esse solo africano tem algo mágico no ar... — ele disse, enquanto tentava respirar.

— Mágico e romântico... — falei, continuando a beijá-lo. — E que essa noite seja um presságio do quão especial serão nossos dias aqui — tentei dizer, conforme ele cheirava meu cabelo, meu pescoço e um novo beijo tirava meus sentidos de vez.

***

— A inauguração da casa de doces da aldeia foi um sucesso! E não vamos fazer apenas bolos de milho, mas também broas, canjicas... Alguns comerciantes da cidade já se interessaram em comprar nossa produção. Essas mulheres terão trabalho e renda diariamente, amor, e eu não poderia estar mais feliz com isso — exclamou Cristiano empolgado.

Nós conversávamos deitados na cama, enquanto Yanito brincava entre nós com um carrinho trazido por meu pai na última visita que ele nos fizera.

Pela cultura deles, as mulheres do povo fula não tinham praticamente valor. Elas eram simples mercadorias para os pais e não havia afeto e cuidado dos maridos por elas. A grande maioria casava-se com homens mais velhos e quase todo mundo passava por rituais de circuncisão. Os homens também passavam, mas o das mulheres era terrível demais: tirar a parte do corpo que lhes dava prazer para que não houvesse risco de elas traírem seus maridos? Além disso, o processo era feito de maneira artesanal, no meio do mato, com lâmina ou faca, sem esterilização nem anestesia... Era muito sofrimento mesmo! Por isso era tão importante investir nelas: mostrar que, de alguma maneira, elas tinham valor para Deus e para nós também. Fazer com que elas se sentissem úteis e pudessem gerar renda para si.

Já estávamos há pouco mais de um ano em Gabu e muita coisa tinha acontecido desde então: todos os meses, um jornal virtual era enviado para as igrejas parceiras da base. Nele, eu retratava áreas como educação do povo fula (escola que a base mantinha), mostrava as melhorias no único posto de saúde daquele distrito, o evangelismo feito com as crianças e os adultos, além dos benefícios financeiros que traziam melhoria à vida deles. E a casa de doces seria mais um exemplo.

— As fotos ficaram ótimas, amor, olha só pra isso! Agradeço a Deus diariamente por ter cursado direitinho a matéria de fotografia na faculdade — comentei. — Só agora sei a importância dela.

— Você tem feito um trabalho esplendoroso com esse jornal, meu amor. Estou tão orgulhoso! — ele respondeu, enquanto olhava para mim com aqueles olhinhos brilhantes e lindos.

— E você? Assim que publiquei sobre a construção do forno para os bolos e sobre os cursos de administração de finanças ministrados por você, nossas arrecadações aumentaram muito. Daí veio a perfuração dos poços, o sistema de irrigação... Quem está me dando matéria de sobra para o jornal é você!

Eu dizia aquilo admirada e orgulhosa. Cristiano, de fato, trouxe, com sua experiência em administração, uma nova vida e esperança àquele povo. Claro que tudo isso só era possível porque a mensagem de amor do evangelho estava ali, presente conosco. Mas ele era um exemplo de esforço e dedicação a ser seguido.

— Nós somos uma boa dupla, não somos?

— Muito boa, de fato!

Batemos as mãos e rimos. Yanito deixou o carrinho de lado e puxou a mão do Cris para brincar.

— Depois que você o salvou daqueles feiticeiros, virou o herói dele. Yanito nem liga mais para mim. Agora quem fica com ciúmes sou eu! — provoquei, enquanto Cris pegava o celular e mostrava alguns jogos novos que ele havia baixado a última vez em que estivemos na cidade de Gabu. Não tínhamos internet na aldeia e, geralmente, uma vez por semana Antônio nos emprestava o carro para que comprássemos alguma coisa por lá e entrássemos em contato com a família.

No início, a adaptação foi bem complicada: passamos praticamente um mês sem energia elétrica (isso significava sem geladeira), e a falta de uma água gelada (ou ao menos fria) e um ventilador foi uma das piores coisas que já enfrentamos. Para nossa sorte, já havia um poço em nossa casa, assim, não tínhamos água encanada, mas a bomba caseira facilitava muito sempre que precisávamos daquele preciosíssimo líquido. Assim, íamos alternando, quando o calor durante o dia era insuportável, tomávamos banho. Quando esse mesmo calor não nos permitia dormir à noite, colocávamos a cama embaixo da tenda e dormíamos do lado de fora mesmo. Tínhamos muito medo dos bichos e ladrões, mas era a única opção.

Da mesma forma, Yanito foi se encaixando em nossa vida. Sempre que eu preparava alguma refeição, ele ficava com aqueles "olhinhos pidões" e eu o colocava à mesa conosco. Daí, quando dormíamos fora, ele sempre se encostava por ali, e de uma hora para outra deixou de viver na base para viver em nossa casa. Até um pouco de português ele começou a aprender de tanto que convivia conosco.

— Você acha mesmo que eu ia deixar aqueles loucos tocarem nele? Foi Deus que me colocou naquele caminho. Foi aterrorizante: lembro até hoje dos gritos dele... Estava indo ao posto de saúde buscar analgésicos para sua crise de enxaqueca quando ouvi gritos no meio do milharal. Não me contive, cheguei lá e o menino estava para ser amarrado e sacrificado em cima de uma pedra.

— De fato, foi Deus! Fiquei em pânico quando vi você chegar todo arrebentado em casa. Enfrentar três homens estando sozinho, Cris? Foi a maior loucura que você já fez!

— Era isso ou deixar o menino morrer! Mas sabe como me senti naquele dia? Feito um leão africano. Como se eu, sozinho, tivesse toda força para enfrentar aqueles caras. Não havia espaço dentro de mim para nenhuma espécie de temor, nada do tipo. Nem quando comecei a apanhar pensei em retroceder.

— Graças a Deus, o Batista e o Manoel passaram na hora, ouviram toda a confusão e foram ajudar. Foi um milagre grande da parte do nosso Deus!

— Também, se você quer saber, nem apanhei muito... Foram apenas uns pontapés e socos bobos. Aposto que eles saíram mais feridos que eu devido às garras do leão aqui! — disse, tentando me acalmar, e rindo.

Quase perdi minhas forças quando vi o Cris chegar cheio de hematomas no rosto. Pensei seriamente em irmos embora naquela semana mesmo. Comprar briga com o feiticeiro da aldeia não era a coisa mais sábia. Eles poderiam nos perseguir e fazer coisa muito pior.

— Você esquece que quem nos guarda é o Senhor dos Exércitos? Nossa segurança vem dele. Essa surra que levei foi apenas para servir de testemunho, sua boba. Que graça tem ser missionário num lugar desses e não acontecer nada de muito emocionante? Eu precisava contar para todos que apanhei porque salvei um garoto das mãos de um feiticeiro. Aí, sim, tem emoção!

Sorri. O Cristiano tinha esse dom: pegar uma situação totalmente adversa e transformar em um motivo para sorrirmos.

— Raquel? Cris?

Reconheci a voz da Madalena gritando na entrada de casa.

— Vou lá ver o que ela quer. E, por favor, vocês dois: cuidado com a bagunça! — os repreendi, enquanto saía para recepcionar nossa líder na missão.

— Antônio foi à cidade e, na caixa postal, havia encomenda para vocês. Espero que sejam boas notícias — ela disse, enquanto eu agradecia e conferia de quem poderia ser.

— Amor, encomenda do meu pai! — gritei. Ele correu para me encontrar. Receber um pacote da família num lugar daqueles era novidade para o mês inteiro! — Veio por Sedex. Então é notícia urgente! O que pode ter acontecido? — perguntei, já imaginando o que teria motivado meu pai a nos enviar algo por Sedex. Como não tínhamos internet, era normal passarmos semanas incomunicáveis.

— Um jornal? O que pode conter de tão importante?

Na verdade, não era um jornal, mas vários, todos com a mesma notícia:

"Implantação do *chip* de identificação da empresa Montex inicia-se hoje em todo o território brasileiro"

Essa era a informação estampada na primeira página de todos os jornais que meu pai conseguiu reunir e nos enviar.

"Devido ao vertiginoso aumento de violência dos últimos meses, foi decidido, em caráter de urgência, pelo gabinete da presidência da República, iniciar a implantação do *chip* Montex em todos os cidadãos brasileiros. O *chip* já começou a ser implantado em caráter experimental nos continentes europeu, asiático e na América do Norte, mas agora se torna obrigatório no Brasil e em toda a América do Sul.

— É a unificação mundial contra a violência e a crise financeira — afirmou o Ministro da Casa Civil, responsável pela implantação do *chip* no país. — Por meio desse pequeno *chip,* que deverá ser implantado na mão direita ou na testa, é possível saber onde as pessoas estão e ter acesso às informações financeiras e pessoais. Inclusive, a Casa da Moeda suspenderá a produção de notas. Ninguém precisará mais se preocupar com documentos ou cartões. Seu próprio corpo conterá todas as informações necessárias. Esse é o maior avanço mundial de todos os tempos. O prazo para que todos os brasileiros estejam implantados é de aproximadamente dois anos. A colocação do *chip* é indolor (seu tamanho é semelhante a um grão de arroz) e pode ser feito em qualquer posto de saúde e hospital espalhado pelo território nacional. Os dados pessoais e financeiros são levantados na hora pela internet, cadastrados no *chip* e instantaneamente implantados. Todo o processo deve durar cerca de cinco minutos."

A sorte é que estávamos sentados no chão, caso contrário, Yanito teria trabalho para socorrer a mim e ao Cris. Aquela notícia era simplesmente bombástica. Era a concretização do início de nossos pesadelos. Em "estado de choque" definia um pouco como nos sentíamos agora.

CAPÍTULO 8

Nova Ordem Mundial

"E foi-lhe permitido fazer guerra aos santos, e vencê-los; e deu-se-lhe poder sobre toda a tribo, e língua, e nação."

APOCALIPSE 13:7

CONTA O LEÃO

Perdi as contas de quantas vezes li e reli aqueles jornais. Na verdade, nem comemos naquele fim de dia. Fome era algo que sequer passou pela nossa cabeça.

— Meu Deus! — Antônio, Madalena e Batista estavam em nossa casa e perplexidade era a palavra correta para descrever o ambiente. — Nós sabíamos que a Europa e a América do Norte já estavam testando essa coisa, mas já começar a ser obrigatória no Brasil? Por essa eu não esperava. Vamos a Gabu hoje mesmo! — tomei a frente porque todos estavam atordoados demais com as últimas novidades. — Esses jornais são de mais de uma semana... Com certeza, na internet, teremos notícias mais atualizadas.

— Deus precisa nos direcionar sobre o que fazer — exclamou Raquel angustiada —, ficar aqui ou voltar para o Brasil? Ainda temos muita coisa para realizar em Guiné-Bissau, mas também temos nossa família lá, e eles precisarão de nós. O prazo para que a perseguição comece é de dois anos!

— Vai dar tudo certo amor, fique calma! Temos a proteção do nosso Deus e mesmo que as coisas se compliquem, temos o sítio. Seu pai preparou tudo e não há motivos para desespero. Tudo vai ficar bem.

Eu tentava acalmar Raquel e me acalmar ao mesmo tempo. De fato, aquela notícia havia pegado todos de surpresa: quem imaginaria que de uma hora para outra o governo brasileiro surgiria com uma bomba dessas?

Decidimos que os homens iriam e se inteirariam de tudo, enquanto as mulheres ficariam e fariam uma minivigília de oração.

***

"— Temos a consciência de que nenhum país tornou a implantação do *chip* obrigatória. Entretanto, o Brasil hoje ocupa o primeiro lugar no *ranking* dos mais violentos do mundo. A ideia de tornar esse processo obrigatório é para dar mais controle e trazer um pouco mais de segurança para nossa população. Apenas com o *chip* poderemos detectar quem tem problemas com a justiça, quem são os criminosos. Entenderemos que os cidadãos que não se submeterem ao processo são aqueles que, de alguma maneira, devem algo à sociedade. Assim, após o prazo de dois anos, quem não comparecer para implantar o *chip* será automaticamente reconhecido como foragido da justiça brasileira, podendo ser detido a qualquer momento. É uma questão de segurança nacional, e a apreensão dos cidadãos sem *chip* é de concordância com o maior líder religioso na Terra e também com o líder das Nações Unidas. É a união da religião e da sociedade mundial contra a violência. — o ministro encerrou citando o apoio do grande Pai Espiritual Vicarius I em comum acordo com o líder da ONU, Iojanes."

Terminei de ver o pronunciamento em uma homepage famosa na internet, mas o assunto estava estampado em todos os sites de notícias no Brasil. Inclusive, alguns países como Estados Unidos e México já começavam estipular um prazo de implantação obrigatório do *chip* em seus cidadãos, seguindo o modelo brasileiro.

— É questão de pouquíssimos meses, Antônio, até que todo o mundo esteja dando prazo para implantar o sinal da besta. É bíblico, cara, vai acontecer!

— Também concordo, Cristiano. Precisamos tomar uma decisão antecipada, pois, daqui a pouco, eles começarão a barrar a entrada e a saída de cidadãos em diversos países. Viajar se tornará um caos. Seu sogro mandou notícias por e-mail?

— Sim. Eles nos orientaram a passar, no máximo, mais dois meses aqui. O prazo dado pelo governo foi de dois anos, mas de uma hora para outra tudo pode mudar. Não podemos arriscar. Infelizmente, partiremos antes da hora — disse, lamentando e já pensando em quantas coisas deixaríamos de fazer ali.

— Eu não poderei ir. Ficarei com a Madalena aqui na base mesmo que a implantação comece em todo o mundo.

— Como assim, cara? E sua família no Brasil? Você acha que a produção de subsistência da base será suficiente para vocês enfrentarem esse período? — Fiquei preocupado. Como ele e Madalena se virariam sem a possibilidade de se locomover para comprar algo em Gabu? Eles não poderiam mais adquirir sequer combustível. Será que as plantações de frutas e verduras seriam suficientes para mantê-los? Aquele casal era a minha família naquele país e eu me preocupava demais com o bem-estar deles.

— Meus familiares estão cientes de que não regressaríamos mais, Cris. Eles sabem sobre a grande tribulação, possuem conhecimento da Palavra e, caso queiram vir se abrigar conosco, serão muito bem-vindos. Mas o povo fula é nossa família agora. E, mesmo sabendo dos riscos, não iremos partir daqui.

Aquele era o posicionamento deles. Eles haviam decidido ficar e tudo o que podíamos fazer era pedir ao nosso Deus que os guardasse e livrasse da perseguição.

***

— Já precisamos comprar as passagens, Raquel. Por mais que o governo brasileiro tenha dado o prazo de dois anos, não podemos arriscar. Seu pai tem razão, devemos nos antecipar para não sermos pegos de surpresa. Conseguimos aumentar a arrecadação com os mantenedores, a casa de doces já está em pleno funcionamento, conseguimos perfurar alguns poços... Não fizemos tudo o que gostaríamos, mas acho que demos uma boa contribuição.

— Claro, amor. Podemos comprar as passagens para daqui dois meses, como meu pai orientou. Será um prazo razoável para resolvermos tudo. Eu acho...

Os olhos de Raquel encheram de lágrimas e ela se calou de repente. Havia algo errado acontecendo. Estávamos sozinhos em casa, pois Yanito tinha ido para a escola. Desde que ele passou a viver conosco, Raquel havia comprado material escolar e deu um jeito de encaixá-lo nas aulas. E ele adorava ter alguém se importando com ele, "pegando em seu pé"! Ela, em contrapartida, fazia aquilo com muita dedicação e carinho. Foi quando comecei a perceber que talvez o motivo de sua tristeza tivesse olhos azuis e pele escura.

— Ei, o que houve? Sei que está acontecendo uma tragédia no mundo e que não esperávamos por isso tão cedo, mas acho que sua carinha triste não tem a ver com isso, ou tem? — acariciei seu queixo, tentando confortá-la de algum modo. Estávamos na cozinha, ao redor da mesa, revendo nossos planos. Senti que ela precisava de um afago. — Vem cá, senta aqui em meu colo.

Raquel obedeceu de imediato. Assim que ela se sentou, passou as mãos ao redor de meu pescoço e encostou sua cabeça na curva dele. Parecia precisar do meu carinho, do meu cheiro... Algo que lhe passasse segurança.

— Desde que soubemos das notícias, não me canso de pensar em Yanito. Como ele vai sobreviver aqui em meio ao caos, Cris? — ela perguntou ainda com os olhos marejados. — Eu não estava preparada para deixá-lo tão cedo... Quer dizer, ainda ficaríamos aqui por, no mínimo, uns cinco meses. Agora, estamos prestes a comprar passagens de volta.

— Amor, você sabia que mais cedo ou mais tarde teríamos que nos despedir do Yanito. Você já devia estar se preparando para esse momento. Eu também sofro com isso, mas era fato que o desligamento aconteceria.

Abracei-a mais forte. Até porque, eu tinha noção dos seus sentimentos pelo garoto. Eu também havia me apegado a ele. Na verdade, Yanito terminou por se transformar... Nunca imaginei dizer isso, mas... Terminou se transformando em nosso filho! Eu me preocupava com sua alimentação e se ele demorava em retornar para casa. Até uma cama improvisada colocamos na sala para ele.

— Eu sei, amor. Tenho consciência de tudo isso. — algumas lágrimas começaram a rolar por sua face, e aquilo partiu meu coração. Raquel não era de fazer drama. Se lágrimas desciam por aqueles doces e encantadores olhos, só poderia ser por dois motivos: muita raiva ou muito sofrimento. E vê-la sofrer acabava com todas as minhas resistências. Comecei a beijar o alto de sua cabeça tentando consolá-la de alguma maneira.

— Nunca imaginei que me apegaria a essa criança desse modo! — ela falava e soluçava. — Ele tem uma vida conosco, Cris! E por mais que Antônio e Madalena gostem e cuidem dele, a afinidade que essa criança tem conosco é inexplicável... Não podemos deixá-lo, Cris! Simplesmente não podemos!

Ela virou-se em minha direção e agarrou meu colarinho praticamente implorando. Eu era conhecido por ter um temperamento colérico, do tipo frio, que não costuma agir por emoção (a não ser quando algo envolvia a Raquel). Meus passos costumavam ser premeditados, calculados. Porém, eu precisava concordar com a Raquel, a emoção ali estava tomando proporções gigantescas e o sentimento era compartilhado: não podíamos deixar Yanito para trás. Principalmente, sabendo que um feiticeiro andava à sua caça e que a maior tragédia mundial estava para acontecer.

— Você já pensou bem nas consequências do que está me pedindo? — perguntei, trazendo-a para a realidade. Criar Yanito na aldeia era uma coisa, levá-lo para o Brasil faria dele nosso filho de fato e de direito. — Nós não estamos apegados a um bicho de estimação, Raquel. Você sempre deixou claro que não queria uma criança exposta a uma situação de perigo, já que nossa vida seria uma eterna roleta russa.

— Eu sei, Cris, mas a situação é bem diferente da que imaginei. Nós podemos ser a salvação dessa criança, não sua ruína. Essa é a diferença. Yanito pode ter uma chance de sobreviver conosco, no sítio. Ele já conhece Jesus. Sei que é muito pequeno ainda, mas a maneira como se junta conosco para orar, como se ajoelha em reverência, mostra que tem entendimento que Deus é Pai, o ama e o protege. De alguma maneira, somos o reflexo desse amor. Por favor, Cris, ele precisa ir conosco!

Com ela me olhando daquele modo e implorando, eu poderia negar alguma coisa?

***

— Você acha que a mãe dele nos deixará levá-lo para o Brasil? — perguntei.

— Para a família, ele é uma maldição, Cris. Você faria um favor a eles! — Antônio disse, alimentando esperanças em meu coração. — O problema será a documentação. Com certeza, ele não deve ter certidão de nascimento nem nada do tipo. O desafio será levar a mãe até um cartório na cidade e convencê-la a passar um documento que o torne responsável pela criança... Mas você sabe que esse povo tem um interesse pessoal em todos os estrangeiros: tirar proveito. Se ela sentir que você poderá beneficiá-la de alguma maneira, tenho certeza que lhe daria todos os filhos, não apenas Yanito.

Estávamos com um problema financeiro sério. Na verdade, não tão sério porque já estivemos piores (ainda aproveitávamos a herança do terreno), mas tínhamos usado nosso dinheiro para perfurar três poços na região, além de ter feito o sistema de irrigação. Ou seja, tínhamos ficado apenas com o dinheiro das passagens e mais uma quantia para nos sustentar até ir de vez para o sítio. Desse modo, não poderíamos oferecer muita coisa para a mãe do garoto. Além do mais, oferecer dinheiro a ela poderia passar a impressão errônea de que estávamos comprando aquela criança, o que não era verdade. Estávamos salvando-a de um futuro terrível.

— Onde eles moram, Antônio? Nunca fui à casa dela. Sei apenas que é próximo daqui.

— Numa palhoça muito pobre mesmo. É feita de palha e barro. Situação de extrema pobreza.

— Nossa casa!— a ideia me ocorreu de imediato. — E se oferecêssemos nossa casa? Em comparação à deles deve ser um palacete! Além disso, não vamos mais precisar dela... Está feito! Se ela concordar em ir até um cartório conosco e nos passar os documentos do garoto, a casa pertencerá a ela.

***

O tempo correu muito rápido. Já estávamos no aeroporto em Guiné-Bissau e não tínhamos trazido quase nada conosco para levar de volta ao Brasil: poucas roupas era o que levávamos na mala. Praticamente tudo estava sendo deixado para os moradores da base e da aldeia, e nossas roupas, as que de fato usaríamos no dia a dia, haviam ficado em João Pessoa no apartamento dos pastores. O que precisaríamos de verdade tinha ficado no Brasil... O maior volume para embarcar também eram algumas coisas do Yanito. E, sim, diante da justiça de Guiné-Bissau, ele agora era nosso filho adotivo e seria assim também no Brasil. Ele se tornara um dos bens mais preciosos que possuíamos e já estava ali animado e pronto para embarcar.

— Yanito, vou comprar leite e biscoito para você. Fica aqui com a Raquel e cuida dela direitinho, tá?

— Tá, papa. — ele tinha cismado em me chamar assim. — Fico com mama Raquel aqui. Não quero leite, só biscoito.

O português dele ainda não era muito claro. Em um ano e poucos meses não era possível falar perfeitamente o idioma, mas ele era uma criança muito esperta e já se comunicava bem. Não teria problemas com adaptação.

Dei um beijinho na Raquel, enquanto a orientava a ficar de olho nele. Era engraçado, mas agora que tínhamos um ser tão indefeso sob nossa responsabilidade, começávamos a nos preocupar com tudo. "E se ele se perder no aeroporto? Se machucar em alguma escada?" Tudo agora era motivo de preocupação. E, aparentemente, preocupações era o que mais teríamos pela frente.

Após a mãe de Yanito ter concordado com tudo (e muito mais rápido que imaginávamos), as coisas ao redor do mundo complicaram: Iojanes, o presidente da ONU, lançara a proposta de combate ao terrorismo (que havia se intensificado muito nos últimos meses) e a unificação mundial já tinha sido aprovada. Uma nova moeda estava sendo criada e todos os países passariam a usá-la. Essa mudança ainda levaria um tempo: um ano e meio seria o prazo para que todas as outras moedas fossem substituídas. Mas sabíamos que esse era o princípio de tudo o que temíamos: a Nova Ordem Mundial finalmente estava chegando. Na verdade, desde que recebemos a notícia da obrigatoriedade do *chip* no Brasil, todo o mundo pareceu diferente...

Os últimos dias tinham sido marcados pelas mais variadas tragédias mundiais naturais: furacões das mais diversas intensidades arrasaram os Estados Unidos; boa parte da Ásia tinha sido devastada por *tsunamis*; países vizinhos ao Brasil, como Chile e Argentina, haviam sofrido vários terremotos, matando milhares de pessoas. E tudo isso em um curto tempo. Os jornais não se cansavam de noticiar a cada instante uma nova notícia ruim, um novo desastre. O mundo estava diferente, os céus estavam diferentes... Era aterrador o clima que rondava a população mundial. Além de todas essas tragédias naturais, a onda de violência nos países havia aumentado vertiginosamente: pais matando filhos e filhos matando pais tinha se tornado algo rotineiro. Milhares de imigrantes fugiam das áreas de guerra civil, onde a onda de violência e estupros era incalculável. Aquele era realmente o momento certo para voltarmos para casa e nos refugiarmos no sítio. Embarcamos na capital Guiné-Bissau e após 22 horas de voos e escalas, chegávamos finalmente em São Paulo.

— Mais três horas dentro de um avião e finalmente estaremos em casa! — exclamei, agradecido a Deus, enquanto Yanito dormia no colo da Raquel na cadeira ao lado. Vê-lo calmo e seguro conosco era um alívio imenso. Raquel acariciava os cabelos dele como se ainda não conseguisse acreditar que o menino estivesse ali conosco.

— Você consegue imaginar nossa vida sem ele? Digo... Abrindo mão dele a partir de agora? — perguntou, mas ela já sabia bem a resposta.

— Não. Agora somos Deus, eu, você e ele. Para sempre!

Agarrei sua mão e beijei em estado de pura veneração os nós de seus dedos. Olhando para ela, cuidando e amando uma criança que não havia sido gerada por nós, tampouco criada conosco, era impossível não amá-la ainda mais do que eu já amava. Era insano, incalculável, mas puramente real: a cada dia que passava, eu a admirava mais.

E foi ali, em meio aquela calmaria da madrugada, que ao longe, muito ao longe, vi um clarão. Estávamos no saguão do Aeroporto Internacional de São Paulo com uma parede de vidro bem diante de nós dando vista para a pista de pouso. Foi nesse horizonte que vi um clarão, que logo se transformou em fumaça e fogo.

— Amor... Minha visão está embaçada ou aquilo é...

Raquel virou-se em direção ao local que eu apontava e simplesmente gritou:

— FOGO! É UMA EXPLOSÃO, CRIS!

O coitado do Yanito levantou assustado. Ela o abraçou, tentando amenizar o impacto que ela mesma havia causado com seus gritos.

— Se acalma! Fica aqui com ele que eu vou verificar o que aconteceu.

Saí à procura de algum funcionário do aeroporto que pudesse esclarecer o que acontecia por ali. Os poucos passageiros que estavam conosco no saguão correram em direção à vidraça, tentando entender o que era tudo aquilo: se era apenas um incêndio ou se algum avião havia caído ou...

"Um ataque terrorista simultâneo acaba de acontecer em várias partes do mundo. Não temos notícias exatas do que ocorreu, mas sabemos que Moscou,

Paris, Nova York, Roma e mais cinco cidades sofreram ataques há poucos minutos. Assim que tivermos mais notícias, voltamos com os detalhes."

Era o que o plantão do jornal acabava de informar na TV da cafeteria. Todos os que estavam ali, próximos a mim, ficaram no mesmo estado que eu: em choque, paralisados. Não dava para descrever que sensação era aquela. Minha reação imediata foi ligar para os pastores e para minha mãe. Eu precisava saber como estavam as coisas por lá.

— Ninguém atende, droga! — reclamei comigo, enquanto voltava para junto da Raquel e do Yanito.

— E aí, amor? Você conseguiu descobrir alguma coisa?

Raquel me perguntava ainda bem empalidecida com tudo o que estava acontecendo. Assustada não chegava nem perto do que ela aparentava.

— Amor, eu preciso que você fique calma, pois estamos bem aqui, seguros...

— Não enrola, Cris. Fala logo o que você descobriu!

Ela deixou Yanito na cadeira brincando com o celular, enquanto levantava e tentava ficar de igual para igual comigo. O que não conseguiria jamais... Mas era assim que ela se comportava quando ficava nervosa: levantava e queria tomar a frente das coisas, resolver tudo. Devia ser sua veia jornalística: só se conformar quando descobria tudo!

— Calma! É muito cedo para ter certeza do que aconteceu aqui, mas acabei de ver no plantão do jornal que houve um ataque terrorista simultâneo em várias cidades do mundo...

— Meu Deus! — ela levou as mãos ao pescoço, como se quisesse segurar a cabeça para não cair tamanho o impacto da notícia. — Será que esse fogo que acabamos de ver tem alguma relação com esses ataques?

Enquanto tentávamos entender tudo, vários policiais começaram a correr dentro do saguão, o que causou pânico em quem estava ali. Yanito se assustou com todo o tumulto e começou a chorar. Coloquei-o em meus braços, tentando acalmá-lo, enquanto Raquel se agarrava a mim. Um caos. Agora, sim, vivíamos um estado de pânico total.

"Atenção: todos os voos estão cancelados. Por favor, mantenham a calma. Assim que possível, liberaremos a pista para pousos e decolagens. Em dez minutos, voltaremos com mais informações."

— Policial, por favor, o que está acontecendo? — tentei chamar a atenção de um deles, mas ninguém nos dizia absolutamente nada e a correria só aumentava.

— É uma ameaça de bomba dentro do aeroporto! Corram todos! — alguém gritou.

E a visão do inferno se formou diante de nós: gritaria, correria, pessoas sendo atropeladas umas pelas outras, crianças chorando... E nós, ali, atordoados, sem saber o que fazer.

— Anda, Raquel, pega nossas coisas e vamos sair devagar. E se tivermos que padecer por isso, que seja feita a vontade de Deus! — foi o que eu disse, tentando tirar minha família em segurança dali. Não dava para entrar em pânico e enlouquecer como os outros, mas também não podíamos arriscar.

"E que o Senhor tenha misericórdia de nós!", foi a única coisa que passou em minha cabeça conforme o terror e a desolação tomavam conta de todos ali.

NARRA A OVELHA

Era isso: estávamos presos no aeroporto de São Paulo e, pelo que os jornais indicavam, o incêndio visto próximo ao aeroporto não era uma mera fatalidade, mas, sim, um forte indício de ataque terrorista. E bem ao lado de onde estávamos.

— Calma, mãe, não precisa enlouquecer! Cris, Yanito e eu estamos bem, mas presos próximo ao aeroporto porque eles estão vasculhando cada canto do local antes de liberarem novos voos. Acho que a notícia de bomba foi um alarme falso. Creio que o pior já passou.

Meus pais estavam surtados do outro lado da linha e com razão. Em questão de poucas horas o mundo havia virado de cabeça para baixo! Além dos ataques em várias regiões do mundo, o Brasil tinha sofrido três ataques simultâneos: um metrô havia explodido no Rio, outra explosão aconteceu dentro do elevador Lacerda, em Salvador, e o avião derrubado, prestes a aterrissar no aeroporto de São Paulo. Tudo isso apenas no Brasil. Enquanto eu os tranquilizava pelo telefone, novas notícias surgiam nas TVs dos cafés espalhados pelo aeroporto. O secretário de segurança do país entrou no ar logo cedo, fazendo um pronunciamento para a população.

— Venho em caráter de urgência dar informações aos cidadãos brasileiros a respeito das tragédias que aconteceram simultaneamente no país. Na realidade, os atentados não ocorreram só aqui. Hong Kong e Londres foram atingidas por explosões; o Cairo também sofreu atentados; três ônibus explodiram em Frankfurt, na Alemanha, e três grandes cidades nos Estados Unidos foram bombardeadas. Todos os ataques aconteceram dentro dessas duas últimas horas. Iojanes, líder da ONU, será apontado hoje pelo G-8, grupo de países mais influentes do mundo, como líder da instituição. O mundo precisa de uma liderança forte, que tenha o apoio dos principais chefes de estado mundiais. Além disso, os presidentes da China e do Brasil também expressaram apoio e comunicaram que se unirão ao G-8 e reconhecerão Iojanes como aliado para tentar barrar essa onda de violência. Ademais, todos esses países possuem Vicarius I como líder religioso, e o apoio do grande pai espiritual é de suma importância para levar Iojanes ao poder. Com o devido apoio, não restará dúvidas de que ele é o homem certo para restituir a paz mundial...

Enquanto ele falava, minha vista escureceu.

A profecia bíblica começou a tomar forma diante de mim: "E os dez chifres que viste são dez reis, que ainda não receberam o reino, mas receberão poder como reis por uma hora, juntamente com a besta. Estes têm um mesmo intento, e entregarão o seu poder e autoridade à besta." Apocalipse 17:12,13.

Um calafrio percorreu meu corpo, minha visão continuou a ficar turva e apenas fechei os olhos.

***

— Amor? Amor? Raquel, fala comigo, por favor!

Tive a impressão de que alguém me chamava, mas a voz estava tão distante... Na verdade, eu bem que queria acordar, levantar, pois ali onde eu estava só conseguia vislumbrar muito terror: pessoas correndo, gritando, fogo. E aqueles homens, Vicarius I e Iojanes, tomando forma demoníaca, olhando para mim e sorrindo sarcasticamente.

— Cris?

Levantei sobressaltada, gritando, e reparei que havia muita gente ao meu redor. Porém, meus olhos o atingiram antes de qualquer outra coisa: ele! Sempre ele! Cristiano estava ali e a certeza de que tudo ficaria bem trouxe calmaria à minha alma. De fato, ele era a expressão do amor de Deus por mim. Sempre que eu olhava para o Cris, via o amor do Criador. E agora, o mesmo acontecia quando eu olhava para Yanito. Era o amor de Deus em forma física, sendo demonstrado para mim...

Tornei à nossa terrível realidade quando percebi que o pobrezinho do meu filho estava ali, ao meu lado, assustado e com os olhinhos marejados de lágrimas.

— Amor! Que susto enorme você nos deu! — Cristiano estava ali no chão, me segurando em seu colo e beijando cada centímetro de meu rosto. — Você viu, Yanito? Falei que sua mama ia ficar bem. Não precisa mais chorar.

Conforme o Cris me apoiava em seu colo, aqueles olhos de mar infinito do nosso agora filho, Yanito, estavam fixos em mim. Ele tinha se ajoelhado ao meu lado e alisava meu braço. A coisa mais fofa de se ver.

— Eu estou bem, gente! — disse, tentando dispersar a multidão. — Foi só uma tontura por causa de toda essa confusão. — à medida que as pessoas se voltavam para as notícias televisivas, levantei e puxei o Cris e o Yanito para um canto isolado. O que eu ia dizer não poderia ser ouvido por mais ninguém. — Já começou, amor. Todas as profecias, tudo já está começando!

— Ei, calma! Nós já sabemos disso há um tempão, por isso antecipamos nosso retorno para o Brasil. Não precisa ficar assim. Estamos bem, seus pais estão bem...

— Não é isso, Cris! — aproximei-me ainda mais dele. — Não haverá mais dois anos para implantação obrigatória do *chip*.

Ele arregalou os olhos, provavelmente imaginando que eu tinha batido a cabeça quando desmaiei.

— Meu bem, não saiu nenhum pronunciamento a esse respeito. Voltamos para o Brasil por uma questão de segurança, ainda teremos um tempo para nos preparar.

— A profecia bíblica: os dez reinos que se unirão para dar poder à besta... Foi isso que acabou de acontecer!

Lá fui eu explicar o que aqueles versículos de Apocalipse 17, bem gravados em minha mente, queriam dizer:

— Todos os principais países do mundo se uniram a Iojanes, e a maior força da América Latina, que somos nós, também já está dando apoio total. Essa implantação obrigatória do *chip* vai diminuir de prazo, tenho certeza. Ele, como líder mundial, vai enganar muitos cristãos com essa conversa de proteção. Até porque o maior líder religioso, que é Vicarius I, e as maiores autoridades mundiais estão ao lado dele combatendo o terror. Quem vai desconfiar desse homem?

— Tudo o que você diz faz sentido, mas preste atenção: não podemos fazer nada, a não ser ir para casa. Para o sítio. Não adianta ficar nervosa, se desesperar... Deus está conosco e não nos renderemos a esse sistema maldito. Fique calma e vamos orar. Orar e pedir que Deus libere logo o nosso voo.

O pior é que ele tinha razão em tudo: não adiantava desmaiar nem desesperar. Se precisávamos passar por cada uma daquelas lutas, passaríamos! O importante era ficar firme e não vacilar. Não ter dúvidas quanto aos planos de Deus para nós e para a Terra.

— Já faz oito horas que estamos neste aeroporto. Olha só o estado desta criança! — Cristiano comentou olhando para Yanito, que estava deitado parte no chão, parte em meu colo.

O ambiente no aeroporto era desolador. Muita gente, muita mesmo, em filas porque os voos haviam sido cancelados, crianças deitadas no chão junto de seus pais; algumas pessoas brigando e tentando informações... Se ficássemos mais tempo ali, eu terminaria desmaiando novamente, só que de cansaço.

— Amor, por favor, vai procurar alguma informação no guichê. Caso eles não tenham previsão de quando sairemos daqui, ligo para minha tia e peço para alguém nos buscar. Imagino que a cidade está um caos, mas ela não nos negaria isso.

— E correr o risco de o Rafael vir socorrer você? — ele fechou a cara. Lancei um olhar matador em sua direção. Cristiano não podia estar falando sério. Com o mundo desabando ao nosso redor, com o anticristo subindo ao poder, ele vinha ter crise de ciúmes nesse momento?

— Ok. Desculpa! Fiz um voto com Deus de que me controlaria. Foi só brincadeira. — Beijou o alto da minha cabeça e tratou de sair rapidinho dali. Enquanto ele buscava informações daqui, eu pegava o telefone e buscava de lá.

— Pai, como estão as coisas no sítio? — perguntei ao telefone.

— Há algum tempo tudo já está em seu devido lugar. Com o dinheiro da venda do apartamento de vocês, conseguimos instalar as placas solares. Algum tipo de energia teremos por lá.

Notícia maravilhosa! A possibilidade de uma geladeira ou um ventilador... Era no mínimo reconfortante saber que algum "luxo" teríamos em nosso refúgio. Conforme ele partilhava as novidades, pude dividir com meu pai minha preocupação sobre a entrada do Brasil para apoiar o governo de Iojanes.

— Tenho certeza que essa implantação obrigatória não demorará a ocorrer. Quer dizer, obrigatória ela já é, mas ainda há um prazo. Porém, creio que eles irão diminuir esse período abruptamente. Tentarão nos cercar de todos os modos, não tenho dúvidas! O sítio precisa estar pronto para nos receber a qualquer momento, pai.

— Fica tranquila, filha. Mesmo que essa obrigatoriedade inicie amanhã, estamos preparados, sim! Acalme-se e pegue logo esse avião que vai dar tudo certo... Ah, Ana Luísa está aqui na igreja e tomando o celular da minha mão. Está doida para falar contigo.

Ai, que coisa boa! Falar com minha amiga ajudaria a aliviar a tensão. Eu bem que precisava ouvir umas fofocas e umas piadas para relaxar. E a realidade é que mesmo com o mundo em caos, ainda estávamos aqui na

Terra e, enquanto fôssemos moradores daqui, as fofoquinhas santas faziam parte da vida.

— Amiga, nossa mochila já está pronta! O mundo está desabando, as profecias se cumprindo e provavelmente precisaremos fugir mais cedo do que esperávamos. Ainda bem que seu pai nos obrigou a fazer aqueles "trocentos" acampamentos! Bem que serviu de alguma coisa... Ele obrigou todo mundo que não havia feito o primeiro a fazer outros: meus pais foram, os pais do Rick também... Se você quer saber, morri de inveja de você na África! Meu Deus, como eu desejei poder comer uma cabecinha de macaco em vez daquele miojo horroroso...

Tinha como não rir? E essa história dos acampamentos ela já havia contado milhares de vezes. Certeza de que ela fez questão de contar mais uma vez só porque estava ao lado do papai, para provocá-lo.

— Sua louca! O mundo está desabando, Iojanes vai pintar e bordar com a gente e você fazendo piada? — repreendi, enquanto ria. Yanito já havia acordado e agora comia uma fatia de bolo e brincava com seus carrinhos ao meu lado.

— Amiga, aproveitando o papo sobre fuga para o sítio, perseguição e fim do mundo, adivinha quem estava no último acampamento conosco?

Percebi que ela diminuiu o tom da voz. Se eu conhecia a Ana, ela já devia ter se afastado de meu pai e lá vinha fofoca das grandes.

— Nossa, Ana... Fala! Estou supercuriosa. Quem poderia estar conosco neste acampamento que eu já não estivesse esperando? Papai deixou claro que não poderíamos levar ninguém que não estivesse preparado!

— Então se prepara, amiga, que o bafão é grande!

Enquanto ela falava, observei que o Cris se aproximava conversando com alguém. Mas quem ele poderia ter encontrado em pleno aeroporto de São Paulo e que pudesse ser nosso conhecido? Será que meus tios sabiam que estávamos aqui? Seria um dos meus primos?

— O Felipe! Você acredita que o Felipe e a Beatriz se separaram e ele estava conosco no camping?

Foi uma bomba o que ouvi. Felipe, o meu ex, estava de volta à nossa vida? Essa não! O Cristiano ia surtar com essa notícia... Tudo bem que antes de viajarmos eles já se falavam com civilidade, mas o fato de eu ter me apaixonado pelo Cristiano enquanto ainda tinha um compromisso com o Felipe continuava sendo constrangedor para nós três. Se bem que eu não o traí, nem nada do tipo (Deus me livre de fazer algo assim!), mas o Felipe havia percebido que eu não o amava e que estava com ele apenas por "conveniência". E foi aí que ele terminou tudo comigo e o Cristiano tomou conta da situação (como Deus era bom!). Nesse meio-tempo, ele casou com a Bia, que já havia sido apaixonada pelo Cris e terminou se afastando da nossa convivência. Que salada, meu Deus! E era por isso que a notícia, de fato, era um bafão: Lipe e Bia separados; Lipe presente no último acampamento... Aquilo começava a me cheirar a problemas!

Até me esqueci do Cris naquele instante. Saber com quem ele falava já não era tão urgente... Aquela notícia do Felipe e da Beatriz era impactante demais. E triste também. Beatriz não era a pessoa que eu mais estimava no mundo, mas eu sempre havia gostado do Lipe. Como amigo, claro! Eles eram uma família e haviam feito uma promessa no altar. Não era para as coisas terem terminado assim, eles estavam casados há menos de dois anos. Que escândalo para um pastor, meu Deus!

— Não acredito! Ana Luísa do céu, conta tudo o que você sabe!

Lá foi ela explicar: Felipe queria fazer as coisas darem certo, mas a Bia não. Provavelmente se casaram pela motivação errada e não se amavam a ponto de estarem dispostos a se sacrificar um pelo outro. Com o surgimento dos primeiros problemas sérios, a coisa toda degringolou de vez.

— Você sabe, Raquel, que o modelo ideal de mulher para o Lipe sempre foi você. E a Bia podia ser qualquer coisa, menos uma cópia sua. A garota era muito nova na fé e não aguentou o peso de ter se casado com um pastor. Ela não era espiritual, não se portava de maneira adequada, preferia mil vezes sair com as amigas do que participar dos discipulados e aconselhamentos. A igreja deles percebeu a falta de comprometimento dela e começou a pressionar o Felipe para que a postura dela, não condizente com a de uma esposa de pastor, mudasse. Daí já viu! O povo pressionou o Felipe, ele pressionou a Beatriz e ela não aguentou todo o peso. Acabou se deixando influenciar pelas amizades. O que fiquei sabendo é que talvez tenha havido uma traição...

Bege, rosa, roxa! Acho que essa notícia me abalou mais que Iojanes ter assumido o comando mundial. Até porque, cedo ou tarde eu já esperava o reinado do anticristo. Porém, um divórcio do Felipe em meio a boatos de infidelidade, não!

— Você tem certeza de que isso é verdade, Ana? — perguntei chocada, enquanto olhava para meu "filhote" que continuava brincando bem ali ao meu lado e vez por outra fazia sinal para que eu pegasse um pedaço do bolo que ele comia.

— Eu mesma falei com ele, Quequel. Nossa, deu uma pena! Não porque ele morria de amores por ela. Isso nunca aconteceu. Tenho certeza de que ele nunca tirou você da cabeça...

— Ana!

— Estou falando sério, garota! E que o Cris não me ouça, pelo amor de Deus.

— Isso não existe. O Felipe jamais faria uma coisa dessas: casar por falta de opção. Até porque mulher é o que não faltava para ele escolher ali na igreja. Você sabe muito bem que as meninas se "rasgavam" por ele... Ele deve ter visto um futuro com a Beatriz, sim, mas infelizmente ela não fazia o perfil "mulher de pastor".

— E por falar na Bia, ontem mesmo o Felipe me contou que ela está aí em São Paulo e voltaria hoje. Ele estava aguardando seu retorno para poder retirar o restante das coisas do apartamento deles... Bem capaz que você a encontre aí.

Foi quando olhei novamente na direção do Cris, só que agora prestando bem a atenção com quem ele falava, e foi aí que eu a vi.

"Não, não, não e não. Aquilo não era possível!", pensei, observando-os caminhar em minha direção. Qual a probabilidade de isso acontecer no planeta Terra? E pior, Cris acabava de abraçá-la como se estivesse consolando-a. Beatriz com cara de choro, de cachorro abandonado, e ele a amparando.

— Amiga, falando no Satanás, ele acabou de aparecer aqui. Preciso desligar!

— Mentira! Não pode ser verdade. Acabei de falar na garota e...

Desliguei. Minha raiva não permitia explicar mais nada para a Ana. Eu sei que milhares de coisas estavam acontecendo no mundo. A perseguição de nós, cristãos, inclusive, estava prestes a começar. Porém, tudo que eu via agora era meu esposo abraçando e consolando uma garota agora solteira que, em um passado não muito distante, já tinha feito de tudo para conquistá-lo. E que se explodisse Vicarius, Iojanes, os terroristas e tudo o mais. Nesse momento, domar minha ira para não voar no pescoço dos dois era mais importante!

Sim; eu estar possessa daquele modo era de uma insanidade sem tamanho! O Cristiano me amava e tinha enfrentado o "inferno" para ficar comigo. Inclusive, ele havia me escolhido em vez dela. Escolhido mesmo quando eu não o queria (após descobrir que ele era um satanista infiltrado para destruir nossa igreja... Eu não queria ver a cara dele nem pintado de ouro!). Ainda assim, sendo rejeitado e humilhado de todas as formas, ele optou por mim. Não havia motivos para o ciúme irracional que eu sentia agora. Mas, poxa, eu era humana! Tinha acabado de chegar de uma temporada na África, ataques terroristas estavam acontecendo ao redor do mundo (inclusive bem próximos a nós), estávamos presos há horas num aeroporto sem expectativa de voltar para casa... Eu tinha o direito de dar uma surtada básica, sim!

— Amor, olha quem eu acabei de encontrar!

Ele vinha todo animado, com seu braço apoiado nos ombros dela. Uma cena linda. E ela com aquela cara de cachorro abandonado que eu conhecia muito bem.

Quando já me preparava para voar na garganta dos dois, lembrei a cena do aeroporto de Recife quando o Cris me viu abraçada ao Araújo. Era praticamente a mesma coisa. "Covardia lembrar disto agora!", pensei à medida que minha ira se esvaía.

Acho que aeroportos possuíam algum tipo de ímã para atrair confusão. Só podia ser isso. Assim como Cristiano tinha entendido tudo errado, provavelmente o mesmo acontecia agora comigo.

Não! Eu não podia cair naquela armadilha do maligno. Com tanta coisa ruim acontecendo ao nosso redor, eu não podia deixar Satanás ganhar mais essa. Cris e eu precisávamos estar bem. Principalmente porque agora tínhamos uma criança que necessitava de nosso apoio e exemplo. E perder tempo com brigas desnecessárias não deveria estar em minha lista de prioridades. Eu precisava me acalmar, ficar bem, passar a paz necessária para Yanito e, depois, quando estivéssemos em casa e sozinhos, eu resolveria nossas contas direitinho.

— Nossa, Beatriz, que coincidência encontrar você aqui! Quem poderia imaginar que iríamos nos encontrar a quase três mil quilômetros de distância?

Depois, eu pediria perdão a Deus por meu cinismo.

— Pois é, amor, encontrei a Bia chorando e assustada com todo o caos que está acontecendo. Além disso, ela está sozinha. Acredita que ela e o Felipe se divorciaram?

Pelo visto, os dois tiveram muito tempo para conversar. Até do divórcio ele já sabia! Colocaram o papo em dia enquanto eu estava aqui, sozinha, tomando de conta do Yanito.

Foi o que tive muita vontade de dizer, mas não disse.

— É, fiquei sabendo.

— Ficou?

Ela parou de chorar (quer dizer, de fazer drama, porque chorando mesmo ela não estava. No máximo, colocava uma lágrima a cada dois minutos!) e ficou muito interessada em saber como eu havia conseguido aquela informação.

— Hum... Acho que foi a Ana quem disse alguma coisa a respeito na última vez que nos falamos. Ela estava supertriste por vocês; eu também fiquei, claro!

— E você não me contou nada, Raquel? — Cristiano perguntou surpreso.

E foi uma pergunta do tipo "como seu ex se separa, você sabe da notícia e não diz nada?". Eu não podia dizer que acabara de falar com a Ana e que ela tinha contado a novidade. De modo algum!

— Puxa, amor! Com nossa vinda para o Brasil e todo esse tumulto, acabei esquecendo (mais um motivo para pedir perdão depois)... Mas senta aqui comigo, Bia. Olha, você ainda não conhece Yanito, nosso filho.

— Filho? — questionou admirada, aproximando-se para conhecê-lo, enquanto eu agradecia aos céus por ter desviado o foco daquele assunto.

Infelizmente Cristiano me cobraria depois explicações sobre a notícia do divórcio que eu não havia contado a ele... Mas hoje quem tinha motivos para cobrar explicações era eu. Não ficaria ali me sentindo culpada por nada, não, até porque eu só fiquei sabendo da notícia no mesmo instante em que os dois estavam de papo ali em algum lugar daquele aeroporto.

— Bia, você pode olhar o Yanito um pouco enquanto falo rapidinho com a Raquel? — ele pediu. Ela, toda solícita, atendeu. Ai, que raiva!

— Amor, como é que o Felipe e a Bia se separam e você não me conta nada? — ele perguntou levemente aborrecido. Você, por acaso, anda falando com seu ex sem que eu saiba?

— Claro que não, criatura! Eu já não disse que foi a Ana quem contou? Então é porque foi... Se você quer saber, fiquei sabendo há pouco tempo. E, com tanta coisa importante acontecendo no mundo, acabei me esquecendo... Mas me diz, você tem alguma notícia sobre nosso voo?

Ele não ficou satisfeito com a explicação, mas acabou superando o assunto.

— Ah, notícia boa: daqui duas horas os voos começam a ser liberados. Como já havia alguns atrasados, eles vão tentar encaixar essas pessoas nos próximos a sair. O nosso voo mesmo só sai à noite; precisaríamos passar umas dez horas aqui...

— E qual a notícia boa, Cristiano? Passar mais dez horas aqui com essa criança não é boa notícia pra ninguém! — reclamei, já pensando na falta de banho, de descanso... Estávamos há mais de 30 horas em viagem. E enfrentar mais dez horas era nos fazer chegar ao limite da força física.

— A notícia boa, meu amor, é que consegui encaixar você e Yanito no próximo voo. Vocês vão pra casa daqui a duas horas.

Alívio, alívio e mais alívio... Dali a cinco horas eu estaria em casa, veria meus pais, tomaria um banho e poderia dar um pouco mais de conforto ao nosso filhote. Porém, as palavras começaram a ser assimiladas aos poucos... Eu e Yanito. Isso queria dizer que...

— E você, Cris? Não vai conosco?

— Infelizmente eles só tinham duas vagas para encaixe, amor. Só conseguirei embarcar no voo da noite. Mas o importante é que você e ele irão mais cedo e poderão descansar bem.

— E ela? — perguntei, olhando para Bia, que tentava falar com Yanito, porém sem sucesso. O carrinho estava mais interessante que a conversa dela.

— Ela conseguiu vaga no mesmo voo que eu. Ao menos a coitada não viajará sozinha.

Ok. A coitada ali não viajaria sozinha, mas a idiota aqui, sim.

Puxa vida! Não era suficiente o mundo estar desabando ao nosso redor? Não bastava estarmos correndo risco de vida outra vez e termos que nos mudar para um sítio no meio do mato, além de passar o maior perrengue durante a viagem? Não, não era. Eu ainda teria que assistir de camarote o Cris e a Bia juntos num aeroporto por dez horas enquanto eu estava do outro lado do país!

Que ódio! Meus olhos se encheram de lágrimas. A reação foi imediata, instintiva e não tinha como controlar. Ainda bem que eu estava de costas para a Beatriz. Deixá-la me ver com os olhos marejados e demonstrar o quanto eu estava me corroendo de ciúmes seria o ápice da humilhação. Aquilo, jamais!

— Eu não vou, Cris. Sem você, não arredo o pé daqui! — disse muito firme. E só Deus descendo dos céus pra me tirar do lado dele e deixá-lo sozinho com aquela... Divorciada (foi o maior palavrão que eu podia xingar mentalmente)!

— Você está louca, amor? Eu armei a maior confusão pra encaixá-la no próximo voo, pensando em seu bem-estar e no do...

Aí ele percebeu tudo.

O motivo pelo qual meus olhos encheram de lágrimas, o motivo real pelo qual eu não queria embarcar... E a vergonha me inundou. Eu não era aquele tipo de mulher! A que fazia cena e morria de ciúmes por um homem que sabia estar incondicionalmente comprometido com ela e com seus sentimentos. Eu não era assim! Meu temperamento não me permitia aquilo. O Cris, sim, costumava agir desse jeito: intempestivo, cem por cento passional. Mas quem agora fazia papel de boba era eu. Ele já havia percebido tudo. E foi impossível que aquelas malditas lágrimas não caíssem.

"Voltem para dentro dos olhos, por favor voltem!", era o que eu gritava mentalmente, mas elas não obedeceram. Para piorar tudo, ele lentamente levou suas mãos ao meu rosto, acariciou minhas bochechas, capturando-me com aquele olhar negro e penetrante que só ele sabia dar. Afagou meu rosto, enquanto as lágrimas ainda rolavam. Enxugou algumas com o polegar, então, começou a beijar meus lábios da maneira mais doce e pura que alguém poderia fazer.

Acho que em todo nosso tempo de convivência, eu nunca havia sido beijada pelo Cris daquela maneira (nem por mais absolutamente ninguém, afinal aquele beijo do Rafael nunca valeu). E olha que o Cris era perito na arte de beijar! Contudo, aquele tinha sido simplesmente diferente de tudo o que eu já havia provado. Era como se eu estivesse sendo reverenciada; adorada (no sentido poético da coisa, não literal. Até porque no literal só Deus merecia e era digno de adoração!); como se ele pudesse e estivesse me colocando num pedestal em termos de amor. Foi uma das sensações mais plenas já sentidas por mim em todo o nosso tempo de convivência. Nem nosso primeiro beijo havia sido daquele modo. Sequer em nossa lua de mel senti-me como agora. Era sublime, único e para mim. Só para mim. Como se só nós dois existíssemos naquele aeroporto e o mundo não estivesse ruindo lá fora. Era eu, ele... E nossos lábios a se tocarem.

— Você lembra sobre o que falávamos mesmo? — ele perguntou, tentando separar sua boca da minha sem sucesso.

— Hummm... — procurei falar, mas eu também não queria me desgrudar dele. Tratava-se de um dos melhores momentos já vividos por mim, principalmente, tendo Beatriz a presenciar aquela cena linda! Ah, eu aproveitaria o quanto pudesse. — Hummm... Não lembro... Absolutamente nada.

— Eu acho... — e nossos lábios brincavam um com o outro, com beijos curtinhos, alternando para mais intensos... Uma coisa enlouquecedora. — Que era... Sobre você não querer embarcar... — aí ele parou e encostou a testa na minha, enquanto permanecíamos tão próximos que respirávamos o mesmo ar.

Eu estava na ponta dos pés com minhas sapatilhas, mas não me sentia incomodada apesar de todo o cansaço pelas horas intermináveis de viagem. E mesmo que estivesse desconfortável, me recusaria a sair daquela posição.

Nossas testas estavam encostadas uma na outra, nossos narizes praticamente se tocavam e meus olhos só conseguiam enxergar sua boca maravilhosa e aquele sinalzinho bem no canto da boca que lhe era tão característico... Eu teria dado minha vida (já que meu alvo principal era a eternidade mesmo) para congelar aquele momento. Entretanto, senti alguém puxar minha blusa e me trazer de volta à realidade. Era Yanito. Ele queria atenção.

Abaixei-me e dei um beijo no alto da sua cabeça e ele permaneceu ali, agarrado em nossas pernas, enquanto discretamente olhei para a cara da Bia. A coitada disfarçava e olhava para o lado como se não tivesse visto (e morrido de inveja) de tudo o que acontecia ali.

Olhei, então, para Cristiano e tentei responder algo sensato. Ele com uma mão alisava a cabeça de Yanito, com a outra tocava em minha nuca. Era como se massageasse meu pescoço e a parte de trás do meu cabelo. Que sensação maravilhosa!

— Acho que era sobre eu não querer embarcar — falei por fim. — Eu não posso deixá-lo aqui. Não quero ir sem você!

Fiz biquinho, apelei. Eu não poderia sair dali sem ele. Na realidade, eu não queria, de modo algum, ficar nenhum minuto longe dele, principalmente com todo aquele terror acontecendo pelo mundo.

— Amor, você não pode ficar mais dez horas aqui com essa criança! Não tem sentido. Por seu bem-estar e o dele, você precisa embarcar. Ainda hoje à noite estaremos juntos. Pode ir tranquila, vai ficar tudo bem. A não ser que sua chateação seja por causa da... Não! Você não pode estar chateada com...

Nem esperei ele completar a frase.

— Só um pouquinho — confirmei, entregando-me totalmente. Não tinha como esconder mais aquilo. É claro que eu estava incomodada com a presença da Beatriz, principalmente sabendo que ela passaria dez horas sozinha ao lado do MEU marido. — Por acaso, você vai me dizer que se fosse o contrário você também não ficaria com ciúmes? — indaguei cheia de razão. Foi neste instante que ele soltou a cabeça do Yanito e colocou suas mãos de volta em meu rosto, me segurando bem e impedindo que meu olhar desviasse do dele.

— Se fosse o contrário, dona Raquel, se houvesse a menor possibilidade do Rafael, do Felipe ou do tal Araújo estarem aqui para esperar um voo de dez horas com você, ninguém me faria sair do seu lado: nem Iojanes, nem Satanás. Só Deus descendo em carne e osso, pegando-me pelo braço e me enfiando dentro do avião! — fui obrigada a rir, imaginando a cena. Só o Cris mesmo para me fazer sorrir num momento de tristeza absurda como aquele. — Mas esse sou eu, não você. E olha que até fiz um voto com Deus para controlar o meu ciúme. Mas confesso, que eu sequer conseguiria imaginar essa cena... Não quero nem que ela invada minha mente: você, sozinha, por dez horas com outro cara... Tá amarrado em nome de Jesus! — ele disse, arrancando um novo sorriso meu. — Mas com você é diferente; precisa ser diferente. Afinal, desde que lhe vi, todas as outras mulheres do mundo perderam o encanto, o sentido. Você é o primeiro pensamento que enche minha mente e o último, antes de deitar, também. Não há espaço para mais nada, a não ser para o reino de Deus. Ah, Raquel, se você pudesse ao menos um dia acessar minha cabeça, ciúmes seria a última coisa que você sentiria no mundo!

Como não amá-lo mais e mais a cada palavra daquelas? Meu peito parecia que explodiria diante de cada sílaba proferida por ele. Começou até a dar uma peninha da Bia lambendo nossas migalhas ali ao lado...

— Se o seu intuito era me convencer, seu Cristiano, saiba que está quase conseguindo... — disse, fazendo charme.

Um novo beijo, só que desta vez arrebatador! Daqueles de tirar todo o fôlego dos pulmões. Daqueles de cinema ou de deixar todo mundo que passa babando. Desses praticamente escandalosos. Sinceramente, eu esperava que o Yanito não estivesse vendo aquilo, caso contrário, ele me cobriria de perguntas depois.

— E agora... Convenci? — perguntou aquele cínico, chantagista, sedutor e lindo. Agora estava na dúvida qual dos dois beijos havia sido o melhor. Aquele sublime do início ou o arrebatador do fim? Na dúvida, eu ficaria com os dois.

— Hummm... Qual é a sala de embarque? — perguntei, já pegando minha bolsa e a mão do Yanito, enquanto olhava para Beatriz e dava um sorrisinho. Eu poderia até viajar desacompanhada, ela até poderia ficar naquele dia tentando "aproveitar ao máximo" a companhia do meu marido. contudo, a mensagem de que ele era meu havia sido bem dada. E muito bem dada, na verdade!

CAPÍTULO 9

O princípio das dores

"Porquanto se levantará nação contra nação, e reino contra reino, e haverá fomes, e pestes, e terremotos, em vários lugares. Mas todas estas coisas são o princípio de dores."

MATEUS 24:7,8

CONTA O LEÃO

Quando a vi embarcar naquele avião, a sensação era a de que minha alma estava sendo arrancada de mim. Droga! E o momento em que estávamos na sala de embarque foi o pior: a impressão de que não a veria mais era uma coisa absurda.

"Por que estou sentindo isso, meu Deus?", era o que eu questionava em silêncio, enquanto tentava descontrair o ambiente pesado que nos rodeava.

Entretanto, nada se comparou ao vê-la ali, naquela fila, prestes a adentrar o avião. Perdi as contas de quantas vezes a beijei. Despedir-me dela e do Yanito causou uma dor indescritível no peito. Foi muito pior do que ter sido baleado por Waldeck.

"Meu Deus, sustenta esse avião nos céus, Senhor! Que eles cheguem bem e em segurança, pelo nome de seu filho Jesus!", orei, vendo o avião finalmente arremeter. Agora, tudo estava no controle de Deus e nada no meu.

— Vamos comer alguma coisa? Estou morrendo de fome — Bia convidou, mas eu só conseguia pensar em Raquel e que ela não iria gostar de saber que eu estava almoçando com a Beatriz no aeroporto.

— Não estou com fome. Raquel e eu comemos algo antes de ela embarcar. Você também teve a oportunidade de ter comido conosco se realmente estivesse com fome. — respondi, deixando claro que eu não ficaria ali à disposição dela.

Eu não iria alimentar os caprichos da Beatriz. Estava fazendo um favor não a deixando sozinha naquele caos. Ela teve a oportunidade de ter um almoço decente, não comeu porque não quis. Também, conhecendo Raquel como eu conhecia, ela iria querer saber cada minuto meu no aeroporto; e contar que levei Beatriz para almoçar não seria nada bom. Tudo o que eu não precisava era aborrecer Raquelzinha com esse tipo de assunto. Até porque, nossa curta "separação" já estava doendo bastante, e ter de lidar com a possibilidade da minha esposa ficar chateada comigo só aumentaria mais essa "dor". Aquilo não era drama: nós nunca havíamos viajado separados antes. Doía, sim!

— Eu sei, Cris. Mas eu não estava com fome naquela hora, agora estou. E se você me fizer companhia, prometo contar detalhes do meu divórcio. Ou vai me dizer que você não está curioso?

Raquel precisaria me perdoar, mas eu estava me corroendo de curiosidade para saber cada detalhe daquela história escabrosa, sim, senhor!

"Jesus, me perdoa pelo espírito de fofoca!", pedi em silêncio, concordando em acompanhá-la. Eu sabia que tinha caroço naquele angu, afinal o divórcio tinha sido muito repentino. Suspeitava também que o nome da minha mulher era o "caroço" daquela história.

— Ok, mas vê se não demora...

— Ainda temos de esperar nosso voo por horas a fio... Está com pressa por quê? — perguntou, deixando claro que haveria um preço alto caso eu quisesse ouvir todos os detalhes: o de aturá-la durante um bom tempo!

— Com pressa para nada, Bia. Esqueci que temos tempo de sobra. Mas conta: o que vocês aprontaram?

E não é que ela assumiu a culpa toda! Ou quase toda...

— Fiz besteira, Cris. Uma besteira do tamanho do mundo. Esqueci que era crente e casada e comecei a bater papo com um ex-namorado que encontrei na rede social. Daí o Lipe pegou umas mensagens e você já pode imaginar o resto.

"Ah, se a Raquel me aprontasse uma dessas!", pensei. Beatriz prosseguiu:

— Eu sei que errei feio e que ficou parecendo que fiz mais do que na realidade fiz. Entendeu? Não cheguei a trair o Felipe, a não ser por mensagem. Mas foi melhor assim. Vivíamos num casamento sem paixão. Não dava para continuar vivendo desse jeito. Ou se ama, ou não se ama. E Felipe e eu não nos amávamos! A gente, no máximo, se gostava e achou que pudesse dar certo. Tentamos. Também tem o fato de ele nunca ter esquecido a Raquel. Nenhuma mulher aguenta conviver muito tempo, sabendo que seu marido ainda pensa na ex...

Epa! Eu sabia que mais cedo ou mais tarde o nome da Raquel entraria na história! Mas, puxa vida, achar era uma coisa, ouvir era outra totalmente diferente. Minha mulher envolvida no meio do divórcio escandaloso (gospelmente falando) do Felipe e da Beatriz, era a última coisa que eu precisava ouvir!

— Como é que é, Bia? Que história é essa? De onde você tirou a ideia de que o Felipe ainda gosta da Raquel?

Será que aquela garota estava com segundas intenções comigo e falando aquilo só para me provocar? Porque se a intenção fosse essa, eu a deixaria largada e sozinha naquele aeroporto. Usar minha esposa para justificar o divórcio deles era, no mínimo, imoral.

— Ah, Cris, só convivendo para perceber. Antes de vocês viajarem, ele vivia arrumando motivos para que você pregasse em nossa igreja. Como sua agenda estava sempre lotada, daí vivia arrumando motivos para ir à casa do pastor Carlos.

Como eu não sabia desse detalhe? Assim que chegasse a João Pessoa, minha primeira atitude seria averiguar essa informação com o pastor. Ela prosseguiu:

— Ele dizia que precisava de uns conselhos, umas informações. Fora todas as vezes que o peguei observando postagens da Raquel nas redes sociais. Cansa, né?

Eu estava estarrecido. De verdade, não queria acreditar no que a Beatriz dizia, até porque eu tentava manter um relacionamento cordial com o Felipe. Nunca fomos amigos, tampouco eu tinha essa intenção, mas éramos cristãos. O cara era pastor, eu reconhecia a autoridade dele sobre as ovelhas e por isso, fazia toda a questão do mundo de respeitá-lo (sem contar o leve peso na consciência que eu tinha por ter roubado a ex-futura noiva dele). Mas aquilo já era demais! Se ficasse comprovado que esse tempo todo o cara estava cobiçando a minha mulher, eu ia...

Achei melhor dar um tempo daquela conversa, antes que eu alimentasse mais ainda "minha carne" com sentimentos que não valeriam a pena.

— Bia, preciso ir à farmácia. Bebi muito café hoje e me esqueci de tomar meu remédio para o estômago. Minha gastrite está me matando.

— Realmente, as novidades que contei devem ter dado uma baita dor de estômago! Em mim, na época, causaram dor de cabeça.

Eu deveria ter sido indelicado com ela, mas não cairia naquele laço de Satanás. Da mesma maneira, não iria alimentar aquele ciúme bobo dentro de mim. Eu havia feito uma aliança com Deus e, com certeza, estava mais controlado. Em outras épocas, teria ligado para o Felipe para saber que palhaçada era aquela. O sentimento de posse ainda existia dentro de mim, a diferença era que hoje eu controlava mais e sofria um pouco menos. Assim, conhecendo-me e sabendo que o bichinho que roía meu domínio próprio estava bem vivo, preferi sair de perto da Bia e ir até a farmácia (meu estômago agora não apenas doía; aparentemente ele se dissolvia!). Eu não poderia nem deveria escutar mais nada. Ouvi-la falando da "paixão" do Felipe por minha mulher só me faria muito mal e, com certeza, se eu continuasse ali, faria muito mal a ele também. Num futuro próximo, mas faria.

— Fica aí, termina de comer que vou lá rapidinho — falei antes mesmo de aguardar sua resposta e procurei a farmácia mais distante de onde estávamos. Eu precisava manter distância.

Já no caixa, percebi que a carteira havia ficado em cima da mesa.

— Moça desculpa, esqueci a carteira na praça de alimentação. Preciso ir lá buscar.

Foi aí que ouvi um estrondo enorme. Era como se o mundo estivesse desabando em nossas cabeças. Lembro-me de ter visto fogo, muito fogo.

Essa foi a última imagem em minha mente.

***

Barulho. Não era ensurdecedor, mas ainda assim incomodava meu sono. Sim, eu estava dormindo; ainda. Tentei me mexer, mas o corpo doía muito. Estava naquele estágio: com sono, mas sem conseguir continuar a dormir. O barulho agora se intensificava e meus olhos insistiram em abrir.

Esforcei-me para levantar as pálpebras, mas a iluminação do lugar incomodava bastante.

— O belo adormecido desconhecido está acordando! — uma voz de mulher ressoou no recinto, mas não a reconheci. Não me era familiar. A falta de familiaridade só me deixou mais incomodado e desperto. Precisava abrir meus olhos, precisava levantar e...

— RAQUEL! — gritei, sentando e assustado na cama. A visão ainda estava muito embaçada, meu corpo bem dolorido, mas a lembrança de Raquel fez com que eu levantasse sobressaltado.

— Ei, calma!

Alguém tentou me segurar, mas eu estava agitado demais. Não reconheci o lugar, não reconheci aquelas pessoas. Eu estava conectado a vários fios e, o pior, não encontrava minha mulher.

— Uma injeção de Diazepam, rápido!

Três pessoas me seguraram. Senti uma picada no braço direito e tudo foi ficando escuro outra vez. Lentamente fui apagando...

***

— Ele está se mexendo novamente. — ouvi alguém falar próximo a mim. — É melhor ficarmos perto e já tentarmos contato com ele antes que fique nervoso como antes.

— Concordo. Ei, moço... Não precisa ficar nervoso. Também não tente se levantar muito rápido. Você está bem, está tudo bem. Abra os olhos devagar.

Achei melhor obedecer. Se aquela voz dizia que tudo estava bem, decidi acreditar. Fui abrindo os olhos aos poucos, me acostumando com a claridade.

— Até que enfim você acordou. Agora sim parece estar bem. Consegue se mexer?

Tentei me virar um pouco e percebi que conseguia. Comecei a me levantar aos poucos e as duas mulheres que estavam próximas a mim vieram ajudar.

— A... Onde estou?

Esforcei-me para falar. A visão ainda estava turva, mas pude enxergar uma sala verde, com aparelhos piscando, emitindo som de *bip*.

— Calma! Você está em um hospital, mas está tudo bem. Quer dizer, agora está, mas você passou por maus bocados... Consegue se lembrar do seu nome?

Eram duas enfermeiras. Uma morena e baixinha, outra com cabelos bem vermelhos. A morena estava com um jaleco verde, a outra rosa... Tudo ainda era muito confuso.

— Sim, me chamo Cristiano. Cristiano Cavalcanti. O que aconteceu? Não tenho ideia do que estou fazendo aqui...

Porém, comecei a me situar melhor no tempo e no espaço. A tontura estava passando e eu já começava a falar com menos dificuldade.

— Vou falar bem devagar. Não fica nervoso, tá bem? Se você ficar muito agitado, precisarei administrar um calmante novamente. Posso confiar em você? — a ruiva perguntou.

Balancei a cabeça afirmativamente. Eu precisava descobrir o motivo pelo qual estava num hospital. Além disso, o modo como aquela enfermeira falava comigo estava me assustando. Eu realmente precisava colaborar se quisesse entender o que estava acontecendo.

— Ótimo! É o seguinte: você foi resgatado de uma explosão. Calma, Cristiano, está tudo bem agora! Talvez, conforme eu for falando, algumas cenas comecem a surgir em sua mente, mas reforço que você não pode se agitar... — eu respirava e tentava me acalmar para escutar todo o resto. — Houve uma explosão no aeroporto. Quando foi resgatado, você estava sem os documentos... Quem é Raquel?

Os *flashes* começaram a surgir em minha cabeça: explosão, barulho, aeroporto, Beatriz... Raquel!

— Minha esposa. Raquel é minha esposa!

A inquietação começou a tomar conta de mim e, ao perceber o olhar assustado das enfermeiras, tive a certeza de que iriam me sedar novamente. Eu precisava manter a calma se quisesse saber o que havia acontecido comigo e com Raquel. Onde ela poderia estar? Será que estava ferida ali no hospital também? Conforme me acalmava, alguns fatos foram surgindo em minha mente: lembrei de Raquel embarcando com o Yanito e um alívio começou a tomar conta de mim. Ela não estava no aeroporto no momento do ataque e provavelmente devia estar em segurança.

— Não precisam se preocupar: não vou me agitar... — expliquei. — Eu só preciso ter notícias da minha mulher e do meu filho. Eles embarcaram e preciso saber se chegaram em segurança.

— Ótimo você estar lembrando! Se continuar calmo, podemos ajudá-lo a achar sua família. Só sabemos o seu nome agora porque você felizmente acordou bem e nos falou, mas, teoricamente, você é um indigente. Você foi encontrado com muitas queimaduras, desacordado e sem documentos.

Olhei para meu corpo; de fato, havia muitas marcas de queimaduras. Elas estavam em processo de cicatrização, mas deveriam ter sido de segundo grau. Ao olhar para meus braços e minhas pernas, imaginei que pelo menos uns cinquenta por cento do meu corpo deveria ter sido afetado. Não eram manchas enormes, mas em pontos isolados. Ainda assim, o estrago parecia grande. Tentei tocar em meu rosto, mas elas não deixaram. Contudo, mais importante que minha aparência, era saber como minha família estava.

— Eu estava sem meus documentos porque tinha esquecido a carteira em cima da mesa. Uma amiga e eu aguardávamos o nosso voo e fui até a farmácia... — continuei a relatar o acontecido do instante da explosão até minha cabeça começar a doer um pouco. Era como se eu estivesse forçando para adentrar nas memórias ocultas daquele dia. — Beatriz, o nome da minha amiga é Beatriz. Vocês sabem o que aconteceu com ela?

Comecei a me preocupar de verdade. Se eu estava no hospital, ela...

— Olha, Cristiano, não sabemos de muitas informações porque a explosão foi enorme. Talvez sua amiga até esteja aqui, mas o importante, agora, é encontrar sua família. Precisamos de todas as informações necessárias para cadastrar seu *chip*.

Olhei para as duas sem entender absolutamente nada. Eu estava queimado na UTI de um hospital, sem minha família, e elas queriam colocar meus dados num *chip*?

— *Chip*? Não estou entendendo...

— É um processo exigido pelo governo após todos os ataques sofridos no Brasil e no mundo: todos os cidadãos precisam implantar um *chip* de identificação com dados pessoais, endereço, contas do banco... Você não precisará mais andar com dinheiro nem nada do tipo. Além disso, qualquer satélite poder fornecer sua localização. Isso vai inibir sequestros, assaltos, essas coisas. O governo havia dado um prazo de dois anos para implantar em todos os cidadãos, mas diante de tudo o que tem acontecido nos últimos tempos, foi decidido que a implantação deveria ser imediata. Ninguém pode escolher: ou implantam o *chip* ou serão detidos. Só que como não tínhamos nenhuma informação sobre você, não pudemos colocar o seu implante. Você conseguiria me passar o contato de algum familiar para pegarmos os seus dados? Sem o *chip*, você não poderá sairá daqui para voltar para casa... Preciso de algum número de telefone.

A ruiva pegava um papel para anotar, enquanto a morena esperava minha resposta. Mas tudo foi ficando muito claro: Vicarius, Iojanes, as notícias enquanto estávamos em Guiné-Bissau...

— Esse *chip* pode ser implantado em qualquer parte do corpo? — perguntei, enquanto observava a morena mexer em meu soro.

A de cabelos vermelhos era a mais falante:

— Não. Para melhor captação do satélite, o *chip* precisa ser implantado na testa e ou na mão direita. Você escolhe.

Se eu ainda tinha alguma dúvida, ela desapareceu: já estavam implantando a marca da besta.

De alguma maneira, o processo havia iniciado e eu estava prestes a receber a marca da besta em meu corpo; aí adeus salvação! Eu precisava sair urgente dali, encontrar Raquel e seguir para o sítio. Contudo, eu não podia demonstrar que sabia do que se tratava aquilo. Na verdade, eu não sabia nem há quanto tempo estava naquele hospital.

— Moça, esqueci de perguntar um detalhe importante. Há quantos dias estou aqui?

— Deixa ver... A explosão no aeroporto foi dia 10 e hoje é dia 22... Doze dias.

"Meu Deus!" Eu agora me chocava. Ninguém tinha notícias minhas há 12 dias!

— Eu preciso entrar em contato com Raquel e minha mãe para avisar que estou vivo! — disse em voz alta. A ruiva ainda aguardava, com o papel em mãos, para anotar o bendito telefone.

— É só dar o número delas ou seu nome completo que consigo o restante das informações. Você não pode sair daqui sem o *chip*. Você até que está bem de saúde e deve ter alta em, no máximo, dois dias, mas só poderá ir para casa com o *chip* já implantado. São ordens do governo. Para qual número devo ligar para avisar que você está bem? — ela perguntou.

As duas enfermeiras continuaram olhando para mim à espera do número de telefone que revelaria a meus familiares que eu estava vivo e bem, mas que também selaria meu destino perante a humanidade: ser condenado porque implantei um *chip* e me rendi ao sistema do anticristo. Eu estava entre a cruz e a espada. Na verdade, estava entre o número da besta e o anticristo! Eu precisava tranquilizar Raquel, minha mãe e os pastores. Por outro lado, de posse de minhas informações, eu não sairia dali sem um implante na pele. E isso eu não permitiria de modo algum!

— Não sei.

— Não sabe o quê? — a morena baixinha falou. — Desde que acordou você fala na sua esposa Raquel! O que você não sabe?

— Não sei... Quer dizer, eu sei que tenho uma esposa e que ela se chama Raquel, mas não consigo lembrar nenhum número de telefone.

— Ok. Endereço então... Talvez pelo endereço possamos encontrar algum número.

— Também não sei.

— Essa não! — as duas disseram ao mesmo tempo.

— Estado, cidade?

Nada. Eu não diria nada. Eu precisava me fazer de desentendido até encontrar um jeito de sair dali. Droga: a Bia! Eu precisava ter notícias da Beatriz.

— Desmemoriado desse jeito, não poderemos liberá-lo. Sinto muito, mas você precisa ficar aqui até lembrar seus dados e informações sobre sua família.

Permaneci em silêncio, fazendo-as acreditar que tudo o que eu sabia era o nome da Raquel e só. Eu não daria nenhuma informação ao meu respeito, tampouco deixaria implantarem qualquer *chip* em mim. Elas me deixaram sozinho, enquanto iam examinar outros pacientes.

Comecei a orar. Eu precisava que Deus restabelecesse minha saúde e me desse meios de entrar em contato com minha família para saber como eles estavam e informar que eu estava vivo e bem.

"Raquel e mamãe devem estar desesperadas! Meu Deus visite o coração delas e lhes dê a certeza de que estou bem!", era a maneira como eu clamava e também pedia meios para sair daquele lugar e voltar para minha cidade e meu lar.

Enquanto orava, um homem de branco, com o símbolo de uma cruz vermelha nas vestes, entrou na ala em que eu estava.

— Cristiano Cavalcanti?

— Sim. Mas quem é você e como você sabe meu nome?

— Sou funcionário da Cruz Vermelha. Por meio de uma lista, estamos visitando as vítimas do acidente no aeroporto. Seu nome acabou de aparecer nela, por isso estou aqui. Ah, fiquei sabendo também que tinha uma amiga com você.

Aquilo podia ser uma pegadinha para tentar descobrir se eu estava mesmo desmemoriado. Precisava, portanto, de todo o cuidado do mundo para não entrar em contradição.

— Tinha, sim, mas eu não me recordo de muita coisa...

— Não tem problema. Dá uma olhada nesta relação com o nome de todas as pessoas com voos marcados... Talvez, olhando os nomes, sua memória termine por voltar.

Peguei a prancheta nas mãos e não demorou muito para localizar Beatriz Alcântara... Meu Deus! Eu lembrava o sobrenome dela, então não tinha erro: a Bia estava morta! Para minha surpresa, meu nome também estava lá, só que marcado com a palavra desaparecido. Será que não havia uma possibilidade da Bia também estar viva? Se houvesse a mínima possibilidade...

Olhei para aquele moço, ele passava uma sensação de paz. Diferentemente das duas enfermeiras que me atenderam, tive uma impressão diferente com ele. Senti-me mais à vontade.

— Será que você poderia me ajudar a olhar os outros quartos? Não consigo achar o nome dela aqui. Até porque tem cinco mulheres chamadas Beatriz. Pode ser que qualquer uma delas seja a minha amiga, ou nenhuma... Seria mais fácil procurá-la pelos sobreviventes no hospital.

Ele me explicou que algumas pessoas já haviam recebido alta. Contudo, ela não fazia parte da lista de pacientes liberados.

O nome do rapaz era Renato. Talvez fosse impressão, mas percebi que ele queria mesmo ajudar. As outras duas, não. O interesse delas era descobrir quem eu era, implantar o *chip* em mim e me liberar. Ele, não. Renato sequer tocou no assunto do *chip*.

Ele me ajudou com o soro e me conduziu por todos os quartos femininos na intenção de que eu identificasse a Bia.

Nada!

— A explosão aconteceu na área dos restaurantes. Um homem-bomba em pleno Brasil. Dá para acreditar?

Meu Deus! Era para eu estar lá também. A Beatriz estava comendo, eu estava ao seu lado... Foi só o tempo de ir até o andar de baixo, na farmácia...

"Obrigado, Jesus!", foi tudo o que consegui dizer em pensamento. Renato me falou um pouco mais sobre o atentado. Muita gente tinha morrido naquele dia. Os andares superiores e os restaurantes haviam sido destruídos. Era mais lógico toda a minha família imaginar que eu estivesse entre as vítimas. Eu precisava sair dali urgente e encontrá-los.

— Obrigado por me ajudar. Pelo visto, minha amiga deve ter falecido na tragédia.

— Lamento muito. Espero que você recupere sua memória logo... Que Deus o abençoe!

Epa! O cara tinha acabado de me abençoar. Isso significava que...

— Espera, Renato! Desculpa perguntar, mas por acaso você é cristão?

Ele olhou para mim desconfiado. Depois olhou de um lado para outro antes de responder.

— Sou, sim. E você?

Minha esperança de sair daquele lugar finalmente estava diante de mim.

NARRA A OVELHA

Meu coração ainda estava apertado. Aquelas três horas e meia de voo foram uma das mais tristes que eu já havia passado. Meu coração tinha ficado em São Paulo... e na companhia da Bia! Como não morrer de tristeza o caminho inteiro? Ainda bem que eu tinha Yanito ao meu lado. Ele me distraiu um pouco durante o voo.

Assim que descemos, vi meus pais, Ana e Rick, e uma sensação de alívio me inundou. Eu, finalmente, estava em casa. Corri para abraçá-los e estranhei o fato de mamãe estar chorando. Ela não era de fazer drama. Eu estava ali. Apesar de todo o caos mundial, tudo estava bem conosco. O problema é que todos estavam com os olhos marejados.

Olhei ao redor. A impressão que dava era que todas as pessoas ali no aeroporto tinham recebido alguma notícia chocante. Muitas começaram a olhar os celulares, outras corriam para os monitores de TV. Então, minha ficha começou a cair: alguma nova tragédia havia acontecido.

Eu estava abraçada à mamãe, mas as caras de velório do meu pai, da Ana e do Rick eram chocantes. Algo de muito sério havia acontecido enquanto eu estava no voo. Teria sido com a igreja? Meu Deus, será que a cidade de João Pessoa também tinha sofrido algum atentado e alguém que amávamos muito estava entre as vítimas?

— Gente, me conta logo o que aconteceu! Eu chego aqui e vejo vocês com essas caras... João Pessoa sofreu algum atentado, é isso? — perguntei.

Meu pai pegou Yanito no colo. Enquanto estávamos em Guiné-Bissau, meus pais nos visitaram uma vez e meu filho os adorou. Ana Luísa aproveitou e tomou a frente.

— Não, Raquelzinha, o atentado não foi aqui.

— Graças a Deus! Então por que essas caras de velório? Não que um atentado em outra parte do mundo não seja uma tragédia, mas ao menos não foi aqui.

— Filha, vamos andando e no carro a gente conta melhor — orientou meu pai, enquanto passava Yanito para mamãe e me ajudava a carregar as malas.

Rick pegou uma, ele pegou outra e Ana ajudou com a *nécessaire*. Então, tudo ficou claro: olhei para o monitor de TV e vi um aeroporto em chamas. Outro atentado; as caras deles; o clima de velório... Era o aeroporto de São Paulo. Era o Cris! Corri em direção a TV mais próxima, tentando ouvir alguma coisa.

— Moça, aumenta o volume, rápido! — pedi, praticamente pulando pelo balcão. Um par de mãos me segurou. Era a Ana.

— Raquel, vamos andando. No caminho te contamos. Ficar aqui não vai adiantar nada.

— EU NÃO SAIO DAQUI! — gritei, sem perceber que eu estava muito alterada. Pela cara dela e de outras pessoas ao meu redor, percebi que eu estava ultrapassando o limite do bom senso. — Desculpa, Ana, mas não vou embora daqui não. Eu sei que o atentado foi no aeroporto de São Paulo. Olha ali as imagens: Meu Deus... O Cristiano estava lá! Eu vou é pegar o próximo voo para São Paulo e encontrar o Cris!

Ela veio em minha direção e me abraçou. Só nos braços dela percebi que estava desmontando.

— Calma! Respira fundo. Olha só o estado que sua mãe está. Olha a cara daquela criança. Ele está muito assustado, Raquel! Controle-se, pelo amor de Deus! — ela implorou, enquanto eu enxugava as lágrimas e tentava respirar. — Preste atenção: todos os voos para São Paulo foram cancelados. O aeroporto está destruído. Hoje ninguém consegue resolver nada por aqui, muito menos por lá. Pelo amor de Deus, se acalma.

Quando eu entrava em pânico o ar me faltava. A sensação era terrível porque quanto mais medo eu sentia, mais eu tentava respirar, mas o ar não chegava aos pulmões. Era desesperadora a sensação de necessitar de oxigênio e não senti-lo adentrando meu corpo, meus pulmões... Mesma coisa agora: o ar estava me faltando e eu começava a ficar descontrolada.

Sentei-me no chão mesmo. Minha família acampou ao meu redor. Yanito correu para perto de mim e me abraçou, enquanto eu tentava me manter sã para não assustá-lo mais. Aquela criança era minha responsabilidade e eu não poderia perder o controle dessa maneira. Eu precisava estar bem para que ele também ficasse bem. Ainda não tínhamos nenhuma notícia do Cris. Talvez nada de ruim tivesse acontecido a ele. Pela TV, víamos que o aeroporto internacional de São Paulo havia sofrido um atentado do que parecia ser um homem-bomba, mas não sabíamos se apenas uma parte do aeroporto havia sido atingida ou ele inteiro. O Cristiano estava bem. Ele precisava estar bem!

— Liga para o celular do Cristiano. Pode ser que ele atenda dessa vez... — Rick sugeriu com muita cautela. Papai me ajudou a levantar.

— Não adianta, o celular dele ficou na minha bolsa! — lamentei. — Só percebi quando estava no avião, até descarregou. Que droga! Mas a Beatriz, a ex do Felipe, estava lá com a gente... Alguém tem o número dela?

— Eu vou ligar pro Felipe para pedir! — disse Ana, já tirando o celular da bolsa — Vamos andando porque esse aeroporto está virando um caos.

A contragosto comecei a andar em direção ao carro. De fato, o aeroporto estava se transformando num verdadeiro inferno: pessoas se amontoavam em frente aos guichês para obter informações, outras gritavam desesperadas e os seguranças tentavam evitar um tumulto que já começava a se formar.

— Daqui a pouco o engarrafamento aí fora vai estar quilométrico. Precisamos sair logo — meu pai comentou, saindo em disparada para buscar o carro. Rick também se adiantou. As mulheres ficaram à espera do contato do Felipe.

— Não, Lipe, não vou passar para a Raquel! Ela está muito nervosa, chorando... Eu preciso falar com a Bia. Me passa o número dela rápido, por favor — Ana ordenou enquanto aparentemente o Felipe insistia em falar comigo. — Anota aí o número, pastora. — paramos para que a mamãe pudesse anotar. Eu também já fui pegando meu celular e tentando ligar.

— Fora de área ou desligado — comentei.

Minhas lágrimas começavam a cair novamente. O desespero com a falta de notícias me atingia. Entramos no carro e não pude me controlar. Eu estava sufocando, tentando segurar as lágrimas.

— Mama, o que acontece? — Yanito tentava entender, falando com aquele sotaque característico. E quanto mais ele perguntava, mais eu chorava. Como eu iria explicar que o homem que ele aprendera a amar e a chamar de pai poderia estar...?

— Eu estou muito triste, meu amor. O papa não veio conosco. Estou com muitas saudades dele. Só isso!

Percebi que meus pais oravam em silêncio. Se eles começassem a orar em voz alta, eu me descontrolaria de vez. Uma oração angustiada dentro daquele carro só tornaria mais real a sensação de que algo muito ruim teria acontecido ao meu marido e eu não podia acreditar nisso.

***

Fomos direto ao apartamento dos meus pais, e assim que vi a Rosa, nos abraçamos em silêncio. Tentei não chorar outra vez. Não enquanto eu não soubesse exatamente o que tinha acontecido.

— A dona Vânia já ligou um milhão de vezes. Disse que o celular de todo mundo está desligado e ela está desesperada.

— Vou ligar para ela — papai disse, colocando as malas em meu quarto.

Corri para ligar a TV.

— Raquel, olha, você precisa de um banho. Eu juro, juro mesmo que assim que tivermos alguma notícia invado o banheiro e te conto tudo. Enquanto isso, vai lá, toma um banho e tenta dar uma relaxada. Aproveita para orar no chuveiro. Nós também vamos interceder e cuidar do Yanito. Agora, cuida um pouquinho de você.

Ana tinha razão. Eu não tinha como voltar para São Paulo e nem como obter alguma informação a não ser pela mídia, e ficar em frente àquela televisão não mudaria nada. Eu estava viajando há mais de 24 horas. Um banho me faria bem.

***

Entrei no quarto que meus pais haviam separado para minhas coisas. Aquele não era o apartamento onde eu havia crescido, não era o meu quarto da época de adolescência, mas minhas coisas estavam ali: minha cama, meu guarda-roupa, um banheiro com chuveiro quente para relaxar... Mas não era o que eu queria. Eu queria o Cris! Eu queria notícias dele, mas, por enquanto, isso não era possível.

Quando entrei no chuveiro, a sensação foi a de voltar no tempo. Lembrei do dia em que descobri que ele era um satanista infiltrado para nos destruir. Lembro o quanto chorei embaixo do chuveiro, a ponto de sentir dor física. Lembro de ter implorado para Deus amenizar minha dor e arrancar o amor que eu sentia por Cristiano de dentro de mim. Eu me sentia traída. E agora? As lágrimas desciam na mesma intensidade, mas a dor, por incrível que parecesse era bem maior. Era a dor de perder alguém que eu amava mais que a mim mesma. Dor de perder alguém que era parte de mim. Não era a dor do ódio que senti outrora, mas a do amor profundo sendo arrancado de alguém. Como era possível sentir uma dor mais intensa do que aquela que senti naquele dia?

"Ele precisa estar vivo! Meu Deus, eu peço que, de alguma maneira, o Cris tenha escapado! O Senhor já nos deu tantos livramentos antes... E eu confio no seu poder e cuidado", orava e chorava. Eu não queria nem podia pensar em outra possibilidade a não ser a de ele ter se salvado.

Saí do banho e dona Vânia já estava ali em casa. Aos prantos também. Na verdade, como Rosa já tinha comentado, a mulher estava desesperada. Claro que minha situação emocional só piorava, vendo-a daquela maneira.

— Eu perdi o Alberto há menos de três anos. Não vou suportar perder o meu filho também!

— Não vamos perdê-lo, dona Vânia! Eu tenho certeza de que o Cris está bem. Ele só está sem o celular, mas creio que daqui a pouco vamos ter notícias dele — tentei acalmá-la e passar toda a fé do mundo que eu possuía, mas não estava fácil. Principalmente, porque os minutos começaram a se tornar horas e a angústia estava se tornando insuportável.

— Lipe? — eu disse surpresa com sua presença.

Aquilo estava uma loucura: Ana, Ricardo, Rosa, meus pais, dona Vânia e até o seu Edson, tio do Cris. Agora o Felipe.

— O que você está fazendo aqui? — perguntei atordoada, não me dando conta do quão mal-educada estava sendo, afinal, não o via há mais de um ano. Mas quem iria se lembrar de educação em uma hora dessas?

— Oi, Raquel, desculpa vir sem avisar. Eu queria saber como você estava. Soube pela Ana que vocês encontraram a Bia no aeroporto, vocês conseguiram falar com ela? Têm alguma informação? Os pais dela estão desesperados e, apesar de estarmos separados, tenho muito carinho por eles. Você foi a última pessoa a conversar com ela. Queria muito poder dar alguma notícia para a dona Vitória e o seu Américo.

Claro que ele queria notícias da Bia. Eu era a última pessoa que esteve com ela e com o... Não! Eu não tinha condições de pensar nele novamente. O desespero já estava batendo mais uma vez à minha porta.

— Em nome de Jesus, eu creio que os dois estão a salvo, Lipe. Fala para sua sogra que a Bia estava super bem e ficou para pegar o voo mais tarde. Eu consegui um remanejamento, por isso eles ficaram: estava tudo lotado. Mas eles estão bem! Vai dar tudo certo.

A TV ficou ligada o tempo todo. Também ficamos consultando os sites de notícias para saber dos sobreviventes, mas já era tarde da noite e nada!

Yanito dormiu com mamãe. Rosa se revezava entre meu quarto (que era onde ele estava agora) e a sala. Ninguém desgrudava os olhos daquele aparelho.

— Saiu uma lista com o nome das vítimas. Está neste site.

Felipe mostrou. Todos corremos para conferir. Era uma lista imensa. Devia haver uns quinhentos nomes. Eu simplesmente não conseguia olhar.

— Alguém procura pra mim, por favor — pedi, enquanto me sentava no chão e colocava a cabeça entre os joelhos. Naquela hora, pareceu ser a única posição em que eu não iria despencar.

— Meu Deus! Beatriz Alcântara Holanda. Esse é o nome da Bia. Está aqui na lista dos mortos! — ouvi Felipe falar.

Não consegui mais respirar. Novamente, o ar faltava e as lágrimas rolavam.

"Não pode ser... Ele tem que ter se salvado. Eu sei que estavam juntos, mas, por algum motivo, ele pode ter saído de perto dela...", pensei, fazendo um esforço sobre-humano para continuar respirando.

Daí ouvi um grito. Reconheci a voz de dona Vânia. Se ela estava gritando era porque... Tudo ficou mais turvo do que já estava.

***

Senti um cheiro muito forte. Minha cabeça latejava e eu não conseguia abrir meus olhos. Ouvi alguém me chamando. Também ouvi choro, soluços. Por algum motivo, eu não queria acordar. Na verdade, não devia acordar. Mas a voz que me chamava; era de Ana Luísa; ficava mais intensa. Não tive opção a não ser abrir meus olhos. E, apesar de estar tonta, foi impossível não perceber os olhos vermelhos e inchados dela.

— Ele... Ele está vivo. Eu tenho certeza! — tentei dizer, mas chorar tornou-se incontrolável. Agarrei-me a ela como se estivesse afundando e ela fosse o único apoio para que eu não submergisse de vez.

— Vamos crer nisso, Quelzinha. Vamos crer. Essa é só uma lista prévia dos nomes que constavam nos voos. Aquilo lá está um caos. Não podemos nos desesperar: vamos continuar tendo esperança!

Era a isso que eu precisava me apegar: aquilo lá estava um caos, uma destruição só. Os jornalistas mesmo alertaram que poderia haver erros nas listas. Caso alguém tivesse enfrentado um problema e, por acaso, não tivesse conseguido chegar ao aeroporto, ou tivesse se afastado do local por algum motivo, poderia estar vivo, sim. Eu me apegava a isso.

— Só vamos saber ao certo com o passar dos dias. Os sobreviventes começaram a ser identificados e tenho certeza de que receberemos alguma informação mais correta sobre o Cris e a Bia. Não perca a fé, filha — papai disse, me abraçando, enquanto eu reunia o que ainda havia em mim de força e fé.

Eu precisava me manter firme, Yanito dependia de mim e a qualquer hora receberíamos notícias do Cristiano. Eu precisava estar bem para cuidar dele. Já era madrugada quando o Felipe foi embora. Deu-me um abraço e disse algo que não entendi. Seu Edson também se foi, mas dona Vânia ficou. Insisti para que ela ficasse. Eu jamais permitiria que ela se sentisse sozinha, principalmente porque terminaria pensando bobagem, e ela não poderia perder a esperança. Nem ela e nem eu.

***

Acho que dormi. Na verdade, apaguei. Quando dei por mim, o sol já estava claro e o tumulto em casa continuava grande: telefones tocando, pessoas transitando, café sendo servido e dona Vânia já alerta.

— Tenho contatos em São Paulo. Já mobilizei algumas pessoas para irem a hospitais tentar localizá-lo. — era o que minha sogra dizia enquanto andava sem parar pela sala.

Foi o meu "bom-dia" naquela manhã. Ao menos todos estavam fazendo o possível para encontrar o Cris. E nós conseguiríamos.

Tentei comer, mas foi em vão. Nada descia. A cada hora, novas listas saíam e, um fato animador: o número de vítimas fatais diminuía. O ruim era que o nome de Beatriz tinha sido confirmado entre os mortos. Notícias reais do Cristiano ainda não tínhamos nenhuma.

— O nome dele consta como desaparecido. O problema maior é que ninguém consegue chegar até os hospitais. Apenas o pessoal da área médica pode entrar para fazer a identificação e ajudar. São Paulo está de cabeça para baixo: exército nas ruas, trânsito caótico, novas ameaças terroristas. Precisamos esperar mais! — dona Vânia lamentou, enquanto eu continuava a orar e implorar a Deus por notícias. Notícias boas, claro.

Ana acampou lá em casa e Yanito amou aquilo. Ela passava boa parte do tempo com ele para que eu pudesse descansar e tentar organizar um pouco minha vida. O fuso horário ainda estava bagunçando minha cabeça e o cansaço era uma constante.

— Corram: pronunciamento do Iojanes! — mamãe gritou. Todos correram para frente da televisão. Se era pronunciamento daquele demônio, boa coisa não viria.

— Recebemos uma mensagem informando que todos os ataques pertencem a um único grupo: o RCGM, Revolucionários Contra o Governo Mundial. Eles reivindicaram a autoria dos ataques e afirmam que se trata de uma retaliação contra a implantação do *chip* nos cidadãos do mundo todo. Agora, além do Estado Islâmico, também precisamos lidar com um novo grupo que deseja acabar com a paz mundial. Declaro que não nos submeteremos às ameaças de quem quer que seja. Meu papel é unificar as nações e combater o terrorismo. Queremos um mundo de paz, onde nossos filhos cresçam em segurança, com educação, saúde e uma vida digna.

— Nossa, vou começar a chorar de tão emocionada! Se eu não o conhecesse, bem que compraria sua ideia, Satanás! — Ana disse debochando. Todos nós fazíamos sinal para que ela se calasse. Nossa vida dependia das palavras daquele louco.

— Já decidimos que o netcoin será a moeda virtual — ele continuou. — Em poucos meses, o dinheiro físico deixará de circular, assim, não haverá mais assaltos. Além de diminuir a violência, faremos uma política financeira igualitária, o que possibilita uma melhora de vida na qualidade da população mundial. Nosso objetivo é que o mundo viva melhor. Com nossas medidas, a violência e a desigualdade social diminuirão drasticamente. Por isso, não aceitaremos ameaças. Porque, enquanto queremos implantar uma nova ordem mundial que transformará nosso mundo para melhor, grupos rebeldes querem continuar semeando o ódio...

— Meu Deus! Quem ficará contra esse homem após um discurso desses? — papai se admirava. Todos nós estávamos hipnotizados pelas palavras do grande líder mundial.

Iojanes prosseguiu:

— E para inibir esses grupos, estaremos presentes em todas as casas dos países que já aderiram à nossa liderança. Para tanto, milhares de voluntários visitarão as casas e os hospitais implantando o *chip* de identificação. Será um processo rápido e fácil. Todos os que decidirem ser voluntários receberão uma ajuda de custo e um rápido treinamento. Nosso intuito é começar a visitar os domicílios em, no máximo, três dias. Portanto, a partir desse prazo, a qualquer momento os voluntários poderão bater em suas casas para implantar o *chip*. Caso alguém se recuse, já demonstrará que está contra nosso governo e nossas medidas de segurança. Essas pessoas serão detidas e só serão liberadas após cooperarem conosco.

Um novo tumulto se formou lá em casa. Era uma dúvida terrível: deveríamos nos preocupar mais em saber notícias do Cris ou em escapar da perseguição do Iojanes? O prazo de dois anos acabava de ser reduzido para pouquíssimos dias!

— Ninguém vai acreditar que esse homem é o anticristo. Tenho certeza de que esses atentados são obra dele. Com o caos mundial instaurado, jogar a culpa em quem não quer implantar o *chip* é a decisão mais sábia para convencer a humanidade a apoiá-lo e poder prender os verdadeiros cristãos que se negarem à marca da besta. Que jogada de mestre! Com certeza, boa parte dos que se dizem crentes vão cair na dele! — papai lamentou, enquanto permanecíamos estarrecidos.

— Não temos escolha. Precisamos começar a nos preparar para fugir rumo ao sítio.

Dona Vânia e eu protestamos. Não iria para lugar nenhum sem o Cristiano. Não mesmo!

— Calma! Vocês esquecem que eu amo o Cris como se fosse meu filho? Eu amo, mas precisamos ser realistas...

Não. Eu me recusava a ouvir aquilo.

— Pode parar, pai! Nem fale nessa possibilidade. Eu não vou a lugar nenhum! — disse nervosa, levantando e não querendo prosseguir com aquilo. Ele puxou meu braço e me obrigou a parar.

— Me deixa continuar, por favor. — meus olhos encheram de lágrimas. Dona Vânia já chorava também. — Vamos esperar mais alguns dias. Ainda tenho muita esperança de que o Cris esteja vivo e bem, mas as coisas estão avançando rápido demais. Iojanes está fechando o cerco contra nós e precisamos nos organizar e colocar um prazo para ir embora.

Cinco dias. Minha vida seria decidida dentro desse prazo. Eu entendia o meu pai... Daqui a pouco, funcionários do governo bateriam em nossa porta para implantar o *chip* em nós. Não poderíamos correr esse risco. Era fugir ou nos render ao sistema do anticristo e implantar a marca da besta.

"Deus, traga-o de volta para mim, eu imploro! Dê notícias do Cristiano nesse período em nome de seu filho Jesus!", era o meu clamor e minha oração. Eu precisava crer que uma resposta dos céus viria.

CAPÍTULO 10

A fuga

"Assim, quando vocês virem 'o sacrilégio terrível', do qual falou o profeta Daniel, no lugar santo — quem lê, entenda — então, os que estiverem na Judeia fujam para os montes."

MATEUS 24:15,16

CONTA O LEÃO

— Você tem noção a respeito do fim dos tempos e da grande tribulação? — Renato perguntou-me.

Eu sabia que aquele tipo de conversa era muito arriscado. Primeiro porque ele poderia não ser cristão coisa nenhuma e estar ali apenas para me fazer cair numa armadilha, obrigando-me a colocar o *chip* ou levando-me para ser preso. Segundo porque ele até poderia ser cristão, mas as paredes têm ouvidos... E se alguém nos ouvisse e nos delatasse? Eram tantas alternativas ruins que ficava cada vez mais difícil decidir se valia a pena iniciar aquela conversa ou não. E já que eu estava numa encruzilhada onde todas as alternativas eram péssimas, decidi arriscar.

— Tenho, sim. Sei exatamente o que você está falando. Mas se você é cristão — olhei para sua mão direita para me certificar, e ela estava ali:

coberta por um curativo, como se o *chip* estivesse instalado —, por que você implantou o *chip*? Se você me questionou sobre a grande tribulação, também deve saber o que isso significa.

Aquilo deveria ser uma armadilha e havia uma grande probabilidade de eu ter caído direitinho!

Renato retirou o curativo e observei que havia um caroço de arroz no lugar do *chip*. Não havia nada embaixo da pele da sua mão.

— Eu não poderia trabalhar na Cruz Vermelha e atender os feridos se já não tivesse implantado o *chip*. Na verdade, estou infiltrado aqui, aproveitando o fato de que os detectores do *chip* ainda não estão instalados e que tudo está um caos. Quando algum segurança ou alguém da direção do hospital me questiona, mostro a mão, digo que já coloquei o implante, mas que tive uma espécie de reação e por isso estou com o curativo. Contudo, sei que não tenho muito tempo aqui. Os detectores do *chip* chegam amanhã e serão instalados, no máximo, depois de amanhã. Não posso arriscar mais... Meu trabalho aqui está terminando.

Eu estava chocado com o risco que aquele homem estava correndo: Renato trabalhava na Cruz Vermelha, mas fazia parte de um grupo cristão que pregava nos hospitais e visitava os doentes. Com o surgimento de Iojanes e a obrigatoriedade do *chip*, eles tomaram para si a missão de encontrar cristãos nos hospitais e ajudá-los a escapar antes que fossem capturados pelo "sistema do anticristo".

— Cara, vocês estão se arriscando demais! E se de repente vocês abordam alguém que os denuncie?

— Nós temos plena consciência disso, mas, a partir de agora, ser cristão se tornará um risco em qualquer lugar. Deus nos comissionou a ajudar os irmãos que de alguma maneira estão "presos" nos hospitais. Também costumamos sondar os pacientes antes de nos revelarmos. Vi em você uma pessoa diferente. Percebi que de fato estava diante de um homem de Deus.

Deus não havia me abandonado. Aquele homem era a prova viva de que o Senhor ainda tinha um propósito para minha vida. Só o fato de eu não ter morrido naquela explosão já significava que eu ainda precisava cumprir algo e por isso havia sobrevivido. Tinha certeza de que o próprio Deus havia enviado o Renato para me ajudar.

— Louvo a Deus por você estar aqui! Eu tenho família... Mulher, filho... Inventei estar desmemoriado porque percebi que me obrigariam a implantar o *chip*. Renato, em nome de Jesus, eu lhe peço: liga pra minha esposa, pra minha mãe... Avisa que eu estou vivo, por favor! Eu fiquei 12 dias desacordado, eles devem estar desesperados sem notícias minhas.

Ele prontamente atendeu ao meu pedido, o problema é que o telefone da Raquel só dava desligado. O da mamãe também, bem como o dos pastores, o da Ana, o do Rick. Meu Deus, o desespero estava tomando conta de mim! Para que todos os telefones estivessem deligados, só se... Será que eles já tinham ido embora para o sítio?

Tomamos um susto quando a enfermeira morena e baixinha entrou novamente. Ela quase nos flagrou conversando.

— Quer dizer que ele lembrou algo? — perguntou sugestiva, olhando bem para mim. Aquela criatura parecia até ter certeza de que eu não havia perdido memória nenhuma.

— Infelizmente, não lembrou nada — Renato respondeu. — Peguei meu telefone para ver se ele se lembrava do número de alguém ou algo do tipo, mas nada! Acho que teremos de esperar um pouco mais.

— Mandamos chamar um neurologista. Ele virá hoje a tarde e fará alguns exames nele. Daí veremos se ele está mesmo desmemoriado ou não!

Aquilo soou como uma ameaça. Percebi que tal qual o meu, o tempo do Renato por ali também estava acabando.

— Você não vai dar uma olhada nos outros pacientes, Renato? Tem muito tempo que está aqui com o desmemoriado.

Aquela secretária do cão estava pegando em meu pé mesmo!

— Ele estava contando o que lembrava sobre a explosão no aeroporto. Trata-se de técnica para exercitar sua memória. Por isso demorei. Vou só fazer mais algumas perguntas e já sigo para os outros.

Ela pareceu se conformar, mas não dava para confiar: não poderíamos mais ficar conversando e eu precisava dar o fora daquele hospital.

— Você ainda está muito frágil, Cristiano. Passou praticamente 12 dias em coma. A recuperação necessária seria de, no mínimo, uma semana até constatarmos que você está bem mesmo.

— Mas nós não temos esse tempo! Amanhã você não estará mais aqui e, hoje à tarde, esse neurologista virá dar uma olhada em mim. Eu não posso arriscar, Renato. Você precisa me tirar daqui ainda hoje pela manhã. Pelo amor de Deus, não me abandone aqui!

***

— Isso é loucura! — Renato se queixou.

— E você tem um plano melhor? — perguntei, enquanto ele fazia todos os exames reflexivos que podia em mim. — Desculpa, cara. Eu sei que não poderia lhe pedir isso. Sei que você está gastando muito tempo com uma pessoa só em vez de tentar resgatar várias outras, mas você é minha única esperança. Foi Deus quem enviou você a este quarto e eu não vou deixar você ir embora; não sem mim.

O plano era o seguinte: Renato ateria fogo em uma área isolada do hospital, alguma escadaria ou almoxarifado onde não houvesse muita circulação de pessoas. Com a fumaça se espalhando, ele soaria um falso alerta de "atentado terrorista". Com o tumulto que se formaria de pessoas correndo por todos os lados, eu teria uma grande chance de escapar. E no caos em que vivíamos, certamente aquela ideia tinha uma grande chance de dar certo.

— Vou fazer isso por você. Não o conheço, não sei sua história, mas se Deus está usando minha vida para te salvar e fazer com que você tenha uma chance de escapar e voltar para sua família, estou nessa.

Tínhamos pouco tempo para colocar o plano em prática. Após me avaliar, ele percebeu que eu não teria como sair dali andando. Ele precisaria me carregar e um carro deveria estar de prontidão, em local estratégico, para nos tirar de lá o mais rápido possível. Até porque, logo descobririam o falso incêndio, teriam certeza de que não houve ataque terrorista nenhum e começariam a passar uma revista em todos os pacientes e funcionários. Nossa ausência seria notada rapidamente.

— Você sabe informar se tenho alguma peça de roupa? — perguntei, olhando meu corpo exposto naquela bata branca.

— Você deve ter perdido tudo na explosão. Ligarei para o meu irmão pedindo ajuda. Ele também é cristão e costuma me socorrer nessas missões de resgate. Vou falar pra ele vir nos buscar e, assim que sairmos daqui, iremos para a casa dele. Lá você arranjará roupas novas e veremos como fazer para colocá-lo em contato com sua família.

E assim foi feito. A enfermeira tinha acabado de informar que o neurologista havia chegado para me examinar quando a fumaça começou a se espalhar pelos corredores e salas do hospital. O detector de fumaça disparou. Pessoas gritaram "ataque terrorista" e "incêndio", daí o caos estava formado: correria, gritos e Renato entrando com uma cadeira de rodas para me retirar da UTI.

— Sua sorte é que fisicamente você não está muito mal. Caso contrário, seria impossível tirá-lo daqui — comentou enquanto fazia um esforço tremendo para me tirar da cama e me colocar na cadeira.

— Ei, onde você pensa que vai levá-lo?

A enfermeira "do diabo" precisava interromper justo agora?

— Você não ouviu a orientação? — Renato questionou. — É para retirar todos os pacientes e evacuar o local. Inclusive os da UTI. Você deveria se informar melhor e começar a ajudar as outras pessoas também. Daqui a pouco explode outra bomba e não podemos correr o risco de sermos prováveis vítimas!

Ela correu para pegar mais informações sobre os procedimentos necessários.

— Você recebeu alguma instrução quando foi buscar essa cadeira? — perguntei, ainda tonto pelo esforço (e só aí percebi que eu ainda precisaria de cuidados), enquanto ganhávamos o corredor do hospital e um tumulto danado tomava conta do ambiente.

— Claro que não... Meu Deus: olha só o que nós causamos!

Renato olhava estupefato, a cena de terror que se espalhava por aqueles corredores.

— É melhor não pensarmos nisso!

Realmente, não dava sequer para calcular o prejuízo: nós tínhamos causado um terror dentro de um hospital lotado só para que eu pudesse fugir.

— Meu irmão já deve estar lá. Precisamos ser discretos, afinal, há policiais chegando e os seguranças estão circulando por aí. Se me virem colocando você dentro do carro, desconfiarão de algo.

Fomos para a parte traseira do estacionamento. Com tanta gente correndo de bata pra lá e pra cá, não foi muito difícil sair dali. Graças a Deus, o plano havia dado certo.

— Louvado seja o Senhor Deus pela vida de vocês! — era tudo o que eu podia dizer naquele momento.

O irmão do Renato se chamava Rodrigo. Com certeza os dois eram anjos que Deus havia enviado dos céus para me socorrer. Fraco daquele modo e preso dentro daquele hospital seria impossível escapar.

— Se saber disso o aliviará, mais dois cristãos foram resgatados graças ao seu plano, Cristiano. — Rodrigo me dizia. — Toda essa confusão não trouxe benefícios apenas a você. Consegui avisar outros irmãos infiltrados que, embora tenham achado tudo uma loucura, aproveitaram também a oportunidade. Três vidas foram salvas do sistema do anticristo.

Suspirei um pouco aliviado. Na verdade, eu sabia que estava salvo por enquanto... Ainda precisava localizar minha esposa e chegar de alguma maneira à Paraíba.

— Tio Edson! Liga para o meu tio, por favor. Talvez ele atenda.

Graças a Deus, eu ainda recordava o número dele. Eu podia estar tonto, fraco, mas minha memória não havia sido afetada.

— Alô?

— Tio Edson? Tio? Que alívio falar com você!

— Cris? — acho que o cara quase enfartou do outro lado da linha. — Nós tínhamos certeza de que você havia morrido na explosão! Sua mãe ficou devastada, a Raquel então...

— Tio, eu estou bem. Acalme-se e escute: preciso falar com a mamãe e a Raquel. Não consigo localizá-las, mas preciso que o senhor avise que estou vivo e bem.

— O problema é esse. Já faz uma semana que ninguém consegue contato com sua mãe.

— Como assim?

— Ela me disse que iria viajar com os pais da Raquel. Não disse para onde nem quando voltaria. Não estranhei porque seria bom ela espairecer depois de sua "suposta" morte. O problema é que isso já faz uma semana e ninguém tem notícias de nenhum deles.

Eles já haviam partido. Lógico! O mundo estava de cabeça para baixo e com toda essa pressão para implantação instantânea do *chip*, eles não viram alternativas a não ser ir para o sítio. Eu só esperava ainda lembrar como chegar àquele lugar.

— Tio, preciso de ajuda. Preciso voltar para João Pessoa o mais rápido possível. Perdi meus documentos na explosão e estou sem dinheiro. Por favor, faz uma transferência bancária para mim. Estou com uns amigos e você pode enviar o dinheiro da passagem para a conta deles.

— Claro, filho. Mas você precisa ir a algum posto de saúde e fornecer seu CPF ou identidade para eles cadastrarem o *chip* em você. Ninguém mais faz nenhum tipo de viagem sem que já esteja com os dados implantados no corpo. Eu até consigo enviar o dinheiro para a conta do seu amigo, mas você só viaja de ônibus ou avião com o *chip* implantado. Quanto a isso, não tem problema: o cadastramento é muito rápido, todos aqui em casa já fizeram. Assim que você já estiver de posse do *chip,* me avisa que transfiro o dinheiro. Até acho que você consegue viajar rápido porque uma área do aeroporto já foi liberada para pousos e decolagens.

Meu tio falava, porém, parei de prestar atenção no momento em que ele disse que todos em sua casa já haviam implantado o *chip*. Aquilo era lógico: meu tio não era realmente um cristão. Ele até simpatizava, mas seu sistema de vida pertencia a esse mundo. Na verdade, ele era movido pelo "sistema financeiro" mundial e jamais arriscaria interromper suas atividades e sua vida para se refugiar num sítio. Além disso, para o mundo, a "marca da besta" era sinônimo de salvação da humanidade. O *chip* resolveria grande parte dos problemas existentes.

Eu não podia contar com ele. Não porque ele não quisesse me ajudar; eu não podia contar com ele porque eu não implantaria *chip* nenhum. De que adiantaria sua ajuda financeira se eu não pudesse pegar um avião ou um ônibus? Eu teria de me virar de outro modo.

— Ok, tio. Assim que eu tiver os dados para a transferência, comunico. Ah, e não se preocupa com a mamãe, não. Se ela de fato foi para onde imagino, o lugar é ótimo, porém lá não pega sinal de celular. E não precisa procurá-la nem nada do tipo. Se eu estivesse lá, também não daria notícias; tampouco voltaria.

Ele estranhou meu comentário, mas concordou. Aguardaria meu contato para enviar o dinheiro para minha viagem.

— Quer dizer que nosso trabalho foi em vão? Você vai se render, colocar o *chip* e ser condenado? — Rodrigo me perguntou atordoado, enquanto eu permanecia deitado, tentando recuperar um pouco minhas forças. Acho que se eu não estivesse tão mal, ele teria me batido de tão frustrado que estava com minhas palavras.

— Claro que não. Mas eu precisava contar alguma história para o meu tio... E, principalmente, impedi-lo de procurar mamãe ou Raquel. Eu só não sei como vou fazer para voltar para minha terra.

Renato chegou com um jornal.

— As estradas estão bloqueadas. Eles estão inspecionando tudo. Infelizmente, a viagem é muito longa... Não temos como ajudar você nessa, Cris. Daqui a poucos dias nos refugiaremos na fazenda do nosso grupo. Você será bem-vindo lá, mas, pelo pouco que o conheço, sei que nada vai segurá-lo até que você consiga chegar à Paraíba.

Era exatamente aquilo: nada me seguraria até ter Raquel em meus braços novamente, nem que para isso eu tivesse de ir de São Paulo até o interior da Paraíba a pé.

— Se Deus não me abandonou até agora é porque ele me dará uma solução para chegar até minha família. Só preciso continuar confiando em sua mão poderosa.

Após algum tempo de conversa, apaguei. Não percebi que havia pegado no sono. Meu corpo ainda estava fragilizado pelas queimaduras e, para minha sorte, Renato havia trazido muitos analgésicos e anti-inflamatórios do hospital. Quando acordei e dei por mim, já era um novo dia e os meninos dormiam ali pela sala também. Eu havia comido um miojo na noite anterior (aparentemente eles não tinham muito para oferecer) e foi impossível não me lembrar novamente de Raquel.

Droga! Se não a visse logo, eu enlouqueceria. Precisava saber se ela e o Yanito estavam bem, se nada de ruim tinha acontecido.

Ao me lembrar novamente dela, comecei a sentir saudades de tudo, principalmente do seu cheiro...

"Meu Deus, eu daria minha vida por um beijo dela! E já que estaria a salvo de todo modo, morrer após beijá-la seria a melhor coisa desse mundo!", pensei, enquanto levantava sem tentar acordar os meninos, mas ainda com muita dificuldade. Fui direto ao banheiro. Eu precisava de um banho! A última vez que lembrava ter tomado um banho havia sido em Guiné-Bissau. Talvez tivessem passado um pano úmido em mim enquanto estive na UTI, mas duvidei muito... E só de imaginar a enfermeira "moreninha do cão" passando a mão pelo meu corpo... Argh! Não dava. Melhor nem pensar.

Nunca imaginei que ter a água caindo sobre meu corpo fosse tão bom. O cheiro do sabonete, o frescor do corpo limpo... Não deu pra passar sabonete sobre as áreas ainda em processo de cicatrização, mas ao menos nas partes íntimas já era um alívio enorme. Eu me perdia em meus devaneios quando ouvi batidas fortes na porta do apartamento.

"Quem poderia ser?"

Assustei-me, apressando para terminar. E se alguém tivesse deletado as atividades daquele grupo da Cruz Vermelha? E se houvessem descoberto o que Renato havia feito no hospital? Meu coração praticamente saía pela boca de tão ansioso e preocupado que eu estava. Rodrigo havia separado uma calça e uma blusa para mim. Vesti as peças, quando ouvi vozes na sala. Muitas.

— Cristiano? Você está bem? — reconheci a voz de Renato, chamando através da porta do banheiro. Aparentemente não era nada sério. Eu ainda estava meio fraco, mas o banho havia me deixado mais desperto, alerta.

— Estou sim, Renato. — abri a porta e vi pessoas com bolsas nas mãos, pegando tudo o que podiam pela frente.

— Essas pessoas são do nosso grupo — apresentou Renato. — Vieram nos buscar. Precisamos ir agora, Cristiano. Olha só isso...

Um jornal. Era uma edição extraordinária, impressa naquela madrugada. Como estávamos extremamente cansados, não tínhamos acompanhado nada na TV no dia anterior. Comecei a ler:

"Iojanes oficializa sede da ONU em Jerusalém.

Por entender que Jerusalém é uma cidade santa, cujo povo já foi muito prejudicado por disputas territoriais entre judeus e muçulmanos, Iojanes decidiu pacificar a região, transferindo a sede da ONU para Jerusalém, de onde passará a orientar os líderes mundiais."

— Ele já está tomando posse da cidade santa, Cristiano. Mais uma profecia bíblica se cumprindo. E para começar a perseguição aos cristãos, ele fará o possível para mostrar que aqueles que não se renderam à implantação do *chip* são os verdadeiros terroristas. Não havíamos percebido antes, mas a grande tribulação já tinha começado há algum tempo... Desde que ele tomou posse como líder da ONU e passou a unificar os países. Agora, com a sede do governo transferida para Jerusalém, a perseguição de fato iniciará. Tudo foi muito sutil antes: apenas testes com o *chip*, promessas de prosperidade e paz mundial. Agora, quem não se render à marca da besta será acusado de ir contra o governo e se tornará criminoso, terrorista. Não podemos esperar mais, estamos partindo agora!

Sem dinheiro, sem documentos, e sem possibilidades de chegar a João Pessoa. O que eu faria a partir daquele momento?

— Cara, me dá uma luz. Estou atordoado. Não posso ir para a fazenda de vocês, mas também não sei o que fazer para, sem ajuda, chegar até o sítio que é propriedade da minha igreja.

— Você já pediu carona antes? Porque se não, vai ter de aprender!

Se a única opção era essa, eu precisaria me submeter.

Eles foram muito generosos: me deram uma mochila com dois pares de roupas e colocaram medicamentos e alguns biscoitos, além de água. Era tudo o que podiam fazer por mim.

— O sítio para onde vamos fica em Minas. Podemos deixá-lo lá, depois você vê como chegar à Paraíba. Topa?

E eu tinha alternativa? Éramos dez pessoas e dois carros. Não pude nem conhecer os amigos do Rodrigo e do Renato direito. A adrenalina era tanta que eu só pensava em chegar à Paraíba e reencontrar minha mulher. Era a minha fé em Deus e meu amor por ela que me motivavam a não desistir.

No percurso, optávamos quase sempre por estradas alternativas, evitando sempre que possível pegar as rodovias principais. Chegamos a Belo Horizonte aproximadamente oito horas após deixar São Paulo.

— Esse posto é um bom local para conseguir carona, Cristiano. Espero que você chegue bem ao seu destino final — Rodrigo falou. — Fica na paz.

— Que Deus o abençoe, Cristiano. Em breve, nos reencontraremos nos céus — Renato de despediu.

De fato, essa era a promessa que pairava sobre todos nós, cristãos, por isso, não podíamos nos dobrar ao sistema do mundo: por causa dos céus, para herdar a salvação e habitar na eternidade com o Rei dos reis.

— Amém, meu amigo. Muito obrigada por tudo e que Deus esteja com vocês!

A partir dali estávamos apenas Deus e eu. E entre nós e meu destino, 2500 quilômetros... "Mais que nunca preciso de ti, Pai!", foi o que pensei enquanto começava a fazer sinal, apelando para que outro anjo pudesse me socorrer.

NARRA A OVELHA

Os dias foram passando e notícias do Cris simplesmente não chegavam. Era meu maior pesadelo, sem dúvida alguma. Meus pais cochichavam dentro de casa e aquilo só piorava a situação. Se eles não podiam falar alguma coisa diante de mim era porque a situação se complicava cada vez mais.

Dona Vânia já tinha ido para casa buscar o restante de suas coisas. Com ou sem notícias do Cristiano, partiríamos em breve, muito breve. E por mais que aquilo dilacerasse seu coração, ela sabia que não poderíamos mais ficar ali. Até com o Vítor já tinha rompido. Quando percebeu que ele não acreditava que Iojanes era o próprio anticristo, decidiu interromper o relacionamento de uma vez por todas. O sistema destrutivo começara a ser implantado nos seres humanos e Vítor havia se rendido a ele. Ela, como uma mulher de Deus e consciente, não concordaria jamais com aquilo. Tampouco nós. Por isso, não havia mais opção a não ser partir.

Meu único consolo era Yanito. Nos momentos em que eu estava bem (emocionalmente falando), passava todo o meu tempo com ele: assistíamos desenhos, brincávamos com alguns brinquedos que a Ana trouxera... Enfim, tentávamos levar uma vida normal, se é que poderia chamar de normal meu marido estar desaparecido e não podermos sair de casa!

— Cadê papa? — ele perguntava e meus olhos marejavam. O nó na garganta se formava e eu tentava fugir do precipício. Eu não podia cair nele ou não conseguiria jamais voltar. Aquela criança precisava de mim. Era isso o que eu me dizia o tempo todo, tentando resistir.

— Daqui a pouco ele aparece, meu amor. Ele vai chegar logo! — respondia, crendo com todas as minhas forças que aquelas palavras se tornariam verdade. Eu não tinha nada mais a me apegar a não ser à fé.

Meu pai veio conversar comigo no fim do dia. Já haviam se passado quatro dias sem notícias do Cristiano por mais que todos estivessem mobilizados a encontrá-lo.

— Filha, eu sinto muito... Mas amanhã precisaremos partir.

Pelas cenas que víamos na TV, São Paulo havia se transformado praticamente em um campo de refugiados: tendas montadas nas ruas prestando socorro às vítimas, hospitais lotados, pessoas sendo "chipadas" em escolas e posto de saúde... Um verdadeiro caos. Estava complicadíssimo ter notícia até dos familiares que se encontravam bem e em casa; que dirá dos desaparecidos!

— Pelo amor de Deus, não faz isso! Ele vai aparecer, pai, eu sei que vai... — falei.

Controlar o choro tornou-se outra vez impossível. O que eu mais havia feito nos últimos dias era prantear, orar e esperar. Infelizmente, nenhuma dessas três coisas trazia resultado.

— Nós não podemos deixá-lo aqui, pai. Ele vai aparecer.

Ajoelhei-me, deitei a cabeça no colo do papai e continuei a implorar. Ele levantou meu rosto, obrigando-me a encará-lo.

— Meu anjo, tenho cerca de 40 pessoas que confiaram suas vidas a mim. A Deus em primeiro lugar, claro, mas depois a mim. Não posso fazer isso com elas, Raquel! Preciso levá-las em segurança para o sítio.

— Concordo com você, pai. Vamos fazer o seguinte: você vai e eu espero aqui por notícias dele. Assim que o Cris entrar em contato, ligo e você vem me buscar.

— Lá não pega sinal de celular, minha filha — ele retrucou, quase implorando.

— Então, assim que ele chegar, pegamos um transporte e seguimos para lá. Não se preocupa, pai. O Cris já esteve no sítio com você, algumas vezes mais que eu, e vai saber como chegar.

Ele olhou sério para mim. Eu sabia que o momento fatídico estava chegando.

— Raquel, as estradas estão sendo monitoradas. Os "agentes de saúde" estão indo de porta em porta cadastrar as pessoas. Você sabe que chega a ser perigoso até ir a um supermercado e ser abordados por uma "equipe de voluntários". Além de tudo, você tem o Yanito. Não tem como ficar com ele aqui, tampouco mandá-lo sozinho. Você é o único elo entre a terra dele e o Brasil.

Voltei a chorar. Dessa vez, compulsivamente. Eu não podia desistir. Não podia deixar o Cris e ir embora. Eu jamais me perdoaria se fizesse isso, até porque eu sabia que, se fosse o contrário, ele não me deixaria. Ele jamais me abandonaria.

— Pai, me ajuda pai. Eu não sei o que fazer! — falei em meio aos soluços. E, sinceramente, acho que ninguém aguentava mais me ouvir chorando naquela casa.

— Deixa eu te dizer uma coisa. Se o Cris estiver vivo...

— Ele está vivo. Eu sei que está!

— Ok. Expressei-me mal — corrigiu-se, enquanto eu bancava a descontrolada. Ele só queria ajudar. — O que quero dizer é que o Cris é muito esperto, minha filha. Caso ele chegue aqui e não nos encontre, com certeza irá para o sítio. Outra: se ele sonhar com a possibilidade de eu ter colocado vocês em risco apenas para esperar por ele, não me perdoaria nunca — brincou, arrancando um rápido sorriso meu.

Imaginei o Cris dando uma bronca no papai por termos ficado ali, aguardando sua volta, enquanto o mundo se desfazia sob o comando de

Iojanes e com o total apoio de Vicarius I. Por um instante, fechei meus olhos e pude senti-lo comigo. Lembrei quando estávamos no aeroporto e nossas respirações se fundiram... Do desejo insano que tive de congelar aquele momento.

Eu não podia mais pensar no Cris, caso contrário, minha sanidade iria embora de vez. Meu pai tinha razão: eu era o único elo de família que Yanito possuía no Brasil. Eu o havia arrastado para cá, era a responsável por ele. Precisava tomar uma decisão lógica.

— Tá certo, pai. Se até amanhã ele não aparecer, prometo que irei com o senhor. Pelo Yanito, não por mim. Se dependesse de mim, eu não arredaria o pé daqui.

— Eu sei, meu amor. Se não fosse por essas pessoas todas, também não arredaria meu pé daqui — ele disse, abraçando-me.

Aproveitamos aquele último dia para organizar tudo o que faltava nos carros. Isso significava: comida! Segundo meu pai, o sítio estava bem equipado com tudo: colchões, lençóis, remédios... E tudo com um prazo de validade médio de três anos, o tempo que duraria o período da grande tribulação.

— Não percebemos, mas o período tribulacionário já começou. Achei que os testes eram uma mera previsão do futuro, mas não: já se tratava do início dos três anos e meio de paz. Perdemos o "*timing*", mas o período de paz ainda não findou. Iojanes continua enganando o mundo e muitos cristãos com essa carcaça de "salvador da humanidade". O fato é que, daqui a pouquíssimo tempo, os três anos e meio de perseguição intensa começarão. E precisaremos estar bem longe daqui. — disse o meu pai para todos os que se encontravam em seu apartamento.

Meu pai e o irmão Léo tinham se organizado muito bem: montaram uma cozinha com refeitório para o grupo, e a sede do sítio ficava em meio à mata. As árvores cobriam o local, o que tornava praticamente impossível alguém dizer que existia uma estrutura tão bem montada ali. Havia também uma área descampada (onde acontecera o acampamento que participamos), mas nosso abrigo físico ficava muito bem escondido.

— Deixamos para comprar os produtos mais perecíveis por último pensando no prazo de validade. Vamos dividir os grupos, cada um ficará responsável por um tipo de alimento.

E assim foi feito: um grupo ficou com açúcar, feijão, arroz e sal, aproximadamente mil e quinhentos quilos de cada (com exceção do sal, claro!); outro grupo cuidou dos doces e enlatados, cerca de duas mil unidades; outro ficou com os produtos de higiene, como sabão, sabonete, desodorantes, xampus. Era muita coisa; muita coisa mesmo.

Contamos 11 carros para carregar tudo. Algumas malas com roupas e outros artigos já tinham sido transportadas antes — desde que saiu a notícia nos jornais dos testes com o *chip* —, portanto, o último transporte carregaria apenas comida. A ideia foi muito boa pois nos poupou tempo, espaço e preocupação.

O plano era o seguinte: primeiro, todas as compras seriam levadas para o sítio e devidamente armazenadas. Depois, os carros voltariam para pegar as pessoas e deixá-las na sede. Antes de se abrigarem com os outros no refúgio, os motoristas ainda voltariam para a estrada e jogariam todos os celulares e objetos de metal pelo caminho. Então, os quatro primeiros carros da frota seriam abandonados a 40 quilômetros do sítio (escondidos embaixo de árvores e coisas do tipo). Os motoristas deles pegariam caronas nos outros carros para voltar. Mais quatro carros seriam abandonados a 30 quilômetros do sítio e o mesmo procedimento de pegar carona seria utilizado. Por fim, os últimos três carros seriam largados a 20 quilômetros do sítio e todos os motoristas precisariam voltar o restante do percurso a pé. Onze homens encarariam um retorno de 20 quilômetros no meio do nada, tudo para despistar o local do nosso esconderijo. Eles levariam barracas e acampariam durante o trajeto de volta, que levaria aproximadamente um dia e uma noite.

Todas as compras já haviam sido feitas e quase todas as pessoas já tinham sido levadas para o sítio. Só restavam os motoristas dos carros (Rick era um deles), meus pais, dona Vânia (que disse não ir a lugar algum sem mim), Ana, Yanito e eu.

Meus pais, dona Vânia e eu decidimos fazer jejum e uma minivigília por Cristiano: ele precisava aparecer! Ou, no mínimo, dar notícias. Certamente, nunca havia orado tanto em minha vida. Clamado, implorado a Deus! Porém, independentemente do que acontecesse, Cristiano aparecendo ou não antes que partíssemos, eu sabia que o nosso Deus ainda era soberano. E essa soberania me invadiu quando, pela manhã, encerramos a vigília cantando o louvor que dizia :

— Se Deus fizer, ele é Deus; se não fizer ele é Deus. Se a porta abrir, ele é Deus, mas se fechar, continua sendo Deus!

E ali estava decretado: eu não tinha poder para absolutamente nada, só me restava adorá-lo e continuar a servi-lo, independentemente do que acontecesse. Eu tinha plena consciência de que havia orado e clamado de todas as maneiras que existiam, e se Deus não havia me dado respostas, eu precisava continuar firme nele e tocar minha vida a partir daquele momento. A resposta que eu precisava não veio a tempo. Ou melhor, veio em forma de silêncio e eu entendia bem o que aquilo significava. Por mais que meu peito se abrisse e meu coração fosse arrancado de dentro de mim (o sentimento de fato era esse), precisávamos partir.

— Vamos embora, pai. E louvado seja Deus por tudo! — disse, dessa vez sem chorar. A realidade havia me atingido em cheio e eu precisava continuar. Cinco dias sem notícias do Cris; nenhuma sequer. Realmente eu não podia arriscar a vida dos meus pais, nem a do grupo, tampouco a do Yanito.

"Se for seu propósito, ele nos encontrará. Tenho certeza, Senhor!", foi a última oração antes que a porta do apartamento se fechasse de uma vez por todas.

***

Chegamos ao sítio. Assim que dona Vânia e eu descemos do carro, todos os rostos ali por perto automaticamente se voltaram para nós. O clima era péssimo. Quer dizer, péssimo porque "ele" não estava ali e o sentimento de pena lançado a nós era papável. Eu entendia: até eu estava morrendo de pena de mim. Não iria condená-los. Não falei com ninguém. Eu não tinha condições. Acho que Ana fez algum sinal, pois todos começaram a se dispersar. Dona Sandra, mãe da Ana, veio ajudar dona Vânia a se instalar

— Mama! — Yanito me puxou e apontou para algumas crianças que brincavam, como se pedisse permissão para se juntar a elas. Algumas famílias tinham filhos da idade dele e aquilo seria maravilhoso: ele poderia se distrair, fazer amizades e em breve estaria falando o português brasileiro com perfeição.

— Claro, meu amor. Pode ir, sim.

Beijei sua cabeça e fiquei feliz, afinal ao menos um de nós iria conseguir se alegrar um pouco.

— Seu pai separou esse quarto para você, dona Vânia e Yanito. Tem outro ali ao lado que seria para você e o... Desculpa, amiga!

Ela pensou na bobagem que ia falar: meu pai havia separado um quarto para mim e o Cris, mas não fazia sentido eu ficar nele sozinha. Agora me instalaria com dona Vânia.

— Não precisa se desculpar, Ana. Pode falar o nome dele porque sinto que o Cris está vivo, bem e vai nos encontrar.

— Eu também sinto isso, minha amiga. Mas enquanto ele não chega, tem muito serviço aqui. Vai ser bom você fazer alguma coisa para se distrair um pouquinho. Já existem escalas predeterminadas para alguns serviços, tipo pessoal da cozinha, da limpeza, do cuidado com os animais, com a horta... Vamos ver onde podemos ser úteis e nos encaixar?

Por acaso eu tinha escolha? Se pudesse, eu ficaria na cama chorando rios até não aguentar mais e desmaiar. Minha vontade era essa: lembrar-me dele e chorar, mas chorar tanto a ponto de secar e sumir. Aí eu acordaria na glória e todo esse sofrimento teria acabado. Mas olhei pela janela e vi Yanito brincando com as crianças. Aqueles olhos azuis encantadores, aquele sorriso tão claro e sincero. Eu tinha um novo homem por quem viver, por isso não poderia ceder ao desejo de deitar na cama e sumir.

Ainda olhando pela janela, vi o Lipe passar com os pais. Tomei um baita susto porque eles estavam em outra congregação, mas comecei a me lembrar do que a Ana havia contado. E era bem provável encontrá-los aqui também.

— Ana, os irmãos do Lipe também vieram?

— Não. A irmã está morando na Alemanha e não quis voltar. O irmão se casou e a esposa nunca foi verdadeiramente cristã, então ele terminou se desviando. Apenas o Lipe e os pais permaneceram firmes. Com a notícia de que Iojanes tomou o poder e a certeza de que o governo do anticristo havia chegado, Lipe procurou o pastor e pediu abrigo. E eles congregaram com seu pai por mais de 10 anos... O pastor jamais negaria um pedido desses. Por isso eles estavam no último treinamento.

Claro. Não havia motivos para que o meu pai negasse algo assim. Só era estranho eu e o Lipe ali, sem o Cris... Comecei a chorar novamente. Meu Deus, será que aquela sensação de aperto no peito passaria um dia?

— O que foi, amiga? Você se incomodou com a presença deles, é isso?

— Ana perguntou sem entender. No fundo, talvez, nem eu compreendesse minha reação.

— Nada não, Ana... Eu meio que voltei no tempo, sabe? O Lipe, os pais dele, a igreja... E o Cris não está aqui. Foi como se ele nunca tivesse existido. Como se tivéssemos voltado ao ponto de partida e, agora, tudo estivesse em seu devido lugar. Continuei a chorar. Como pude pensar ou sentir algo assim? O Cris não existir ou, pior, as coisas estarem no lugar certo sem ele? Se alguém estava no lugar errado, era o Felipe. O lugar do Cristiano era comigo. Sem premeditar, começou a brotar em mim um sentimento de raiva contra o Lipe. Como se ele fosse o culpado por aquilo, o causador de tudo: ele estar ali, e não o Cris. Loucura total era aquele sentimento!

— Amiga, não caia nas armadilhas da sua mente. Muita coisa vai passar por sua cabeça: negação, medo, raiva, revolta... Não caia em nenhuma dessas setas de Satanás, pelo amor de Deus! Nós estamos passando pelo pior período da história da humanidade e você está enfrentando tudo sem o seu marido. — olhei feio para ela. — Por enquanto... — ela se corrigiu. — Enquanto ele não aparece, sei que você vai sofrer horrores, tudo vai lembrar ele. Só não se permita alimentar um sentimento errado por quem quer que seja. Ninguém aqui tem culpa de nada. Estamos juntos no mesmo barco e nossa intenção é sobreviver nessa terra o máximo que pudermos, e depois nos reencontrarmos na eternidade.

— Tá bom, Ana. Você tem razão: ninguém tem culpa de nada, principalmente o Lipe. Coitado! Vou tentar me controlar, sim.

— Promete? — ela perguntou, tentando garantir que nenhum tipo de atrito aconteceria entre mim e o Felipe.

— Não prometo nada. Não tenho condições de prometer nada nem para mim, nem para os outros nesse instante, mas garanto que vou me esforçar.

Ana beijou minha cabeça e me deixou ali para arrumar minhas coisas naquele espaço que seria meu pelos próximos... Quem sabe quanto tempo?

Era tão estranho arrumar minhas coisas, as do Yanito... E não ter praticamente nada dele pra colocar no lugar. Lembrei que nossas roupas haviam ficado em João Pessoa. Levamos somente peças muito leves para Guiné-Bissau. Inclusive, meu pai já havia trazido a maioria de nossas vestes para cá. Entretanto, eu revirava tudo procurando as coisas do Cris e simplesmente não as encontrava. Fui até o outro quarto; o que deveria ter sido nosso; e mais uma vez nada! Minha intenção era colocar os pertences dele junto aos meus. Fui atrás dos meus pais, e foi aí que passei pelo refeitório e ouvi Felipe e meu pai conversando.

— Vocês precisam prepará-la logo! Alimentar essa loucura de que a qualquer momento o Cristiano vai cruzar esses portões só fará o sofrimento dela aumentar. É uma tortura que nunca vai acabar. Ele está morto e ela precisa se acostumar com a ideia!

Entretidos, não perceberam eu me aproximar.

— Que idiotice é essa que você está falando, Felipe? — perguntei indignada.

— Raquel? Desculpa, eu não sabia que você estava ouvindo...

— Cala essa sua boca! Você quer saber de uma coisa? Pode apostar que ele vai voltar! Eu sinto! — gritei descontrolada. O pior é que algumas pessoas escutaram a discussão e começaram a se aglomerar nas janelas do refeitório. — Ao contrário do que você diz, o cristiano vai cruzar esses portões, sim. Ele está vivo e saberá como chegar!

— Pelo amor de Deus, Raquel. Será que você não percebe que o Cristiano morreu?

— Lipe, não fala mais nada, pelo amor de Deus. Você não percebe que a Raquel não está bem? — papai orientou, tentando apaziguar a situação. Eu estava a um passo de voar na garganta daquele imbecil.

— Pastor, vocês não podem continuar alimentando essa insanidade. O senhor sabe muito bem que ele não vai voltar. Cristiano estava com a Beatriz na hora da explosão. O nome dele estava na lista. Os pais da Bia já receberam o corpo dela em João Pessoa.

Eu não aguentei, pela primeira vez na vida corri para bater em alguém. Bati com as duas mãos fechadas em seu peito. Queria socar aquele idiota. Esmurrá-lo por dizer tanta besteira.

Meu pai me segurou. O diácono Gideão entrou quando ouviu os gritos e me agarrou também. Lipe ficou estarrecido com minha reação. Desabei. Se eu só havia chorado até então; desta vez, desabei por completo.

Gritei, urrei, me debati no chão e perdi a noção de quem estava presenciando meu escândalo. Eu nunca havia me comportado de maneira tão insana antes. A sensação que eu tinha era a de estar possuída; não por um demônio; (estava amarrado e repreendido em nome de Jesus!), mas por um sentimento de revolta e descontrole absurdos. Era como se eu houvesse me contido a vida inteira e aquela era a chance de colocar tudo para fora. Senti uma picada em meu braço. Era a Simone, enfermeira que estava no grupo conosco. Com certeza ela havia injetado alguma coisa em mim. Senti minhas forças acabarem, minha vista embaçar e não conseguia mais me debater nem manter os olhos abertos.

***

Abri os olhos aos poucos. Mamãe e Ana estavam ao meu lado.

— Você consegue falar, filha? — mamãe perguntou, enquanto alisava meus cabelos.

Eu ainda estava sonolenta, mas conseguia falar, sim.

— Oi, mãe, eu consigo. Faz tempo que estou dormindo? — questionei ainda sentindo uma letargia absurda.

— Umas cinco horas — Ana respondeu. Ela estava com uma cara péssima. — Eu sei que esse não é o momento, mas custava você ter se controlado, criatura? — mamãe olhou para ela como se a repreendesse. Aquela não era hora para eu tomar bronca. — Desculpa, pastora, mas eu havia acabado de conversar com ela sobre sentimentos ruins e se controlar... Mas olha aí no que deu!

Olhava para mim como se eu fosse um caso perdido.

— Eu sei, eu sei... Vacilei feio. Mas quando lembro o que aquele cretino falou...

— Filha, a Ana não devia ter tocado no assunto agora, mas a verdade é que o Lipe vai conviver conosco e precisamos evitar esse tipo de sentimentos, Raquel. Eu sei que você ficou irada, chateada com o que ouviu, mas...

— Mas o que, mãe?

— Todo mundo pensa a mesma coisa, minha filha. — fui apunhalada no coração novamente e por minha própria mãe. — Todo mundo que não conhece bem o Cris acha que ele não aparecerá. Eu creio que a qualquer momento ele pode surgir por aquela porteira, sim, mas não dá para discutir e se descontrolar com todo mundo que acha que ele... Você sabe.

É, eu sabia. Todo mundo em sã consciência achava que não havia possibilidades de o Cristiano estar vivo, afinal, dias se passaram e nem sinal dele. Contudo, em meu íntimo, eu ainda confiava. Só que elas tinham razão numa coisa: mais cedo ou mais tarde as pessoas falariam e eu não poderia agir da mesma forma. Eu precisava me blindar contra as palavras negativas.

— O Lipe queria ir embora com os pais depois daquela discussão — mamãe disse. — Mas para onde iriam?

Ai, que coisa chata. Não pensei sequer nos pais dele quando me descontrolei daquele jeito. Levei algum tempo para me levantar, mas eu sabia que precisava procurar o Felipe e seus pais para resolver aquilo. Eu não era assim. Mesmo que ele tenha dito algo que me magoou até a alma, eu não poderia permitir que aquilo afetasse a todos ali. Era um problema meu e eu teria de resolver.

— Vamos lá consertar a besteira que fiz — falei, enquanto mamãe e Ana me ajudavam. A vida precisava continuar.

CAPÍTULO 11

Razões para (não) manter a esperança

"Porque vivemos por fé, e não pelo que vemos."

2Coríntios 5:7

CONTA O LEÃO

Passei uma hora com o dedo polegar estirado e nada. Ninguém ousou pensar na possibilidade de me oferecer uma carona. Também, com o mundo explodindo em atentados e ataques terroristas, quem em sã consciência pararia para dar carona a um desconhecido barbado e queimado devido à explosão e que mais parecia um cara do Estado Islâmico? Só um psicopata, um terrorista ou um cristão também em fuga ousaria parar e me oferecer ajuda.

— Você não pode perder a fé, Cris! Do mesmo modo que Deus enviou o Renato naquele leito de hospital, ele vai enviar alguém para lhe dar carona — falei comigo mesmo, tentando me convencer que as coisas dariam certo.

Eu havia perdido tudo: dinheiro, documentos, roupas... Só não podia perder a esperança. Ela era a única coisa que me motivava a continuar vivendo e lutando. Ainda me encontrava no mesmo posto de combustível onde Rodrigo e Renato me deixaram. Para passar o tempo, comecei a bater papo com os frentistas e eles trataram de me atualizar das novidades do mundo, já que eu estava sem celular ou algo do tipo.

Existiam grupos de voluntários espalhados no mundo inteiro para cadastrar as pessoas e implantar o *chip*. O processo era muito rápido: só com o número da identidade e o CPF, todos os seus dados, tanto bancários quanto pessoais, eram automaticamente lançados para um *chip* implantado sem dor, no mesmo instante.

— Passaram aqui anteontem e botaram em nós tudo! — o frentista falou com aquele jeitinho mineiro característico, mostrando o implante na mão direita. Aquele negócio era praticamente imperceptível, do tamanho de um grão de arroz mesmo. — Cê num colocou *inda* não? — ele me examinou de cima a baixo, tentando decifrar a verdade sobre mim. De besta aquele mineirinho não tinha nada!

— Não. Eu estava na explosão do aeroporto de São Paulo. Quando acordei, estava sem documentos. Não lembro sequer dos meus parentes. Só sei que sou de João Pessoa, na Paraíba. Preciso chegar lá pra ver se descubro alguma coisa a meu respeito... Quem sabe não lembro algo quando chegar à cidade?

— Sei. Olha... Eu num costumo fazer isso não, mas gostei de você. Cê tem cara de gente boa! Tem um caminhoneiro amigo meu que pegou um frete para a Bahia. Ele deve sair daqui umas duas horas. Se você quiser, falo com ele pra te dar uma carona.

Cara, eu me ajoelhei e comecei a chorar. Era muita bondade de Deus. O frentista ficou sem jeito, enquanto eu agarrava as pernas dele e o agradecia. Ele logo me pediu para levantar e disse pra eu "largar de besteira"!

O caminhoneiro era um senhor de uns cinquenta e poucos anos. Usava um bigodão, tinha cara de bravo, mas quem via cara não via coração: depois de conversar cinco minutos com ele, percebi que o cara era uma simpatia. Fez questão, inclusive, de dividir a marmita dele comigo.

— Quer dizer que cê tava no aeroporto naquela explosão? — concordei e contei o pouco que lembrava. — Então, meu filho, Deus tem um negócio especial com você, porque nunca vi isso na minha vida, não. Escapar de uma explosão daquelas?

— Seu Belarmino, por acaso o senhor é crente? — perguntei desconfiado. Aquele jeitão dele não negava. A conversa então...

— Eu era, mas a maldita cachacinha me tirou da igreja. Num aguentei não, meu filho.

Era tudo o que eu precisava: falar do amor de Deus para ele e explicar que não era tarde para voltar para os braços do senhor Jesus. Aproveitei também para mostrar o que estava acontecendo no mundo.

— Seu Belarmino, por acaso o senhor já implantou o tal do *chip*?

— Ainda não. Quando eles passaram lá no posto, eu não estava. Também não tive tempo de ir a nenhuma central de cadastramento. Não paro quieto, não. Só vou me cadastrar quando voltar de Salvador. Não tenho conta em banco mesmo, comigo tudo é em dinheiro...

Eu precisava alertá-lo. Seu Belarmino já havia, um dia, andado com Deus, e eu não acreditava em coincidências: se estávamos ali, e ele ainda não tinha implantado o *chip*, é porque havia esperança. A família dele toda era cristã: a mulher, as filhas. O único que tinha a vida "desregrada", como ele costumava dizer, era ele.

— O senhor não pode colocar esse *chip*. Essa é a marca do anticristo, do Satanás mesmo. Se o senhor colocar esse negócio na testa ou na mão, vai para o inferno, seu Belarmino. Não vai ter mais jeito! — alertei-o (e aproveitei para assustá-lo também). Ainda havia esperança para ele e o que eu pudesse fazer para livrar sua vida das mãos de Satanás, eu faria. Seu Belarmino tinha um sitiozinho no interior de Minas. Era lá que sua mulher e as filhas moravam. Ele só aparecia em BH quando tinha algum frete para fazer e, nas horas vagas, sempre estava no sítio. Fiz o possível para convencê-lo a não voltar mais para a capital e ficar com a esposa, esperando o retorno de Jesus.

— Chegamos, meu filho. E muito obrigado. Eu precisar ouvir que minha vida ainda tinha jeito. Sempre confiei em Deus e em Jesus e sei que preciso voltar para o caminho dele. Não quero ser condenado, não. Quero ser salvo!

Enquanto ele estacionava num posto em Salvador, aproveitei para fazer com ele a oração de reconciliação. — Não tenha dúvidas, seu Belarmino, esse mundo que conhecemos está próximo do fim. Apegue-se a Deus, à sua família, não coloque o *chip* e vamos orar para Jesus voltar logo.

Eu sabia que era baixa a probabilidade de ele não sucumbir. Sua família não estava preparada como a minha para enfrentar a perseguição que já acontecia, e era bem provável que eles não suportassem a pressão de uma grande tribulação. Mas minha parte havia sido feita, ele tinha se reconciliado com Cristo e estava ciente de que os acontecimentos presentes eram resultado das profecias bíblicas.

— Vou te arrumar uma carona pra João Pessoa. Não conheço ninguém aqui, mas é questão de honra conseguir um caminhoneiro que deixe você na sua cidade.

Não desistir! Essa era a prova de que eu não podia perder minha fé e precisava fazer o possível para chegar até o sítio; até a minha Raquel. Não demorou até meu novo irmão em Cristo encontrar um colega de profissão que fosse para João Pessoa. Além disso, o cara me deu dinheiro para que eu me alimentasse até chegar em casa. Aquilo só podia ser Deus se manifestando na Terra e operando milagres! Apenas Deus poderia fazer algo tão grandioso.

— É uma caminhoneira, você se incomoda? — seu Belarmino perguntou.

— Desde que ela me leve ao meu destino, sem problema algum.

Despedi-me dele e entrei no caminhão da Maria das Graças. Lógico que fiquei constrangido. Desde que eu me casei, nunca havia passado muito tempo sozinho com outra mulher. E não, a Maria não fazia meu tipo. Ela estava mais para "joão-sem-graça". Não tinha perigo mesmo!

— Fica à vontade. O tiozinho ali falou muito bem de você! — Dona Maria "bateu" em meu ombro, deixando claro com aquela atitude que provavelmente ela era mais "macho" que muito homem. Eu certamente não precisaria me preocupar com nenhum tipo de assédio por parte dela. O que importava, no fim, era que ela me levasse ao meu destino, e só por isso eu já seria muito grato.

Tomei os remédios que o Renato deixou comigo e aproveitei para descansar. Provavelmente, eu ainda teria muito chão para enfrentar até o sítio e precisava estar bem fisicamente. Graças ao bom Deus, Maria tinha um espaço bacana no baú do caminhão, com colchão e tudo mais, e como ela estava levando pouca mercadoria, fiquei lá atrás mesmo. O espaço tinha uma ventilação pequena, já adaptada para quem necessitasse de descanso. Foi ali que me encostei.

***

Acordei assustado. Alguém bateu forte no baú. De repente, o caminhão parou e percebi que dona Maria saíra de dentro do veículo. Havia barulho do lado de fora. Seria um assalto?

"Misericórdia, Jesus!", comecei a orar. Eu não podia nadar, nadar e morrer na praia. Não mesmo! Se Deus tinha me livrado de tantas coisas, não seria um "aparente" assalto no meio da estrada que me impediria de chegar até minha mulher. Nem que eu tivesse que enfrentar o provável ladrão.

Fiquei quieto. Muito quieto, para ser sincero. Era o que minha intuição mandava (ou o Espírito Santo). Achei melhor obedecer. Após uns 15 minutos, o caminhão voltou a andar. Não sabia quanto tempo havia dormido, nem que horas eram, ou em que lugar do Brasil estávamos. Para falar a verdade, eu não sabia nem se era a dona Maria quem ainda dirigia. E se fossem os bandidos levando a carga? E se eles tivessem feito algo com ela? Não podia permanecer na dúvida e depois de uns 10 minutos que o caminhão voltou a rodar, decidi bater e ver quem dirigia. Para meu alívio, dona Maria das Graças abriu a porta.

— Rapaz, esqueci você aí dentro! Acabei de parar num posto policial e fiz meu cadastramento, implantei o *chip*. Eles até me perguntaram se eu estava sozinha, disse que sim. De verdade, esqueci você aí atrás. Também, faz quase oito horas que saímos de Salvador e você só dorme... Devia estar muito cansado, mesmo. Infelizmente não posso voltar pra você implantar seu *chip*.

— Não se preocupe, dona Maria. Não tenho nenhum documento comigo, nem nada do tipo. Não teriam como me cadastrar mesmo. Lá fui eu contar novamente a história da explosão e da minha "falta de memória".

— Daqui a umas cinco horas, no máximo, chegaremos a João Pessoa. Vou ligar um sonzinho para passar o tempo. Ah, tem pão com mortadela aí também. Pode ficar à vontade e comer.

Fui até João Pessoa escutando tudo quanto é tipo de música sertaneja: universitário, patroas e até Roberta Miranda. Comecei a rir sozinho, comparando minha vida de quatro anos atrás com esse momento agora: antes, quando ainda era filho de um ex-senador da República e empresário bem-sucedido, dirigia meu Audi, escutava Red Hot Chilli Peppers e comia nos restaurantes mais requintados de João Pessoa e Brasília. Agora, era carona num caminhão com direito a pão com mortadela e Roberta Miranda... E precisava glorificar a Deus por aquilo! Muito mais valia o pouco de agora do que o poderio de antes. O dia de habitar na nova Jerusalém com o meu Deus estava bastante próximo e nenhum tesouro da Terra se compararia ao que estava reservado a mim e a todos os filhos dele. Humanamente falando, minha situação agora era péssima, mas espiritualmente, eu estava no lugar certo.

Cochilei mais uma vez. Eu me sentia bem melhor, mas meu corpo ainda estava enfraquecido devido aos 12 dias na UTI. Eu precisava aproveitar e descansar, mesmo sacolejando naquela cabine de caminhão.

Era fim da tarde quando avistei minha cidade: João Pessoa. A capital mais linda do Brasil estava diante de mim e parecia uma miragem. Só de imaginar que quase quatro dias atrás eu estava em São Paulo sem perspectivas de chegar até aqui... Só de recordar o quanto Deus havia sido bom trazendo provisão em todas as áreas da minha vida...

E o que dizer ao contemplar o céu daquele lugar? No horizonte havia uma mistura de rosa com laranja. Um espetáculo! Para ser sincero, eu nunca tinha visto nada tão bonito em toda a minha vida. Minto: o rosto da Raquel, quando a conheci, era sem dúvida a coisa mais linda que eu já havia visto. Aquele céu era a segunda. Meus olhos marejaram. Agora faltava pouco, muito pouco.

Dona Maria da Graças me deixou na entrada da cidade, num posto de apoio aos caminhoneiros. Eu não podia vacilar. Como em todos os lugares havia patrulhamento, e como eu estava com a aparência péssima, no mínimo eles iriam me abordar achando que eu era um mau elemento. E quando descobrissem que eu ainda não tinha o *chip*? Seria cadeia na certa!

Fui até a administração do posto e tratei de me identificar como sobrevivente do desastre de São Paulo. Minha aparência assustaria a qualquer um e eu não duvidaria nada que a secretária chamaria a polícia caso eu não deixasse bem claro minha situação.

— Pelo amor de Deus, moça. Eu só preciso dar um telefonema para o meu tio vir me buscar. Estou viajando há quatro dias e perdi tudo naquele atentado. A única pessoa que pode me ajudar é o meu tio Edson.

Acho que ela ficou com pena do meu estado e fez a ligação. Quando tio Edson atendeu e me identifiquei, além de aliviado por eu continuar vivo, me passou a maior bronca:

— Como assim você me liga, pede dinheiro e some novamente, Cris?! Achei que você tinha morrido de novo. Tá achando que isso aqui é algum episódio de *The Walking Dead*?

Pois é, deu bronca, mas, com a graça de Deus, estava vindo ao meu encontro. Finalmente, eu teria banho e comida decentes, além de transporte para chegar ao sítio.

"Raquel... Raquel! Meu Deus, que ansiedade para tê-la em meus braços! Vou poder abraçá-la, beijá-la. Obrigado, Deus. Obrigado!", eu orava e agradecia.

De fato, valeu a pena manter a esperança mesmo quando me vi sozinho naquele posto em BH sem perspectivas de chegar até aqui. Contudo, o importante é que o meu Deus não havia me abandonado. Da mesma forma que eu havia chegado até João Pessoa, esperava ainda hoje estar ao lado de Raquel, da mamãe, dos pastores... De volta ao meu lar.

***

— Você não vai hoje, Cris! Não mesmo. Olha a sua aparência! Está até difícil reconhecê-lo! — retrucou tio Edson, enquanto eu saboreava uma lasanha de frango maravilhosa.

Eu estava com fome, mas tanta fome que não tomei nem banho antes de vir para a mesa. Infelizmente, precisava concordar: eu estava com a aparência péssima, além de estar fedendo. Só não estava pior porque no meio do caminho tanto seu Belarmino quanto dona Maria pararam em postos de combustíveis e deu para tomar uma ducha, mas a barba, o cabelo, as queimaduras... Não estava fácil mesmo me reconhecer. Sem falar que meu organismo ainda não estava cem por cento recuperado.

— Vou ligar para o barbeiro do seu tio — falou minha tia. — Ele vai vir aqui, cortar seu cabelo e melhorar um pouco sua aparência. Vou lhe emprestar umas roupas do seu primo. Você emagreceu bastante, mas nada que um cinto não resolva. Não sei quando o veremos novamente, sendo assim, ao menos isso você nos deixará fazer por você.

Agradeci. Talvez fosse a última vez em minha vida que eu seria tão bem cuidado. Embora eu estivesse indo ao encontro de minha outra metade, da minha amada, eu sabia que no sítio o perrengue seria enorme. Eles prometeram que no outro dia, bem cedo, eu poderia tomar o meu caminho. Não custava ter uma noite decente de sono e me recuperar um pouco mais, afinal, as emoções do próximo dia seriam intensas.

— Estou louco para ver a cara da sua mãe quando descobrir que você está vivo! — comentou meu tio. — E a Raquel então...

Epa! Eu não poderia levar meu tio comigo. As coisas não funcionavam assim. O pastor Carlos havia deixado muito claro que ninguém fora do grupo poderia saber nossa localização, mesmo o tio Edson, que era da família e sempre esteve ao nosso lado nos piores momentos (como agora). A Bíblia deixava claro que na grande tribulação uns entregariam os outros e eu não poderia arriscar.

— Tio, eu não sei a localização exata do sítio.

Apesar de ter mentido bastante nos últimos dias (dizendo que estava desmemoriado e tal), eu não me sentia mal por isso. Esse era o único modo de escapar do *chip*. Além disso, sempre pedia perdão a Deus por minha atitude, embora não me arrependesse. No entanto, ali era diferente: eu não me sentia bem enganando o tio Edson, afinal o cara sempre esteve ao meu lado. De qualquer forma, o que eu dissera não era de todo uma mentira. Eu realmente não sabia a localização exata do sítio. Eu tinha uma ideia por já ter ido lá umas três vezes, porém, a região possuía muitos sítios e as entradas eram todas parecidas. Na época, o pastor deixou alguns pedaços de tecido amarrados em galhos na estrada para nos orientar caso precisássemos chegar lá sozinhos. Entretanto, quem garantiria que o tempo ou até mesmo as pessoas que transitavam por ali não tivessem arrancado as marcações?

— Como assim, Cris? Como você vai chegar a um local no meio do mato sem saber exatamente onde fica?

— Eu tenho uma noção. Sei que fica próximo à cidade de Pilões, mas terei de andar e procurar bastante até encontrar. Eu só preciso que alguém me leve até a cidade. De lá, eu me viro.

Foi uma confusão só. Eles alegaram que depois de tudo o que eu havia passado não poderiam me deixar sozinho, no meio do nada, procurando um sítio que eu nem sabia direito onde ficava.

— Gente, eu vim de São Paulo a João Pessoa sem dinheiro e sozinho. Ser deixado praticamente na porta do lugar não será problema nenhum, até porque eu reviraria o mundo, mas encontraria a Raquel. Podem apostar!

— Só não entendi uma coisa, Cris. Por que você não colocou o *chip* e facilitou as coisas para chegar até aqui? Você escolheu sofrer quatro dias de viagens e se arriscar em caminhões com pessoas desconhecidas. Por que não fez a coisa certa e implantou logo esse *chip*?

O momento que eu temia havia chegado. Eu não podia revelar a verdade de jeito nenhum para o meu tio, principalmente porque ele e toda sua família já tinham aderido ao sistema do anticristo.

"Tio, todos você irão para o inferno por terem colocado o *chip*. Quem se render à marca da besta está automaticamente condenado. Por isso não implantei, porque quero ser salvo!", não dava pra falar uma coisa dessas. Eles já estavam adaptados ao sistema e não havia mais volta.

— É uma questão pessoal e religiosa, tio. Não concordamos com o governo de Iojanes, mas também não somos um grupo terrorista. Você sabe disso. Já que não somos a favor do *chip*, entendemos que não temos condições de viver neste mundo, por isso, estamos indo morar no sítio.

Aí a confusão, de fato, iniciou: "Loucos! Irresponsáveis! Subversivos!" Esses foram os nomes mais leves que eles nos deram. Então perceberam que mamãe também havia embarcado nessa, e não só ela, mas também Raquel e os pastores.

— Não há mais chance de vocês conviverem conosco. Não poderão comprar nada nem vender. Como irão sobreviver?

— Tio, está tudo certo. Não precisa se preocupar. Mamãe vai ficar ótima, assim como Raquel e eu. Deus está conosco. Só preciso de uma carona até a cidade de Pilões. Essa é a última coisa que eu peço, prometo.

Todos continuaram achando uma loucura, mas concordaram. Na verdade, ou eles me ajudavam ou eu pegaria outra carona e daria um jeito de chegar até meu destino final.

— Se é isso que você quer, amanhã peço para o Jorge levar você. Não posso ir porque tenho uma audiência, mas seu primo leva. Espero que você não se arrependa, filho!

Eu estava certo de que não me arrependeria, já ele...

Antes de dormir, me olhei bem no espelho. Eu havia feito a barba e agora já estava até com cara de gente...

— É, agora você até que parece o Cristiano — comentei comigo mesmo.

Eu estava abatido, com olheiras, mais magro e tinha algumas queimaduras no pescoço e do tronco para baixo. Foi muita sorte meu rosto ter ficado praticamente intacto. No entanto, apesar de tudo o que eu havia passado nos últimos dias, eu ainda era o Cristiano da Raquel. Eu havia lutado com todas as minhas forças para me manter vivo, para passar o restante dos meus dias ao lado dela. Eu tinha a certeza da salvação. Em outras épocas, tanto faria ter morrido naquele atentado ou não. Contudo, agora, ela fazia parte de minha vida e enquanto pudesse resistir para passar todos os segundos ao seu lado, eu faria.

"Estou voltando para você, amor! Estou voltando para os seus braços, para os seus beijos... Para o seu colo... Ainda bem que Deus me deu os motivos certos para não desistir. Amanhã, vou poder enfim contemplar essa certeza em seus olhos!" Foi meu último pensamento antes de apagar.

NARRA A OVELHA

— Estou aqui para pedir desculpas aos três. Jamais poderia ter feito uma coisa dessas: descontrolar-me na hora errada e com a pessoa errada. Tenho muito apreço por vocês e pelo Felipe, claro. Por favor, me perdoem. Não está sendo nada fácil para mim, embora não haja justificativas para o meu comportamento. De verdade, me desculpem e vamos superar o que aconteceu.

Aquele era o meu pedido de desculpas para os pais do Felipe. Graças a Deus, eles entenderam tudo e selamos o momento com um abraço.

Infelizmente, o abraço que recebi era de "pena", como se soubessem que meu descontrole era porque eu não aguentava ouvir a verdade sobre o meu marido. Ai, que vontade de chorar de novo! Comecei a me sentir viúva de verdade. "Tá amarrado e repreendido em nome de Jesus! Meu marido não morreu!", era no que eu pensava para não perder o chão novamente. A mãe do Felipe colocou meu cabelo atrás da orelha e me fez um carinho.

— Não há nada o que perdoar, Raquel. Você sabe que sempre gostei de você como uma filha, principalmente agora que a Sarah não está aqui. Eu desejo do fundo do meu coração que você fique bem.

O pai do Felipe também disse algumas palavras e tudo estava certo entre nós, ou quase tudo.

— Raquel, eu posso conversar a sós com você? — Felipe segurou em meu braço, enquanto seus pais se encaminhavam ao refeitório.

Eu os havia encontrado na saída do quarto deles. A hora do jantar estava próxima. Como não tínhamos energia elétrica total (que era basicamente para a geladeira e os ventiladores), o jantar era servido cedo, por volta de umas seis da tarde para aproveitar um pouco da luz natural. A ideia também era não ligar lâmpadas para não chamar a atenção entre as árvores e para evitar, se alguém sobrevoasse o local, de saberem que havia pessoas por ali. Não podíamos chamar a atenção para nossa existência! Sendo assim, só transitávamos durante a noite com a luz fraca de candeeiros. Essa era a orientação.

— Não, não pode. Pedi desculpas a seus pais porque fiz algo ao filho deles que não deveria e sei que minha atitude os afetou profundamente. Mas com você, por enquanto, não quero papo.

Saí e sinceramente pouco me importava saber se ele havia sido outra vez magoado. Eu não devia ter feito aquele escândalo da tarde e pronto, havia me desculpado. No entanto, perdoar o Lipe pelo que falou? Por enquanto não. A intenção dele até poderia ter sido boa. Ele até poderia querer ser bem sincero e não alimentar falsas esperanças em mim. Mas achar que iria "cuspir" a opinião dele e que depois tudo ficaria bem entre nós? Muito ruim de isso acontecer!

— Vi você conversando com a família Pires. Deu tudo certo? — Ana perguntou desconfiada quando me juntei a ela e ao Rick para jantar.

— Tudo. Pedi desculpas. Você e meus pais não precisam se preocupar mais. Recobrei minha sanidade.

— Sei — ela disse ainda desconfiada. — E já que vocês resolveram tudo, por que o Lipe tá com aquela cara de cachorro que caiu do caminhão de mudanças?

— Não sei, Ana Luísa. Se está tão preocupada com ele, vai lá saber o motivo pelo qual ele está tristinho, vai... — respondi irritada. Ela pareceu entender direitinho que eu não estava num bom dia.

— Desculpa! Não precisa me engolir. Eu só quero que a paz reine neste lugar! Já não basta ficarmos aqui esperando o fim chegar, ainda temos de passar pela grande tribulação cercada por confusão aqui dentro também?

Fiz cara feia e mudei de assunto. Eu ainda não tinha visto todas as pessoas que estavam acampadas conosco e sequer as havia cumprimentado. Na verdade, todos ali estavam meio com receio de falar comigo; como se eu fosse desmontar a qualquer instante ou pirar, como aconteceu mais cedo. Ana começou a contar quem fazia parte do acampamento e eu os procurava com o olhar e acenava. Aqueles que estavam mais perto, levantei e fui cumprimentar com a paz do Senhor e um abraço. Não havia sido assim que imaginei passar os meus últimos dias sobre a face da Terra: num sítio, convivendo com várias pessoas que não eram meus familiares e sem o...

— O que vocês vão fazer hoje à noite? — perguntei, já imaginando o que eu faria sozinha por ali. Precisava a todo custo ocupar minha mente e não pensar nele.

— Teremos culto. Na verdade, seu pai já distribuiu um comunicado informando nossa programação diária. Todos os dias, antes do café, teremos um pequeno devocional de 20 minutos e, todas as noites, o culto. Ninguém é obrigado a participar, mas com os soldados do cão prestes a bater em nossa porta, quem se negará a estar diariamente na presença de Deus? Bom, eu que não arrisco. Além disso, minha ministra de louvor favorita está de volta. Tenho certeza de que o culto terá muito mais unção com você louvando.

Aquela boba sabia "amolecer" meu coração.

— Só que hoje, infelizmente, não poderei ministrar o louvor. Esqueceu que eu dei umas porradas no Lipe? Imagina só os comentários: meteu a mão no cara e agora está ali, cheia da unção do UFC, adorando a Deus. Não dá mesmo!

Rimos os três. Pela primeira vez, desde que tudo acontecera, me vi sorrindo. Aquilo pareceu errado, muito errado. Era como se eu não tivesse mais o direito de sorrir se o Cris não estivesse comigo. Tranquei-me novamente e eles pareceram entender.

— Ei, não é errado sorrir, não — Rick disse e alisou meu braço me consolando. Mais um com expressão de pena. Aquilo já estava cansando. — Se algo me acontecesse e por algum motivo a Ana ficasse sozinha, eu gostaria que ela estivesse bem, sorrindo, com o apoio dos amigos...

— Ah, bom saber que você é tão compreensivo, amor. Porque, ao contrário, se por acaso eu sumisse ou morresse, eu odiaria saber que você está alegre e sorrindo. É para ficar triste, muito triste. Aliás, você sentir depressão seria maravilhoso!

Não deveria, mas ri novamente. Só Analú mesmo para me fazer sentir melhor. Saímos do refeitório e uma fogueira já estava acesa. Os troncos não estavam mais alinhados como antes, no período do acampamento. Agora estavam em redor do fogo. Eram dois círculos, um por dentro, outro por fora, e todos puderam se sentar neles e se acomodar.

Meu pai ficou no centro, tipo na cabeça do círculo. O Lipe estava bem ao seu lado, o que nos fazia ficar de frente um para o outro e não tinha como não vê-lo. Ele me encarava firme. Não com um olhar de raiva, mas como se quisesse muito resolver as coisas comigo. Ele sabia que tinha feito besteira e se metido num assunto que não era de sua conta. Até fiquei com pena, mas ainda não estava preparada para falar com ele. Não com tudo tão recente. Desviei o olhar. Eu deveria focar na palavra que meu pai ministrava naquele instante.

— Vamos abrir nossas bíblias em Filipenses 4:26. Espero que todos consigam enxergar com a luz do fogo. A palavra do nosso Deus diz o seguinte: "Não estejais inquietos por coisa alguma; antes as vossas petições sejam em tudo conhecidas diante de Deus pela oração e súplica, com ação de graças. E a paz de Deus, que excede todo o entendimento, guardará os vossos corações e os vossos pensamentos em Cristo Jesus." Amados, em especial nesses últimos dias aqui na Terra, precisamos de paz. Não só paz entre nós, aqui dentro. — neste instante, ele olhou para mim e para o Felipe. Que droga! — Mas a paz de que, independentemente do que aconteça no mundo ou conosco, Deus está no controle de todas as coisas. Quando temos certeza do controle e do poderio de Deus, as piores situações não nos abalam, mas trazem paz e quietude ao nosso coração. O salmo 46 fala sobre isso: "Aquietai-vos e sabeis que eu sou Deus". Ele é o Todo-Poderoso, que controla absolutamente tudo. Só precisamos confiar. Amém?

Fiquei ali pensando em tudo o que o mundo estava passando e, por consequência, nós também. Como nosso destino havia sido radicalmente mudado; quantos milhares de pessoas estavam sendo condenadas naquele instante por aderirem ao sistema do anticristo, e que o meu marido não estava ali comigo. Eu não conseguia entender como me aquietar naquele momento. Como manter minha lucidez e minha paz quando tudo estava contra mim? Contra nós? Um louvor então começou a ser entoado pela irmã Cecília. Ele falava exatamente daquele momento:

"Aquieta minha alma faz meu coração ouvir tua voz
Me chama pra perto só assim eu não me sinto só...
... E mesmo que minha alma grite e tente me fazer voltar atrás,
Eu vou confiar, eu vou descansar, me lançar... No teu amor!"

Muitos glorificavam a Deus nesse instante, pessoas eram tomadas pelo poder do Espírito Santo, muitas falavam em línguas estranhas, mas eu só conseguia chorar. Não mais aquele choro de dor ou desespero, mas de agradecimento por estar ouvindo aquelas palavras do próprio Espírito Santo. Eu precisava ouvir a voz de Deus e ter a certeza de que, mesmo que — e como doeu pensar naquilo — o Cris não estivesse mais vivo, Deus continuaria no controle da minha vida e de toda aquela situação. Era assim que Deus falava. Era uma resposta às minhas dúvidas e sentimentos: Deus continuava no controle de absolutamente tudo. Eu só precisava descansar nele e aquietar meu coração.

"E se eu cair, a tua mão me levantará
E se eu chorar, toda lágrima você enxugará..."

Quando dei por mim, quase todos já haviam se recolhido. Apenas meus pais estavam ali, abraçados, orando, e Felipe que me olhava de longe. Levantei ainda sob a iluminação do fogo e me dirigi ao meu quarto. Lipe ficou lá, acompanhando meu trajeto com cara de cachorro abandonado. Acho que ele só queria muito que aquele mal-estar entre nós se desfizesse, mas eu precisava de tempo. Com certeza, outro dia, talvez até mesmo amanhã, as coisas já estivessem melhores, mas hoje eu queria ficar só. Na verdade, eu precisava daquele momento só para mim. Queria processar as coisas ditas por ele, começar a aquietar minha alma e ter a paz necessária para enfrentar os próximos dias. Hoje não, amanhã nós conversaríamos.

Para minha sorte, o efeito da injeção colaborou para que o sono viesse rápido e eu dormi assim que me deitei. Dona Vânia estava na cama ao lado e Yanito na outra, e ambos já estavam também apagados. Não suportaria permanecer acordada e relembrar que estávamos juntos na última vez que dormi ali no sítio... E que na verdade nem dormimos direito. Ainda bem que meu sono não me permitiu ter aquelas lembranças; teria sido insuportável.

***

— Raquel? — ouvi dona Vânia chamar antes mesmo que eu abrisse os olhos.

— Oi, dona Vânia. Bom dia — cumprimentei, ainda deitada e de olhos fechados.

— Bom dia. Eu queria perguntar uma coisa...

Virei-me em sua direção e despertei de uma vez por todas. Seria ridículo ficar de olhos fechados conversando com a mulher.

— Pode falar, dona Vânia. Fique à vontade para perguntar o que quiser.

— Você ainda acredita de verdade que ele está vivo?

Sério? Eu não esperava por aquilo! Não vindo da parte dela.

— Acreditarei enquanto houver fôlego em mim.

Ela permaneceu em silêncio.

— Sabe, quando o Alberto morreu, eu achei que ia morrer junto. Foi doloroso demais porque ele foi meu companheiro por mais de 30 anos. Eu precisei reaprender a viver sem tê-lo ao meu lado... Entretanto, nada se comparou a ler o nome do Cris naquela lista. Digo que foi pior porque eu não perdi alguém que estava ao meu lado, eu perdi uma pessoa que havia saído de dentro de mim...

Eu não entendia porque ela falava dele no passado.

— A senhora não perdeu o Cris, dona Vânia. Ele está bem, vai aparecer. Para de falar assim — repreendi em amor. Ela não podia falar dele daquela maneira. Já não bastavam os outros? Ela, não!

— Tem razão! Eu não posso falar assim. É que está todo mundo aqui, menos ele. A palavra de ontem falou em ter paz e confiar em Deus e é como se eu estivesse me "conformando". Caso ele não apareça, devo confiar que Deus fez o melhor. Mas se você ainda crê tanto que ele vai voltar, preciso crer também. Passa um pouquinho dessa fé e certeza pra mim? — estendeu a mão em minha direção. Retribuí da mesma maneira, segurando-a.

— Vai ficar tudo bem, a senhora vai ver!

— Mama! — Yanito acordou e correu para minha cama. Até parecia que fazia dias que não me via. De fato, com minha crise e todo o ocorrido dos últimos dias, meus pais, Ana e Rosa estavam mantendo-o o mais distante possível de mim: incluíam-no em atividades com outras crianças, colocavam-no para ajudar com os animais, essas coisas. Na verdade, estavam me dando um tempo para que eu me recuperasse um pouco, e procuravam, de alguma maneira evitar que ele também fosse atingido pela ausência do Cris. — Papa Cris vem hoje?

Dona Vânia marejou os olhos. Eu acariciei seu rosto lindo e contemplei seus olhos azuis tão profundos.

— Vai vir, sim, meu amor. Não sei se hoje ou depois... Mas virá!

***

— Filha, encontrei isso hoje nas minhas coisas. Com tanta confusão desde sua chegada, acabei esquecendo de entregar. Chegou quando vocês estavam em Guiné-Bissau. — papai passou um envelope para minhas mãos e saiu em direção ao refeitório.

Era uma carta vinda da penitenciária de Brasília, da Waleska!

"Não acredito nisso!", pensei chocada, enquanto abria.

Waleska escreveu pedindo perdão pelo que fizera a mim e ao Cris. Disse que minhas palavras ditas no aeroporto não saíram de sua cabeça e que, na prisão, recebera a visita de um grupo de cristãos que fazia um trabalho semanal por lá. Ela havia recebido Jesus como Senhor e Salvador e queria reparar os erros do passado. Uma paz absurda invadiu meu coração. Uma semente plantada gerou frutos e eu só podia estar muito feliz. Não me permiti pensar em como ela escaparia do *chip* ou da grande tribulação. Eu havia obedecido a uma ordem de Deus liberando meu perdão sobre a vida dela. Waleska havia recebido a graça do dom da salvação e eu não podia fazer mais nada por ela, além de orar. Não adiantaria ficar pensando no futuro dos outros. Na verdade, não adiantaria pensar nem no meu, afinal não sabia se teríamos futuro. E, caso tivéssemos, quanto tempo ele duraria. A única alternativa era orar e descansar no senhor Todo-Poderoso. O melhor que eu poderia fazer agora era me encaixar ali como já havia feito a maioria dos nossos irmãos de camping.

O dia a dia no sítio consistia no seguinte: pela manhã, as crianças tomavam café, enquanto os adultos estavam num devocional rápido de

20 minutos. Depois, as crianças eram liberadas para brincar um pouco, enquanto os adultos comiam. Após esse período de refeição, vinham as atividades predeterminadas a cada um: ajudar na limpeza da cozinha e prepará-la para o almoço; limpar o local; cuidar dos animais ou da horta; cozinhar as refeições; dar aula para as crianças, até porque elas precisavam de uma vida normal, e assim por diante. Não faltava serviço.

Nosso café da manhã era à base de frutas (coco, goiaba, acerola, mamão, jaca, sapoti, manga e banana), cuscuz (quando o industrializado acabasse, havia uma plantação de milho; o grão seco serviria para fazer a base da massa), macaxeira, inhame, ovos e leite das vacas do curral. No almoço, tínhamos arroz, salada da nossa própria horta, feijão e carne (frango ou boi de lá mesmo). O jantar era uma sopa com as sobras do almoço. Porém, tudo era muito pouco, regrado, nada poderia ser desperdiçado; absolutamente nada. Não sabíamos quanto tempo passaríamos ali e não poderíamos correr o risco de algo faltar. Assim, cuidávamos diariamente para replantar mais cenouras, batatas, tomate, pimentão, para as frutas não serem desperdiçadas, as galinhas se manterem bem cuidadas, colocando ovos e se reproduzindo para que a proteína não faltasse.

Estávamos ali em 33 pessoas. Era muita gente! Do grupo inicial, alguns tinham ido embora do país, outros haviam desistido de estar ali conosco porque a família havia se convertido e eles mesmo tinham providenciado um sítio para si. Contudo, apesar das desistências, ainda eram muitas pessoas para alimentar, organizar e evitar conflitos. E, por falar em conflito, Lipe e eu ainda não havíamos nos entendido.

— Vocês ainda não estão se falando? — Ana perguntou, enquanto lavávamos roupa no rio. Yanito se sujava demais e eu precisava lavar suas peças quase diariamente. Enquanto eu ficava naquela de "lavadeira do interior", meu pequeno aproveitava para tomar um bom banho e brincar com as outras crianças.

— Ainda não. Não estou mais chateada com ele, sério. Só não tive coragem ainda para me aproximar e resolver tudo. Também quem mandou ele se meter na minha vida? — justifiquei. Eu não estava mais chateada, já havia perdoado de verdade. Porém, eu estava dando uma dura nele para que aprendesse a nunca mais se intrometer num assunto meu. Principalmente se o assunto fosse o Cris.

— Mas, Quelzinha, já tem cinco dias que estamos aqui. Nesse tempo, só vi o Lipe com cara de "cachorro escorraçado do restaurante". Coitado! É muito chato ele ter de conviver com você o tempo inteiro e não poder sequer lhe dirigir a palavra. Acaba logo com isso, vai!

E não é que aquela insuportável tinha razão? Já estava mais que na hora de resolver aquilo. Eu já tinha dado o recado de "não se intrometa na minha vida" e ele já tinha se desculpado, portanto, a hora de perdoá-lo já havia até passado. Eu precisava resolver aquela pendenga mesmo.

— Tá bom. Assim que voltar, o procuro e resolvo tudo — disse, enquanto ela aproveitava e me empurrava no rio com roupa e tudo.

— Sua malandra! Não acredito que você me ensopou toda! Agora vou voltar para casa morrendo de frio! Você vai me pagar por essa. MENINOS! — gritei, chamando-os. — A tia Ana tá doida pra tomar um banho. Que tal dar uma forcinha e empurrá-la na água?

Aí a algazarra estava feita. Eles jogaram a Ana dentro do rio e uma guerrinha de água iniciou. Ouvimos um barulho de pessoas se aproximando e percebemos que uma turma do camping também tinha se reunido para tomar banho. Entre eles, o Felipe.

— Desculpa. Eu não sabia que vocês estavam aí... Volto outra hora — ele disse meio constrangido com minha presença e foi dando meia-volta.

— Lipe! Deixa de bobagem e entra aí. Estou numa guerra de água com a Ana Luísa e tô perdendo. Me ajuda a dar um banho nessa folgada.

Não era para ter sido assim: o ideal era uma conversa bacana para esclarecer tudo e apagar o mal-entendido de uma vez. Mas a oportunidade surgiu e eu aproveitei. Estávamos brincando, nos divertindo e nada melhor que um sorriso para desmanchar aparentes mágoas.

***

— Posso me sentar com você?

Era o fim de mais um culto e Yanito estava deitado em meu colo, no tronco, dormindo. Ele sempre acordava muito cedo e, como escurecia também cedo, terminava por se render ainda durante nossas reuniões. Vez por outra, eu ficava com ele em meu colo, ao redor da fogueira. Isso até alguém fazer a caridade de levá-lo para a cama. Eu já não tinha mais coluna para carregá-lo em meus braços para lugar nenhum.

— Oi, Lipe! Achei que você já tinha ido dormir. Mas com aquele barulho de tiros que escutamos mais cedo, acho que todo mundo está meio assustado e sem conseguir pegar no sono. Você ouviu também?

Era por volta de umas cinco e meia da tarde quando ouvimos tiros disparados pela região. Como por ali não havia som de carros, máquinas nem nada do tipo, qualquer barulho poderia ser ouvido a uma longa distância.

— Ouvi, sim. E é por isso mesmo que eu estou aqui: você acha que eu conseguiria dormir e te deixar aqui sozinha? Quem iria te socorrer se algo mais grave acontecesse? — ele disse, brincando. — Nunca! Fui só tomar uma água e aproveitei e trouxe para você. Tome.

Ele me passou o copo de água, enquanto olhava para meu pai e alguns irmãos que conversavam por ali.

— Como você pode ver, Lipe, eu não estou sozinha — fui logo dizendo. — Olha ali meu pai, o Gideão e o seu Léo. Você já podia estar dormindo, sim. E amanhã, logo cedo, precisa ordenhar as vacas. Vai ter muito trabalho. Devia já estar descansando.

Pelo jeito meloso dele, aí vinha uma conversa da qual um dos dois sairia machucado novamente. "Cadê meu autocontrole, meu Deus?"

— Voltamos a conversar, mas nunca mais falamos sobre o motivo de nossa briga e...

— Não precisa, Lipe. Sério! E a gente está tão bem desse jeito. Para que mexer num assunto que já causou tanto problema?

"Não insiste, Felipe. Não insiste", eu apelava interiormente. Pior é que eu estava pressentindo que lá vinha coisa que não devia...

— Eu jamais quis ferir você. A última coisa que eu queria na vida era te magoar Raquel. — pois é, o Felipe não desistiu! Mais embalado, prosseguiu: — Se eu soubesse que você ouviria algo, não teria continuado a conversa com seu pai. Juro.

— Tá bom, Lipe. Eu já o perdoei. Você também já me desculpou por minha grosseria. Está tudo bem agora.

"Cadê Ana Luísa, cadê minha mãe? Meu pai que não terminava aquela bendita conversa... Alguém pode me socorrer, por favor?"

— Quando comentei aquilo com seu pai é porque não entendia como você ainda podia ter esperanças de que ele estivesse vivo...

"Ele está estragando tudo de novo."

— Ainda tenho, Lipe. Ainda tenho.

— Raquel, a explosão foi há mais de 20 dias. O Cristiano não deu notícias, não apareceu. É terrível ver você sofrendo e olhando dia após dia para aquela entrada. Não quero desanimá-la, mas você precisa tocar sua vida como todos. Confesso que já estou vendo um esforço seu, mas quero ver menos sofrimento também. E saiba: eu estou aqui para o que você precisar. Inclusive, deixa eu levar esse garotão lá para o quarto...

Conforme ele tirava o Yanito de meus braços e passava para os dele, ouvimos um grito:

— Tira as mãos da minha mulher e do meu filho agora!

Olhei imediatamente em direção àquela voz e o mundo pareceu congelar.

CAPÍTULO 12

Uma nova realidade

"Portanto, fomos sepultados com ele na morte por meio do batismo, a fim de que, assim como Cristo foi ressuscitado dos mortos mediante a glória do Pai, também nós vivamos uma vida nova."

Romanos 6:4

CONTA O LEÃO

— Hoje, não podemos ir a lugar nenhum — disse meu tio ao abrir a porta do quarto, enquanto eu ainda estava deitado. Aquelas palavras terríveis foram o seu "bom-dia" para mim. — Está havendo protestos nas estradas e tudo foi bloqueado. Ninguém sai de carro nem de ônibus de João Pessoa; é o que a polícia acabou de informar.

Droga! Aquilo não era possível. Outro dia sem que meus familiares tivessem notícias minhas? Eu já estava desaparecido há mais de 20 dias, o que era tempo demais para que eles mantivessem a esperança.

Meu tio fechou a porta do quarto novamente e fiquei ali digerindo a notícia, pensando no que poderia fazer. Eu não tinha condições de esperar nem mais um minuto para ir ao encontro de todos eles. E se amanhã surgisse um novo problema? E depois?

Achei melhor tomar um banho. Podia ser que de cabeça fria e "alma lavada" eu pudesse pensar em uma nova alternativa.

Será que eu conseguiria enfrentar 150 quilômetros a pé indo até o sítio? E se fosse a cavalo? Será que eu conseguiria locar um cavalo? Helicóptero! Meu tio deveria conhecer alguém com um helicóptero. Mas quem em sã consciência emprestaria um helicóptero para um fulano sem documentos? A realidade agora era essa: sem *chip*, sem documentos!

O Espírito Santo voltou a falar ao meu coração sobre domínio próprio e paciência. Mas justo agora quando eu já estava tão próximo da Raquel? Já tinha passado por tanta coisa e ainda precisaria enfrentar mais obstáculos?

"Sim. E só depois entenderá. Você tem um temperamento colérico e tudo isso é tratamento para sua vida, para que sua carne não prevaleça contra o meu Espírito que habita em você. Espere até tudo se acalmar", era a ordem de Deus e que eu não queria ouvir de modo algum, mas precisava acatar.

***

Com os protestos nas estradas, só conseguiria me dirigir à região do sítio no outro dia, ainda assim à tarde. Durante esse tempo na casa do tio Edson, enquanto esperava, aproveitei para tomar minha medicação direitinho, comer bem e descansar bastante. Eu ainda me recuperava dos ferimentos e não sabia quanto tempo teria de passar andando até encontrar o sítio. Sendo assim, eu precisava me resguardar fisicamente. Poderia levar dias até encontrar o local. — Talvez eles já tenham até se desfeito das minhas coisas. Para todos os efeitos, estou morto! — comentei, imaginando todas as possibilidades que me aguardavam (ou não), enquanto titia me preparava uma bolsa com roupas do meu primo (havia uma grande possibilidade de eu não ter nem mesmo uma única peça de roupa) e comida, caso eu demorasse muito a chegar ao local de nosso acampamento. Tio Edson ainda tentou me convencer a pensar melhor e implantar o *chip*:

— Você deveria voltar à realidade e trazer os outros consigo. Pensa bem, Cris, vocês estão abrindo mão do contato com o mundo real! Coloca um pouco de juízo na sua cabeça e na deles — era o apelo que repetiria enquanto eu estivesse por ali.

Nenhum deles entenderia nosso posicionamento. Por isso (e pela minha família, claro), que eu precisava dar o fora dali o mais rápido possível. O destino na família do tio Edson já havia sido selado e minha presença só causaria tumulto.

— Tem certeza de que é nesse fim de mundo que você quer ficar? — meu primo perguntou, após chegarmos diante de uma estrada de terra, cercada de mato por todos os lados. Havíamos passado um pouco da cidade de Pilões; eu me lembrava bem que a granja ficava numa área de cachoeiras e rios e que era logo após a cidade.

— É aqui, sim. Muito obrigado, Jorge. E que você possa encontrar Jesus assim como eu encontrei. Adeus!

Ele não entendeu porque eu estava cometendo a loucura de ficar no meio do caminho, já próximo de escurecer. Porém, eu não podia perder mais tempo: poderia ter de andar no escuro, no meio do nada, mas me esforçaria, ao máximo, para rever Raquel ainda hoje. Ela, Yanito, mamãe... Enfim, todos os que ainda me motivavam a continuar sobrevivendo em meio àquela destruição que assolava a Terra.

— É por vocês, apenas por vocês. Porque se fosse por Deus, já estaria nos céus com ele... Mas ainda preciso desfrutar da companhia de vocês um pouco mais — falava sozinho, tentando encontrar algum vestígio das marcações deixadas pelo pastor na estrada, mas, infelizmente, não conseguia ver absolutamente nada!

Após andar alguns quilômetros, encontrei um local cercado com arame farpado que, por fora, aparentava ser o sítio. Porém, como não achei a entrada, decidi me arriscar e ultrapassar a cerca em um ponto onde o arame estava mais folgado. Resultado: fiquei com a roupa engalhada e passei um tempão tentando me libertar, além de ganhar alguns arranhões. Quando finalmente consegui sair da armadilha e comecei a andar pela propriedade gritando os nomes do pastor, da Raquel, do Gideão e de todos que poderiam estar ali, ouvi tiros disparos em minha direção. É: tiros mesmo! Corri desesperadamente, tentando me abrigar no mato. Abaixado e escondido; apesar de ser quase noite, vi três homens rondando o local à minha procura, com espingardas em punho.

— Se aparecer de novo vai morrer! — um deles gritou e atirou novamente para cima. Eu estava muito encrencado.

Como eu iria sair dali, meu Deus? Em pouco tempo a escuridão ficaria aterradora e eu não conseguiria enxergar um palmo diante de mim. Certamente, eu não conseguiria acertar o local por onde entrei.

Esperei por volta de meia hora até que, aparentemente, eles se convenceram de que eu havia sumido. Só depois que os homens voltaram para o local de onde haviam surgido é que eu me senti seguro para sair do meu esconderijo e tentar encontrar novamente a cerca. Definitivamente, aquele não era nosso sítio. Pior: ainda levei mais um tempão para achar a saída e voltei a me enroscar no arame, o que resultou em novos rasgos na roupa e na pele. Que calvário, meu Pai! Eu sabia que encontrar o sítio seria complicado, mas ficar preso no arame farpado e quase tomar um tiro? Sufoco era pouco!

Já fora daquela propriedade, fiquei a imaginar o que eu deveria fazer. Eu já estava na estrada, no meio do nada, sem enxergar um palmo à frente do meu nariz e sem ter onde passar a noite. A única alternativa, portanto, era continuar a andar e passar a noite procurando. Meus olhos já começavam a se acostumar com a escuridão e andei sem rumo certo por mais algum tempo. Esbarrei em uma nova cerca e, escondido em meio a umas plantas, tateando, percebi que havia uma entrada de madeira.

"Ao menos não precisarei ficar enganchado aqui!", pensei, apoiando o pé, subindo e pulando para o outro lado.

Ela até se parecia com a porteira que vi na última vez em que estive no sítio, porém, com a escuridão, não dava para afirmar precisamente. Eu também não iria arriscar gritar outra vez e tomar um tiro. A última "recepção" não havia sido das melhores. Imagina enfrentar tantas dificuldades para morrer com uma bala na porta de casa? Não mesmo!

Aproveitei a escuridão e fui entrando de mansinho pelas beiradas do local. Tentei ouvir uma voz conhecida, porque seria difícil reconhecer um rosto naquele breu. Foi quando vi uma fogueira, a penumbra de um casal conversando e uma criança nos braços de uma mulher...

Quando ela virou o rosto e a luz da fogueira a iluminou melhor, foi impossível não reconhecer de imediato: o ângulo perfeito do nariz, o cabelo tão claro, lindo, preso no alto da cabeça, os lábios macios movendo-se numa conversa com alguém... Era ela: minha Raquel!

Eu acabava de sair do calvário direto ao céu. Minha mulher, minha Raquel, estava diante de mim e finalmente eu sentia o prazer de estar vivo voltando a me invadir.

O problema era que ela não estava sozinha. Ao retirar meus olhos dela, pude enfim perceber que quem a acompanhava era ninguém menos que o... Felipe?

Fiquei cego de tanto ódio. Não deveria, mas fiquei. O sentimento era para ser o oposto, o auge da plenitude, afinal, após quase um mês separados e tendo enfrentado tantos obstáculos, meus olhos finalmente contemplavam a mulher da minha vida... Aquela por quem eu arriscara quase tudo. Era para eu estar pleno, explodindo de alegria e correndo em direção aos seus braços, para enfim desfrutar de todos os beijos que coubessem dentro de um segundo. Tocar seus cabelos, seu rosto, sentir seu corpo junto ao meu... Porém, tudo o que meus olhos captavam era aquele traíra do Felipe com as mãos nela e no meu filho. Os beijos teriam de ser adiados porque primeiro eu precisava acabar com a raça daquele infeliz!

Só então entendi o motivo pelo qual Deus me mandara ter mais paciência e domínio de meus sentimentos enquanto estive "preso" na casa de meu tio: porque eu estava a um fio de esmurrar a cara do cretino do Felipe!

— Tira as mãos de cima da minha mulher e do meu filho agora! — gritei, jogando a bolsa no chão e já partindo em direção a eles. — Eu não estou brincando, Felipe! — endossei quase descontrolado. Percebi que rostos apavorados olhavam em minha direção.

O idiota estava pensando o quê? Eu sabia que ele ainda desejava minha esposa. Que nunca havia esquecido a Raquel. A Bia havia me contado tudo! E, no mínimo, achando que eu estava morto, já vinha preparando o terreno com a "viúva". Mas eu estava vivo, muito vivo e, caso ele não se afastasse dela em um segundo, veria o quão distante eu estava de uma assombração.

Nem de longe aquela era a recepção que eu esperava. Imaginei-me chegando e Raquel, aos prantos, correndo para me abraçar. Todos fazendo festa: mamãe, Yanito, além de uma comoção geral. Mas eu ressurjo do mundo dos mortos e vejo minha esposa de altos papos com o ex-namorado e ambos cuidando do meu filho. Só faltava agora um capetinha aparecer e gritar: "Pegadinha de Satã!". Se o Felipe não saísse imediatamente do lado da Raquel, eu o esmurraria até seu cérebro começar a sair pelos ouvidos.

"Que coisa linda para um crente pensar!", o Espírito Santo me repreendeu.

"Agora não, Senhor. Por favor, agora não!" Eu não queria me controlar naquele momento. Aliás, tudo o que eu queria era colocar todo o meu cansaço e frustração em forma de pancada para fora! As palavras ditas pela Bia ainda ecoavam em meus ouvidos: "O Lipe nunca esqueceu a Raquel. Ele sempre arrumava desculpas para você pregar em nossa igreja só para poder vê-la". Aquele cara-de-pau sequer "respeitou o luto".

— Cris? — Raquel me olhava, ainda sentada com Yanito no colo e aparentando estar em choque. Consegui tirar meus olhos do Felipe e colocá-los nela, mas ela estava sem reação. Parecia ainda não acreditar. De repente, começou a repetir sem parar e a quase gritar: — Cris... Cris! Pai, é o Cris!

Todos já tinham me visto, porém, estavam paralisados, como ela. Contudo, com os gritos de Raquel, todos despertaram de seu transe. O pastor Carlos correu em minha direção e me abraçou, Gideão foi pegar Yanito para que Raquel pudesse levantar e vir ao meu encontro, enquanto isso o idiota do Felipe continuava parado, incrédulo, sem saber o que fazer.

— Filho! — o pastor me olhava de cima a baixo e me abraçava. — Glória a Deus que você está bem, Cris!

Raquel veio em minha direção aparentando estar diante de uma criatura de outro planeta. A impressão que tive era a de que ela ainda não conseguia acreditar que eu estava ali bem diante dela. Definitivamente, eu esperava mais.

Eu não sabia como me portar naquele instante. Foi muito estranho. Eu parecia não pertencer àquele lugar, como se fosse um intruso. A sensação se assemelhava a bagunçar um quadro já pintado, como se um novo personagem fosse incluído e destoasse da harmonia instaurada anteriormente. Como se eu devesse estar morto de fato, e não ali.

Raquel não conseguiu chegar até mim. No meio do caminho, se ajoelhou, parecendo acometida por algum tipo de dor e começou a chorar. Ela sequer conseguia se mover. Soltei dos braços do pastor e corri até ela. Não consegui entender o que estava acontecendo. Será que ela e o Felipe...? Não! Ela não faria uma coisa dessas! Mesmo que eu estivesse morto para todos os efeitos, sua "viuvez" era muito recente. Não! O mais provável é que ela estivesse a se sentir mal fisicamente, como se algum tipo de dor a atingisse, mas eu já estava indo ao seu encontro e pronto para ampará-la.

Ajoelhei-me, ficando bem próximo a ela. Enquanto isso, Raquel permanecia agachada, com o rosto em cima do joelho, chorando inconsolavelmente. Eu não podia sequer contemplar aquela face linda! Passei tanto tempo sem olhar para os seus olhos, sem contemplar seu rosto... Agora que finalmente eu estava ali, ela o escondia de mim. Segurei sua face e tentei fazer com que finalmente ela me encarasse.

— Ei, o que houve? — perguntei, enquanto as lágrimas a inundavam. — Achei que ficaria feliz em me ver.

E de repente ela me abraçou. Não foi um abraço desesperado ou angustiado. Não! Ela começou a me tocar e a me abraçar devagar como se eu fosse quebrar ou como se quisesse saber se era eu mesmo ali, não uma alucinação. Apalpou meus braços, meu pescoço e me abraçou tão lentamente como se eu fosse desmontar.

— Meu Deus, meu Deus! — tentou falar e continuou a chorar. — É você mesmo, Cris?

— Claro que sou eu, amor! Deus me livrou da morte para que eu aproveitasse meus últimos dias ao seu lado... Eu voltei para você, por você!

Estávamos ambos ajoelhados e abraçados. Ela continuou a me tocar enquanto falávamos próximo aos ouvidos um do outro. Eu queria muito beijá-la. Ah, como eu queria. Entretanto, agarrada a mim daquele modo, o máximo que eu conseguia era beijar seu ombro e seus cabelos.

— Meu Deus... É você mesmo! Eu clamei tanto a Deus, orei tanto... Deus me ouviu! — agora, ela começava a dar vários beijos rápidos em meu rosto, nas pálpebras, no nariz, na boca... Como se quisesse recuperar o tempo perdido em poucos segundos.

— Calma! Você está bem? Não está machucada? — perguntei só para garantir.

Ela balançou a cabeça negativamente.

— Minha dor era só muita saudade acumulada. — e continuou apalpando meu rosto. — Você voltou para mim!

Então a beijei.

— CRIS! — era a voz da mamãe. — Filho, meu filho!

Outra que chorava sem parar, enquanto se ajoelhava e me abraçava junto com a Raquel. Daí, quando olhei ao redor, praticamente todo o acampamento estava ali, nos cercando, chocados com o que viam. Ana, Rick, a pastora...

Todos correram para me abraçar e, infelizmente, precisei largar minha mãe e minha esposa (por mim, eu teria passado a noite agarrado a elas), mas eu compreendia que todos haviam orado muito pela minha vida e queriam se certificar que eu estava bem (ou quase todos!).

— Gente, calma! — o pastor tomou à frente. — É o Cris mesmo que está aqui, vivo. Estamos todos abismados porque de certo modo, apesar de manter as esperanças e orar diariamente por ele, não tivemos nenhuma notícia desde a explosão no aeroporto. Mas Deus é fiel e o manteve bem!

Glórias a Ele por isso! Todos terão oportunidade de cumprimentá-lo; também depois ele contará tudo o que aconteceu, mas, por enquanto, vamos acomodá-lo e deixar que ele aproveite a companhia da Raquel e da Vânia. Ah, e do Yanito, que acabou de acordar!

Então, ouvi os gritos de "Papa Cris" e senti aquele abraço gostoso. Como tinha sentido falta daqueles olhos azuis e do seu sorriso cativante!

— Oi, cara! Que saudades eu senti de você! — falei, abraçando-o bem forte.

A multidão se dispersou. Felipe também aparentemente havia sumido.

— Rosa, prepara, por favor, alguma coisa para o Cris comer — o pastor orientou. — Débora, esquenta água e faz um banho quente para ele. Ana, arruma o quarto de casal para que a Raquel e o Cris se mudem para lá.

Enquanto todos corriam para me acomodar, fui levado para o quarto em que mamãe, Raquel e Yanito estavam. Colocaram-me em uma das camas, enquanto Rosa me trazia uma porção de sopa e me cumprimentava com o olhar.

— Você está proibido de falar antes de comer! Come, repõe suas energias, só depois você explica alguma coisa! — Raquel ordenou, enquanto eu me apoiava nos travesseiros e começava a saborear a delícia que Rosa havia colocado diante de mim.

— Estou tão feliz em ver você aqui, Cris; Tô igual a pinto no lixo! — disse a maluquinha da Rosa, antes de sair toda animada, arrancando risos de todos no quarto.

— Ele já terminou a sopa... Será que já pode nos contar alguma coisa? — Ana perguntou agoniada. Ela tinha se juntado a nós logo depois de arrumar o quarto de casal. — Deixa ele contar logo, Raquel, por favor! Não é todo dia que a gente vê alguém voltar do mundo dos mortos!

— Ana! O Cris não estava no mundo dos mortos. E ele precisa se recuperar bem antes de falar qualquer coisa — Raquel a repreendeu como se eu estivesse muito debilitado e não pudesse sequer falar. Tudo bem que eu havia andado um bocado para chegar até aqui, inclusive escapado de um tiro, contudo, após a sopa, eu já me sentia bem disposto e capaz de matar a curiosidade deles.

— Fica tranquila, amor. Posso falar. Estou bem, prometo.

Ela agarrou minha mão e começou a beijá-la, parecendo querer ter certeza de que era eu mesmo que estava ali e se certificar de que tudo estava bem. — Tem certeza que você consegue contar sem se abalar?

— Fica tranquila. Consigo, sim.

Daí, contei tudo o que conseguia lembrar sobre o dia da explosão e como acordei numa UTI doze dias depois.

— Seu banho está pronto e a água vai esfriar — nos interrompeu minha sogra, o que frustrou os curiosos de plantão.

— Mas logo agora, pastora? — Ana reclamou. — Podia ao menos ter deixado ele terminar. É igual assistir a um filme superempolgante e faltar energia bem no meio. Isso não se faz!

— Pois é, mas todo mundo vai sair porque o Cris precisa desse banho — Raquel disse, colocando todos para correr. Depois, me levou para o banheiro de nossa suíte, que já estava toda arrumada. Ah, e o banho quente, apesar de ser não ser no chuveiro, mas num balde grande, era tudo o que eu precisava!

— Vou ajudá-lo, amor — Raquel se prontificou e fez menção de tirar minhas roupas. Segurei suas mãos, impedindo-a. Ela precisava saber que meu corpo não era mais o de antes. O Cristiano que estava aqui era diferente daquele deixado em São Paulo. Ao menos, fisicamente. — O que houve, Cris? Por que você não quer minha ajuda? — ela questionou, sem entender minha hesitação.

— Eu não sei se você está preparada para o que vai ver... — disse, já alertando-a para uma visão não muito agradável. Claro que, em algum momento, seria inevitável Raquel me ver sem roupa, éramos casados e aquilo era a coisa mais natural do mundo. Porém, seria a primeira vez que ela veria meu corpo queimado pela explosão. Eu queria prepará-la antes.

— Tive meu corpo bastante queimado pela explosão, Raquel. Não foram queimaduras tão sérias, mas, ainda assim, ele está bem marcado.

Ela me olhou incrédula.

— Você acha mesmo que eu estou preocupada com isso? Eu quero cuidar de você, Cristiano. Garantir que esteja bem, te trazer um pouco de alívio, de conforto... Você está vivo, está aqui, e é só isso que importa!

Depois, certificou-se de ter fechado a porta do quarto, abriu minha blusa e olhou meu peito queimado como se ele ainda estivesse intacto. Ajudou-me a tirar a calça também e até parecia sempre ter me visto daquele jeito.

— Você tem certeza que não a incomoda me ver assim? — perguntei para garantir, enquanto ela beijava meu peito queimado, deixando-me incendiado. Tanto tempo sem sentir um toque seu e quando achei que ela poderia ficar constrangida ou enojada, me tratava como se eu fosse o homem mais perfeito do mundo.

— Sinto-me ofendida, isso sim! Como você pode imaginar que eu me importaria com isso, Cris? Mesmo se faltasse um pedaço seu, se você aparecesse sem uma perna ou um braço, eu não me importaria. Você está aqui e isso é o suficiente! — beijou meus lábios e me empurrou em direção ao banheiro. — Eu devia era dar uma bronca bem maior do que essa por falar uma bobagem assim!

Pegou uma esponja com sabão para esfregar meu corpo. E já que ela havia falado em bronca...

— Posso saber que cena foi aquela que presenciei quando cheguei aqui? — ah, eu não deixaria aquilo passar batido, não mesmo! — Você tem noção de que eu quase cometi um assassinato por sua causa?

Fechei a cara e me aborreci só de lembrar daquele canalha ao lado dela e do meu filho.

Ela parou o que fazia e me olhou como se não acreditasse.

— Isso é sério?

A cena seria cômica se não fosse trágica: eu, pelado, queimado, discutindo com a Raquel em pleno banho.

— Claro que é sério! Você não percebeu que o Felipe estava dando em cima de você? Ele sequer respeitou seu luto!

— Você enlouqueceu, Cris? O Felipe não estava dando em cima de mim! Ele só estava me ajudando com o Yanito. Até porque não existia nenhum luto, já que meu marido não estava morto! — ela voltou a me ensaboar.

— Mas ele não sabia disso. Aquele cara de pau estava se aproveitando da minha ausência para conquistar você de volta!

— Deixa de ser ridículo, amor! Você acha mesmo que ele iria tentar alguma coisa comigo principalmente após eu ter esmurrado ele?

— Hã? Como é que é? Você fez o que com o Felipe?

— Dei uns murros nele...

Pelo visto, tudo o que eu não teria hoje era descanso. Muita coisa havia acontecido em minha ausência. Muita coisa interessante, pelo visto. Existia uma nova vida naquele lugar e eu precisava me inteirar totalmente dela, nem que, para isso, eu passasse a madrugada acordado. E era exatamente o que eu pretendia fazer.

NARRA A OVELHA

— Como assim você o esmurrou? — Cristiano perguntou, querendo parecer aborrecido, mas sem conseguir esconder o quanto estava se deliciando com o que acabara de ouvir.

— Ué, amor... Ele falou algo que não gostei daí eu parti para cima e dei uns dois murros em seu peito. — ele ainda tentou manter a pose de mau, mas não se segurou e começou a gargalhar. Coisa que fiz também. — Ei, para de rir! Não foi nada engraçado... Na verdade, foi trágico. Fiquei tão descontrolada que até me aplicaram uma injeção de Diazepam.

— Sério, amor? — ele agora se preocupava. Ensaboei suas costas, mas ainda podia ver de relance algumas expressões perplexas ele que fazia. — Meu Deus, quanta coisa perdi durante esse tempo!

Joguei água em suas costas e peguei mais sabão para suas pernas. Cristiano estava diante de mim tal qual a famosa escultura "Davi" de Michelangelo. Eu me sentia num museu a admirar uma obra de arte. Contudo, ela podia ser tocada! E eu estava ali a cuidar do meu marido e a limpar cada parte de seu corpo como se isso fosse preservá-lo mais tempo ao meu lado. Nem as queimaduras que agora ocupavam grande parte de sua pele me incomodavam. Na verdade, elas não faziam a menor diferença pra mim. Aos meus olhos, ele continuava lindo, pleno e, agora, de volta aos meus braços.

— Terminei — disse, afastando-me para conferir o resultado.

— Mas já? Eu achei que você aproveitaria para tomar banho comigo — reclamou frustrado. Mas eu não cairia naquele apelo: tanto tempo longe dele para matar minha saudade dentro de um banheiro? Nem pensar!

— Você não quer saber os detalhes da minha luta de UFC? — perguntei, já trazendo a toalha e o enxugando.

"Ali no banheiro não, por favor!"

— Você sabe como deixar um cara curioso... Conta vai!

Fomos para o quarto. Em cima da cama, havia uma mala com as coisas do Cristiano. Quando cheguei ao acampamento, alguém devia tê-la escondido para que eu não sofresse mais me deparando com seus objetos. Contudo, agora que ele havia retornado, seus pertences já podiam ser devolvidos. Peguei uma blusa bem confortável e uma calça de moletom e entreguei a ele.

— Sem querer, peguei uma conversa do Felipe com o meu pai — comecei a contar. — Ele não achava certo meu pai continuar alimentando em mim a ideia de que você estava vivo; disse que essa ilusão só me faria sofrer...

— Filho de uma égua!

— Amor! — o repreendi aborrecida. — Os pais dele estão aqui e a mãe dele não tem nada a ver com isso.

— Tá bem, desculpa. Mas é muita cara de pau dele, Raquel! Você é uma mulher casada e ele não respeitou.

— Como assim, Cris? O Lipe não fez nada demais. — tentei acalmá-lo. — Na verdade, ele só falou o que a maioria pensava, mas não tinha coragem para expressar tão claramente: que você estava morto. Além disso, nada aconteceu que eu pudesse entender como falta de respeito.

Ajudei-o a vestir a blusa e peguei uma escova para pentear seus cabelos.

— Isso é porque você não sabe o que a Bia me contou.

Epa! Agora era eu quem estava morta de curiosidades. O que a Bia poderia ter dito para deixar o Cris tão desconfiado?

— E o que ela contou?

Cris veio com uma história sem pé nem cabeça de que o Lipe só queria que ele fosse pregar em sua igreja para poder me ver. De que ele fuçava minha rede social e buscava motivos para ir à casa de meu pai com o intuito de me reencontrar...

— Pelo amor de Jesus, isso não tem lógica, Cris! O Felipe não é assim.

— Foi o que a ex-esposa dele alegou. Que não dava para continuar casada com um cara que pensava em você o tempo inteiro.

Agora, ele tinha voltado a se aborrecer para valer. E, para piorar as coisas, depois de tanto tempo de ausência, Cris tinha me encontrado justamente de conversa com o Felipe! Não era essa a recepção que ele merecia; não mesmo. Sinceramente, era bom o Felipe nem passar perto do Cristiano agora ou certamente teríamos uma nova sessão de luta por ali.

— Cris, eu tenho certeza de que isso foi impressão da Bia. Eles casaram pela motivação errada, daí ela supôs um monte de coisas e, levianamente, acabou me colocando no meio dessa história. Eu realmente acredito que o Felipe jamais faria uma coisa dessas. Ele é um pastor e sabe que é pecado cobiçar as coisas dos outros, principalmente marido e mulher. Não o vejo fazendo isso, amor. Fica calmo e vamos resolver essa questão antes que o clima aqui se torne insuportável.

Mal terminei de pentear o cabelo dele e o Cris já começou a me beijar, aparentemente esquecendo-se totalmente de nosso assunto.

— Raquel? Cris? — alguém nos interrompeu, batendo na porta. Cristiano revirou os olhos impaciente.

— Espero que o acampamento esteja pegando fogo! Quase um mês longe de você e alguém tem a ideia genial de nos interromper? — voltou a me beijar. Porém, precisei interromper o beijo de uma vez.

— Nem brinca com isso, Cristiano! Acha pouco o que aconteceu? — o repreendi pela brincadeira sem graça e fui abrir a porta. Era a Ana.

— Tenho uma surpresa para vocês: consegui convencer o pastor Carlos a deixar vocês em paz por essa noite. Tive de apelar para o fato de que vocês estiveram afastados por muito tempo e que precisavam ficar sozinhos... Mas aproveitem que é só por hoje! Ah, e amanhã você pode beijar meus pés como forma de agradecimento, Cristiano! — ela disse, piscando para ele.

— Volto já, amor — falei. Ele protestou por ficar sozinho no quarto, mas preferi saber o que a Ana estava aprontando. A cara dela não me enganava.

— Amiga, enquanto vocês estavam aí dentro, conversei com seus pais e mandei o Rick montar uma barraca para você lá no meio do mato. Ele e o

Gideão também iluminaram o caminho com tochas e tem até colchonete lá. Se eu estivesse tanto tempo longe do meu marido, não ia querer matar as saudades com o risco de alguém chegar, bater na porta e interromper. Vocês precisam de uma noite tranquila só para vocês e vim avisar que tudo já está preparado.

Dei um beijo enorme na bochecha dela.

— Você sabe que não existe ninguém igual a você nesse planeta, não sabe?

— Claro que sei! Agora aproveita porque amanhã ninguém vai deixar vocês em paz. Ah, e não precisa se preocupar porque o Yanito já está dormindo e tratei de amansar a dona Vânia. Ela é mãe, mas também é mulher e entendeu direitinho. Aproveitem!

Voltei para o quarto e o Cris já estava deitado, fazendo sinal para que eu me aconchegasse com ele.

— De jeito nenhum. Tem uma surpresa esperando por nós lá fora.

— De jeito nenhum digo eu! — e já foi levantando e me agarrando. — Você sabe quanto tempo sonhei em tê-la em meus braços novamente? Que eu fechava meus olhos e conseguia sentir seu cheiro adocicado adentrando minhas narinas? — disse aquilo bem no meu ouvido me fazendo arrepiar inteira. Eu quase desisti da ideia da Ana.

— Vai valer a pena, eu garanto. Ou você quer ficar aqui e correr o risco de que mais alguém bata nessa porta e nos interrompa?

— Você é muito persuasiva quando quer, sabia? Promete que ninguém vai nos incomodar durante essa surpresa? — ele perguntou incrédulo.

— A Ana garante.

E quando Ana Luísa se metia a fazer algo, ela fazia bem feito. Foi só por isso que ele topou: porque tinha o selo "Ana Luísa de qualidade". Saímos de mansinho sem chamar a atenção de ninguém; enquanto isso, ela foi nos mostrando o local como se estivéssemos fugindo do camping.

— É só seguir as tochas — ela indicou, enquanto nos embrenhávamos na mata e nos afastávamos um pouco do alojamento.

— Já estou começando a achar que vai valer muito a pena! — ele disse, já me abraçando por trás e beijando meu pescoço.

— Amor, deixa para se empolgar quando estivermos em segurança dentro da barraca. Ou você esqueceu que está escuro e tem tudo quanto é bicho por aqui?

Eu só precisava chegar em segurança dentro daquela barraca. Enquanto isso, lutava com as mãos do Cris para não perder meu foco: barraca! Precisamos chegar até ela. Esse era o objetivo.

E não é que os meninos tinham feito tudo direitinho? Enquanto um tratou de iluminar o lugar com as tochas, o outro montou a barraca (fiquei só imaginando por quantos campings eles haviam passado para ter a prática de montar aquilo rapidinho) e colocou dentro dela colchonetes, uma cesta com frutas, água e um lençol. Tudo tão caprichado e em tão pouco tempo!

— Caramba! Eles gostam mesmo da gente. — Cristiano comentou boquiaberto.

— E eu gosto deles ainda mais depois disso! — tentei falar, mas a boca dele já cobria a minha, enquanto nossas mãos garantiam que aquela barraca estivesse bem fechada.

***

— Você chegou a achar que nunca mais me veria? — ele perguntou, alisando minhas costas.

Eu estava deitada em seu peito, acariciando o local onde antes existiam pelos e eu costumava enrolar meus dedos neles. Agora, após a explosão, só tinha restado a pele enrugada. Ainda assim, aquele era o lugar onde eu mais sentia prazer e segurança, e eu não cansava de acariciar e beijar o local onde agora habitava uma cicatriz.

— Eu não me permitia pensar nisso. Sempre que tentava imaginar como você estava e o que tinha acontecido naquele bendito aeroporto, uma dor tão grande tomava conta de mim, mas tão grande que eu não suportava. Daí deixei de pensar e passei só a esperar o dia que você entraria por aquela porteira e nos encontraria. E Deus ouviu minha oração. Igualzinho a hoje. Quer dizer, igualzinho não porque a parte que você quis quebrar a cara do Lipe não estava nos meus sonhos!

Sorrimos juntos. Ele me trouxe para mais perto (como se aquilo fosse possível) e me deu um novo beijo. Acho que aquele já era o milionésimo da noite.

— Ainda bem que não precisei, afinal você já tinha feito isso antes por mim — Cris provocou e fiz cócegas nele.

— E você? Por acaso achou que não conseguiria mais nos encontrar? Fiquei desesperada quando precisamos vir para cá, afinal eu só imaginava que você retornaria e não nos encontraria...

— Vou confessar que, às vezes, eu me desanimava. Precisei fugir de um hospital que estava implantando o *chip* nos pacientes. E aí, sem dinheiro e documentos como eu chegaria a João Pessoa? Mas daí eu me lembrava de você e minha esperança se renovava... E também Deus abriu tantas portas e colocou tantas pessoas para me ajudar, que eu percebi que Ele nunca havia me desamparado e nem iria me desamparar dessa vez. Deus me manteve vivo e conservou minha esperança também viva para que eu pudesse te encontrar novamente.

O mundo já podia acabar. Sério! Jesus já podia arrebatar a igreja. E mesmo que os soldados de Iojanes invadissem o sítio e matassem todos nós, eu não estaria nem aí! A sensação de realização, de fé e de plenitude me invadia. Era quase o céu na Terra. De verdade: ter o Cris mais uma vez comigo me fez enxergar que eu não precisava de mais nada. Pela fé estávamos salvos. A Terra não tinha mais nada para nos oferecer, e Jesus podia neste instante vir em toda sua glória. Eu estava pronta, preparada, e seria uma alegria subir aos céus com meu peito explodindo de felicidade como me encontrava agora. Contudo, enquanto o momento de subir não chegava...

— Você precisa se entender com o Lipe.

— Essa não. Esse cara entre nós de novo, amor? — ele resmungou e revirou os olhos, demonstrando toda sua chateação.

— Você sabe que a qualquer momento Jesus pode voltar. Os soldados de Iojanes também podem invadir o local e matar todo mundo. De um modo ou de outro, nossa vida aqui na Terra vai findar. E você não pode deixar de resolver esse problema com o Felipe. Amar ao próximo como a ti mesmo é o segundo mandamento e o que mais reflete Deus em nossas vidas. E você não está amando o Lipe se comportando dessa maneira.

— Em compensação, ele está amando a "próxima" além da conta. Aliás, amando muito mais do que deveria!

Tive de enchê-lo de beijinhos por todo o corpo para que parasse de resmungar.

— É sério, Cris, não temos muito tempo aqui. Promete que amanhã você vai procurá-lo e resolver tudo? Já estamos no fim, amor, não dá para alimentar esse tipo de sentimento.

— Vou pensar no assunto — disse, voltando a passear as mãos pelo meu corpo.

— Você não está cansado, não? — perguntei, beijando-o mais uma vez.

— Passei quase um mês longe de você! Cansado é tudo o que não estou...

***

Acordamos e o sol já estava alto.

— Nossa, perdi a hora da minha atividade. Sou responsável por dar aula para as crianças, enquanto os pais fazem suas funções. É como se fosse uma escola bíblica, para que elas se sintam num ambiente com um pouco de normalidade.

— Hum... — o Cris se remexeu, ainda sem acordar direito. — Imaginei meu primeiro bom dia pós-morte diferente.

Aquele cínico amanheceu me provocando. Mas até das provocações senti falta.

— Pelo atrevimento vai ter que se contentar apenas com isso. E por sua "*performance*" ontem, já percebi que o senhor está muito bem recuperado, então vai tratar de se encaixar em alguma atividade hoje.

— Ô de casa! — Ana gritou, tratando de garantir que não nos pegaria numa situação constrangedora. — Bora sair daí, galera. Caso contrário, daqui a pouco, o camping inteiro vai estar atrás de vocês. Já não tenho mais como segurar a curiosidade do povo!

— Já estamos prontos. — disse enquanto já vestida, saía da barraca e a encontrava. — E te devo mais uma amiga. Mas agora só pago na glória. Vamos, Cris, sua plateia está ansiosa para saber todos os detalhes da sua odisseia até aqui!

***

— E foi isso, gente. Teve fuga do hospital, carona em dois caminhões diferentes e o tiro que quase tomei no sítio aqui ao lado. Tudo bem explicadinho. Espero ter saciado a curiosidade de vocês! — Cris terminou de contar, enquanto todos estavam acomodados ao redor dele prestando atenção.

— Gente, eu escutei o tiro! — Rosa disse toda ouriçada. — Olha, Cris, minha vida não teve um por cento das aventuras da sua, não. Deus me livre! Aposto que os anjos não têm um minuto de sossego do seu lado! — a folgada completou, arrancando risos de todos. Quer dizer, quase todos. Felipe e seus pais continuavam nas atividades. Eles deviam estar bem chateados com o que aconteceu na chegada do Cris, e com razão.

Após a narração das aventuras do Cris, meu pai dispersou todo mundo. As atividades diárias precisavam ser feitas e, após nosso café, ele já daria uma função também ao Cristiano.

— Amor, aproveita e vai conversar logo com o Felipe, por favor! Está muito chato isso! Você chegou e deu aquele escândalo. Daí, com toda razão, ele se retraiu e seus pais também. Isso não é bom aqui nem em nenhum lugar. Somos cristãos e a volta de Jesus está próxima... E falo sério: para de me enrolar; vai procurar aquela criatura e resolve isso de uma vez!

— Tá bom! Mas só porque é você quem está pedindo. Confesso que perdi as estribeiras quando vi a cena. E olha que em outras épocas... Você sabe: teria sido praticamente uma tragédia.

— Sei, sim. Mas vamos conviver até o fim de nossos dias aqui. Não dá para alimentar sentimentos ruins nem inimizades — falei (e aquilo era uma ordem, sim).

Chamei Yanito e as outras crianças para as atividades de pintura. Meu africanozinho ainda não havia se acostumado com a volta do pai e não queria sair do colo dele de jeito nenhum. Foi duro levá-lo comigo.

— O papa Cris não vai mais sair daqui, prometo. Dá um beijo nele e vem com a vovó.

Pedi que minha mãe ficasse com ele durante a atividade. Enquanto isso, meu pai e eu mostramos ao Cristiano como era feita a moenda do café e a conservação das carnes.

— Deixarei essa função com você. Eu estava com dificuldades para encontrar alguém que conseguisse dar conta desse trabalho. A maioria do pessoal já está com muito serviço.

— Mas antes, pai, o Cris tem um assunto para resolver com o Felipe. Você poderia levá-lo até ele? — pedi, já deixando claro novamente para o Cristiano que guardar rancor não era uma alternativa.

Nosso tempo estava se esgotando e precisávamos estar em paz com Deus e com os outros para que nada desse errado. Nossos últimos dias na Terra precisavam ser marcados pelo amor e pela obediência. Só esses sentimentos deveriam ser alimentados. E no que dependesse de mim, a paz voltaria a reinar naquele ambiente. Nem que para isso eu precisasse obrigar o Cristiano.

CAPÍTULO 13

Guerra e paz

"Tempo de amar e tempo de odiar, tempo de lutar e tempo de viver em paz."

ECLESIASTES 3:8

CONTA O LEÃO

— Posso falar um minuto com você, Felipe?

Cheguei próximo de onde ele estava e vi que Felipe tratava dos bois e das vacas. Ao menos ele estava fazendo outra coisa que não fosse cobiçar minha mulher!

— Já está falando. Mas você veio conversar ou arrebentar minha cara?

O infeliz sequer me olhou. Na verdade, ele continuou limpando o curral como se um Zé Ninguém estivesse a falar com ele. Sinceramente, sem sombra de dúvida, o Zé estaria sendo mais bem tratado que eu, afinal estava me sentindo um ser invisível ali.

"Minha vontade é quebrar sua cara desde a hora em que cheguei", tive muita vontade de responder, mas não o fiz.

Eu havia feito uma promessa à minha mulher. E não só a ela... Eu não poderia adentrar à glória se não perdoasse e estivesse disposto a "amar" o traíra que se encontrava diante de mim.

"Dá-me força, Deus, porque se suportar já é uma tarefa difícil, que dirá amar!", pensei novamente, enquanto escolhia bem as palavras a serem ditas para que não nos levassem às vias de fato.

— Vim só conversar, mesmo. Eu interpretei errado o que vi ao chegar... Achei que você estava dando em cima da Raquel e se aproveitando de minha ausência.

— Quem tem a mania de cobiçar as coisas dos outros, sobretudo mulher, é você, Cristiano. Não eu. Acho que você está confundindo as coisas.

Ok. Ele estava pedindo.

"Espírito Santo, me socorre ou teremos um assassinato por aqui."

— Não se faça de inocente, Felipe. A Beatriz me contou tudo! Como você vivia arranjando desculpas para estar próximo à Raquel, mesmo depois de casado. Do quanto você fuçava a rede social dela procurando notícias... Você nunca a esqueceu, essa é a verdade!

Felipe jogou o balde, a vassoura e a pá para o lado e veio para cima de mim.

Pronto! O octógono acabava de ser montado.

— Você roubou tudo o que eu tinha: minha noiva...

— Quase noiva, não esqueça!

— Meu sogro... Meu lugar de substituto do pastor... Você, em parceria com Satanás, tirou as coisas que eu mais prezava no mundo! — agora ele gritava. Eu achei que ele iria me bater naquele instante. — Eu tinha todos os motivos do mundo, mas não me tornei um adúltero cobiçoso!

Ele estava bem em cima de mim. Tão em cima que pude sentir seu hálito (constrangedor!). Fiquei na dúvida se o murro que ele queria muito me dar viria agora, ou se aquele olhar intimidador duraria mais algum tempo.

— Eu não estava cobiçando a sua esposa durante o seu casamento — ele continuou —, muito menos durante o meu. — pareceu se acalmar e se distanciou um pouco. — Você tirou tudo o que eu mais prezava nessa vida; admito. Mas eu segui adiante e superei: conheci a Beatriz e decidi fazer aquilo dar certo. A Bia, pelo visto, não.

Daí, ele se sentou num troco ali perto e procurei um lugar onde também pudesse me acomodar. Percebi que ele tinha uma história para contar e senti que eu devia essa atenção a ele. Na verdade, foi impossível não lamentar sua situação. Colocando-me em seu lugar, de fato, praticamente eu havia "roubado" a vida do cara!

Felipe esquematizara sua vida em torno de um relacionamento com a Raquel. As expectativas dele eram casar-se com ela, ser genro do pastor Carlos e, no futuro, assumir o lugar dele. Contudo, eu apareci e baguncei os seus planos. Todos! Felipe tinha mesmo o direito de me odiar. Para falar a verdade, eu também teria ficado com ódio de mim! E eu não podia lidar com aquilo... Com o fato do cara ter todo o direito de me odiar. Precisava muito me desculpar. Que droga!

— Vai adiantar eu dizer que sinto muito por tudo o que fiz com você?

Ele me olhou com uma cara...

— Sério que você sente muito por estar casado com a Raquel e eu estar sozinho agora?

Corrigi-me:

— Claro que eu não lamento estar casado com a Raquel. Ela é a mulher da minha vida...

— Também era a da minha! — disse ironicamente.

Precisei respirar fundo para afastar a ideia de socá-lo.

— Posso continuar? — ele bufou, virou a cara, mas se calou. — Lamento ter feito isso com você. Na verdade, se eu fosse cristão na época, não teria feito isso com ninguém!

— Ah, quer dizer que se você fosse crente naquela época, hoje Raquel e eu estaríamos casados, e você aqui sozinho limpando cocô de vaca?

— Não, Felipe! Se eu já fosse crente, ainda assim teria lutado pela Raquel porque a amei desde o primeiro instante que pus meus olhos nela. Só que eu faria isso de forma mais justa e limpa, por meio de jejum e oração. Não a seduziria com presentes, flores, nem a cercaria de todas as maneiras possíveis como fiz no passado. O que quero dizer é que sinto muito! O tempo não volta, nós estamos casados e, de verdade, desejo que de alguma maneira, você possa ser feliz aqui e terminar seus dias na Terra em paz. De todo o meu coração, peço desculpas. Se possível, me perdoa. É isso.

Eu não podia fazer nada com relação ao passado. Também sabia que minhas palavras não consertariam meus erros. Eu havia pisado na bola com o cara e precisava, de alguma maneira, corrigir. Era isso o que eu estava fazendo. Reconhecendo meus erros e pedindo perdão. *Finished*!

— Quer dizer que a Bia achava que eu ainda gostava da Raquel? — ele perguntou já em um tom bem mais ameno. Era a oportunidade para iniciarmos uma conversa civilizada.

— Achava, sim. Mas ela também assumiu os erros pelo fracasso do casamento. Fala sério, ela ficou mesmo de conversa com o ex pela rede social?

— Pois é, cara! E corrigindo o que ela lhe contou, eu não estava cobiçando a Raquel quando convidei você para pregar em nossa igreja. Confesso que vez por outra olhava a rede social dela, mas fazia isso com vários outros conhecidos. Eu não sou uma pessoa cobiçosa como a Beatriz descreveu. Minha luta pela Raquel acabou quando vocês se casaram. A Raquel te escolheu; simples assim! Foi a decisão dela, mesmo você tendo sido um babaca comigo. A Beatriz é que não deu conta das responsabilidades de ser mulher de pastor e pirou. Acabou vendo coisas que nem existiam. Dar um ponto-final no casamento foi um alívio para ela. Ainda tentei a reconciliação de todas as maneiras que pude, mas a vida de crente e santa não fazia seu gênero. Tanto que nas últimas semanas, até balada ela voltou a frequentar... Infelizmente, ambos escolhemos as pessoas erradas. Eu devia ter esperado um pouco mais antes de decidir unir minha vida à dela. O resultado foi a frustração dos dois.

Eu estava quase dando um abraço nele. Mas como ainda não tínhamos intimidade, apenas estendi minha mão selando a paz.

— Você é um cara legal. Não merecia o que eu fiz. Desculpa de verdade.

Ele retribuiu o aperto. Mesmo não estando com cara de quem me estimava. Ainda.

Perguntei se ele precisava de ajuda com o serviço já que o meu ainda não havia iniciado.

— Não, tá tranquilo. Já estou terminando... O pessoal marcou uma pelada no fim do dia, depois das atividades. Tem um local pequeno, mas bem legal, que a gente consegue jogar. Aparece lá para completar os times.

Sério que o Felipe estava me convidando para jogar? Até pouco tempo um queria partir a cara do outro e agora éramos meio que, amigos de infância?

— Claro! Não sou um craque da bola, mas posso, ao menos, atrapalhar os jogadores do time adversário.

Ele esboçou um sorriso e voltou para o serviço. Aquela foi a deixa para que eu fosse embora. As coisas haviam saído melhor do que eu imaginara e não queria abusar da sorte.

— Eu já estava desesperada com sua demora! Quase fui atrás do Rick e do Gideão para me ajudar, achando que estava rolando o maior *fight* entre você e o Lipe. Mas, pelo visto, deu tudo certo... Não vejo nenhum hematoma, nem nada do tipo. Vocês fizeram as pazes. Acertei? — Raquel perguntou desconfiada, enquanto eu me encaminhava para o armazém.

Ela realmente parecia preocupada; como se estivesse pronta para separar uma briga.

— Acertou, sim, meu anjo. Aliás, está tudo mais do que certo entre nós. Inclusive, vamos jogar futebol juntos mais tarde.

Ela olhou incrédula. Se fosse eu a ouvir esta afirmação uma hora atrás, faria a mesma cara.

— Você não pode estar falando sério!

— Amor, crente não mente! Foi ele mesmo quem convidou. Pode até perguntar depois pra acabar com suas dúvidas. E quer saber? O Lipe é um cara decente. A Beatriz entendeu tudo errado. Pena o que houve com eles; com ela. Agora, meu amor... — aproveitei para dar um beijinho de despedida. — Não estou plenamente recuperado, mas tenho que analisar o armazém e ver a melhor maneira para estocar os produtos. O nome disso é trabalho; e como sou uma pessoa muito competente não posso ter distrações. E a verdade é que você tem o dom de me distrair sempre que está por perto. Portanto: volte para os seus afazeres e à noite a gente se encontra. Ok?

Pisquei, arrancando uma gargalhada gostosa de seus lábios. Ah, como eu havia sentido falta daquele som. Agora, sim, tudo parecia estar se encaixando: eu estava de volta ao lugar que me pertencia, as coisas com o Felipe haviam sido esclarecidas... Era a paz que necessitávamos para enfrentar a guerra que nos esperava.

Só não sabíamos quando de fato essa guerra se iniciaria.

NARRA A OVELHA

Já estávamos no acampamento há três meses. Nesse período, vez por outra, ouvíamos barulho de helicópteros e corríamos para nos abrigar debaixo das árvores ou nos alojamentos. Como a propriedade era muito arborizada, nosso esconderijo era praticamente imperceptível pelo ar. Quem sobrevoava só conseguia enxergar as copas das árvores e alguns troncos que ficavam numa área mais descampada. Por isso, ninguém podia deixar absolutamente nada do lado de fora. As roupas para secar, as cadeiras, tudo precisava ser escondido. Caso a gente precisasse se abrigar e alguém, lá de cima, avistasse um único brinquedo, saberia que pessoas moravam no local e poderiam vir atrás de nós. Por essa razão, também, que meu serviço com as crianças era tão importante: elas não podiam deixar nenhum rastro nosso.

— Confio em você para educá-las e controlá-las — meu pai disse. — Sair da copa das árvores será permitido apenas para tomar sol. Mas as brincadeiras devem ser todas escondidas. Até um pequeno drone pode fazer imagens nossas e aí tudo estaria perdido. Muito cuidado, Raquel!

Com o mesmo zelo, eu repassava as orientações a todas as meninas que me ajudavam naquela função:

— Ana... Você e a Thaís ficam responsáveis por guardar as roupas e os brinquedos, enquanto estou na aula de música com eles. Verifiquem em cada canto deste lugar; nada pode ficar fora da cobertura.

E vivíamos assim, com medo e nos precavendo de absolutamente tudo.

— Enviarei algumas pessoas para espiar como anda a movimentação mundo afora. Abrigados aqui e totalmente isolados, não temos noção do que acontece e não é prudente nos mantermos tão desinformados — meu pai orientou, enquanto os homens decidiam quem iria nessa empreitada e faria o serviço de "espião".

— Eu vou, pastor! — Gideão logo se habilitou.

— Eu também — Felipe e Léo disseram juntos.

E, além deles, o...

— Pode contar comigo, pastor. Não posso ficar fora dessa.

Cristiano? Aquele irresponsável tinha dito mesmo aquelas palavras que arrancaram o chão sob meus pés?

— Pode esquecer: você não vai! — repliquei diante de todos.

— É claro que vou. Você não manda em mim! — ele disse, bravo.

E eu? Eu fiquei irada, revoltada e indignada pela maneira como ele estava me tratando.

— Você não vai, Cris! — insisti na frente de todo mundo.

Ele me fuzilou com o olhar.

— Claro que vou, Raquel. Mas depois conversamos melhor sobre isso. Pode colocar meu nome aí, pastor.

— Ele não pode ir, pai! Já quase morreu quando esteve lá fora. O senhor não pode deixar!

Daí foi aquele climão. E o pior? Era admitir que eu realmente havia pisado na bola. Eu deveria ter ficado quieta e esperado estarmos a sós para resolver tudo. Contudo, eu estava tão desesperada com a possibilidade de perdê-lo outra vez que passei por cima do bom senso e de sua autoridade de esposo. E isso na frente de todos os refugiados. Agora, em nosso quarto, apenas na presença de Yanito, a discussão voltou à tona.

— Eu estava apenas preocupada com a sua segurança... E em troca eu recebo um: você não manda em mim?

Indaguei inconformada com o tom brusco de suas palavras.

— Claro! Você viu o que fez na frente de todo mundo?

Nosso filho nos observava discutir. Aquilo era novidade, afinal nunca havíamos brigado em sua frente antes. Lógico que o pobrezinho ficou assustado.

— Meu, amor, você pode sair um pouquinho para o papa e a mama conversarem? — pedi.

— Vocês brigam. Não pode brigar!

Cristiano parou de arrumar suas coisas na mochila e veio conversar com ele.

— Nós não estamos brigando, filho. Estamos conversando alto. Às vezes, os adultos conversam um pouquinho alto. Só isso.

Ele pareceu se conformar. Cedendo, foi brincar do lado de fora.

— Você mentiu para ele. Nós estávamos brigando, sim — acusei. Não devia, mas estava nervosa e fiz aquilo. Pronto.

— E você me expôs na frente de todo mundo!

— Eu expus você? O que eu fiz demais?

— Disse na frente de todos que eu não iria com o restante dos homens na missão de averiguação. Você passou por cima de uma decisão minha. Eu sou o seu cabeça, Raquel, não o contrário.

Voltou a arrumar sua mochila.

E tudo isso porque meu único desejo era que ele não se arriscasse mais. Que não me deixasse sozinha como havia acontecido há pouco tempo. Quando o Cris levantou as mãos e ofereceu-se para ir junto com os outros homens, foi como se eu tivesse perdendo-o novamente. Outra situação igual àquela eu não suportaria. Simplesmente não acreditei que ele iria se arriscar, tendo corrido risco de morte há tão pouco tempo. Puxa vida, será que ele não se preocupava com minha sanidade? Não; não era drama: eu quase havia enlouquecido! Custava pensar um pouco em mim e no quanto eu me abalava com a possibilidade de ele não retornar? E quando disse na frente de todos que ele não iria, minha ideia não era desafiá-lo ou retirar sua autoridade, mas deixar claro que eu o amava demais e não queria pensar que poderíamos ficar afastados novamente. A mensagem deveria ter sido essa, mas não foi o que ele entendeu. Só me expressei mal. Sendo assim, ele sentiu-se "dominado" por sua mulher diante de todo o grupo. Agora, estávamos nessa discussão idiota e que só trazia prejuízo para nós.

Preferi me retirar. Já que ele não entendia a intensidade do meu amor, eu não iria ficar ali me humilhando nem discutindo. Já que estava tão ofendido pela maneira que eu falei, que arrumasse suas coisas sozinho. Eu não queria mais brigar nem me aborrecer. E também eu não tinha condições psicológicas nem emocionais de vê-lo partir. Isso me remeteria à cena do aeroporto e só deixaria meus nervos ainda mais à flor da pele.

Ok, eu também sabia que o que eles estavam fazendo nem era tão perigoso assim: eles dariam uma volta na cidade e procurariam saber como Iojanes estava se comportando. Iriam ver algumas notícias nos jornais e só. No máximo, conversariam com algumas pessoas. Mas não sabíamos se o exército estava nas ruas. Não sabíamos se a perseguição aos cristãos havia começado. Eles poderiam não voltar mais. Tudo poderia acontecer.

Caminhei em direção ao rio porque precisava espairecer e relaxar um pouco. Não avisei ninguém porque queria ficar sozinha. Eu havia agido errado por não ter esperado para conversar a sós com o Cristiano, mas minha atitude não dava a ele o direito de me tratar de maneira tão grosseira, mostrando aos outros "quem mandava". Eu sabia que não tinha feito a coisa certa, mas estava irada demais para tentar consertar tudo agora. Ambos erramos. E já que ele se arriscaria sem ao menos pensar em mim, que fosse. Quando retornasse (e se Deus quisesse ele voltaria logo e inteiro), conversaríamos.

Fiquei ali sentada, olhando para as águas correrem mansamente. Era fim de tarde e o combinado era que os homens saíssem à noite para não deixar rastros pelo caminho. Não tinha como eles serem seguidos no meio do breu. Estavam levando barracas para se abrigarem durante a madrugada e, antes que o dia raiasse, recomeçariam o trajeto para já amanhecerem na cidade. O mesmo aconteceria durante a volta: esperariam o dia findar e só quando estivesse bem escuro retornariam. Duas noites sem ele. Era isso o que eu teria que enfrentar e ele não havia se incomodado nenhum pouco com isso.

Continuei a remoer nossa briga quando senti algo frio em meu pescoço. Frio não; quase gelado. O sangue parou de circular em minhas veias. Perigo. Aquilo cheirava a perigo.

— Olha só o que eu encontrei dando sopa por aqui. É muita sorte mesmo!

"Meu Deus! Meu Deus, meu Deus e meu Deus!", era tudo o que eu conseguia pensar naquele instante. Eu estava petrificada e, apesar de não haver me virado, sabia exatamente o que estava acontecendo. Eu não reconhecia aquela voz como sendo de ninguém do nosso grupo. Ou seja: um estranho havia invadido o sítio e estava com uma arma encostada em meu pescoço.

Pânico. Muito pânico foi o que senti naquele momento.

— Ahhh! — gemi de dor quando ele agarrou meu cabelo por trás. Agarrou meu cabelo e encostou aquela boca fétida em meu ouvido. Arggghhh! Aquele bafo podre invadiu as minhas narinas e começou a impregnar em meu pescoço.

— Cale a boca! — ele falou, levantando-me pelo cabelo. A arma estava agora encostada em meu ouvido. — Você vai ficar quietinha ou vou estourar seus miolos. Tá me entendendo?

Começou a me arrastar para um mato mais alto, ali próximo.

— Moço, pelo amor de Deus, calma! Se o senhor veio para nos assaltar já adianto que não temos nada de valor: celular, TV, nada. Somos pessoas muito humildes e o senhor só vai perder seu tempo.

— Eu já mandei você calar a boca, vagabunda! — então, colocou a arma dentro da minha boca, machucando meus lábios, enquanto me virava de frente para ele. — Eu não vim atrás de nada, não. Quer dizer, o que eu queria já encontrei...

Ele tirou a arma da minha boca e começou a abrir minha blusa com o cano dela. Eu estava com uma blusa de botão sem manga e calça jeans. Contudo, ele arrancaria facilmente aquela blusa se desejasse.

Meus maiores pesadelos da época de adolescente tomavam forma agora. Se havia algo que me atemorizava quando mais jovem era a possibilidade de sofrer algum tipo de abuso sexual. Sempre mantive minhas vestes o mais decente possível, evitava andar sozinha e por lugares desertos; ou seja, fugia de toda e qualquer possibilidade de risco. Isso até agora.

"Como pude ter sido tão burra e sair sozinha, meu Deus?", me questionei enquanto aquele ser repugnante prendia meu braço atrás e continuava a deslizar a arma por entre meu busto e pescoço.

Quem poderia imaginar que não estávamos em segurança ali no sítio? Como pude dar uma bobeira dessas? Eu seria estuprada, provavelmente morta e só depois meu corpo seria encontrado. Meus pais surtariam, o Cristiano então... Jamais se perdoaria! Principalmente, por estarmos brigados um com o outro.

"Meu Deus, que alguém venha nessa direção. Em nome de Jesus, que alguém venha!", clamei desesperada enquanto lágrimas começavam a queimar minha face. Eu estava chorando e não podia aceitar a possibilidade de minha vida acabar daquela maneira: estuprada e morta por um servo de Satanás. Aquilo não!

Não tive coragem de olhar para ele, mesmo estando presa ao seu corpo e sentindo seu rosto bem junto ao meu. Eu apertava bem meus olhos, como se aquilo pudesse me tirar dali. Como se não olhar pudesse me poupar do sofrimento. Eu só sabia dizer sua cor: branca. E sua voz: grave. Nada mais.

Ele me forçou a deitar no chão. Comecei a gritar. Daí, senti uma dor muito forte do lado esquerdo do rosto. Na verdade, parecia que minha cabeça ia explodir de tanta dor. Acho que foi um soco. Percebi o sangue escorrendo de minha boca e, em seguida, ouvi um tiro. Também senti um peso enorme em cima de mim, como se aquele homem tivesse caído sobre meu corpo. Tentei não perder meus sentidos, mas estava difícil. Meu rosto estava dolorido demais. De repente, o peso saiu de cima de mim. Tentei abrir os olhos, mas a claridade me cegou. Foi quando ouvi:

— Amor? Fala comigo, pelo amor de Deus!

Era ele. Agora eu já poderia dormir em paz.

CAPÍTULO 14

Novos planos

"Porque sou eu que conheço os planos que tenho para vocês", diz o Senhor, "planos de fazê-los prosperar e não de lhes causar dano, planos de dar-lhes esperança e um futuro."

JEREMIAS 29:11

CONTA O LEÃO

— Posso entrar? — o pastor perguntou, enquanto aguardava meu consentimento. E no quesito "respeito" Raquel podia ter aprendido um pouco mais com ele.

— Claro, pastor! Fique à vontade.

Interrompi a arrumação da minha mochila e me preparei para o sermão que receberia.

— Eu só queria saber se vocês se entenderam. Mas como não vejo minha impulsiva filha por aqui, imagino que não.

— O senhor acertou em cheio. Infelizmente, o surto de impulsividade dela fez com que saísse daqui antes que pudéssemos nos resolver — tentei justificar.

— Não tiro sua razão pelo ocorrido. Talvez eu tivesse feito a mesma coisa se fosse a Débora no lugar da Raquel. Mas você vai se ausentar por um dia e duas noites, e a Raquel ainda está traumatizada demais com o que aconteceu. Não estou justificando a atitude dela, Cris, mas você não tem noção do quanto essa garota sofreu quando recebemos a notícia de sua "morte". Achei que ela não suportaria. Por isso, entendo a atitude dos dois: você não podia deixá-la agir daquela maneira e a Raquel não podia arriscar perder você novamente!

O cara sabia como fazer eu me sentir culpado sem sequer me culpar por nada!

— É... Me colocando no lugar dela, provavelmente eu teria feito a mesma coisa: não arriscaria perdê-la novamente. Eu fui um idiota mesmo. — precisei reconhecer que, mesmo tendo sido desmoralizado diante de todos, Raquel não estava tão errada o quanto pensei... Ela só não queria arriscar quase me perder novamente! De fato eu teria tido a mesma atitude que ela. — Não vou ter coragem de ir a essa missão sem fazer as pazes com ela, mas a Raquel saiu furiosa, não disse para onde iria. Acho que, nesse momento, ela não quer ver minha cara nem pintada de ouro!

Rimos. Fui saindo do quarto já tentando avistá-la.

— O único lugar relativamente distante para onde ela pode ter ido esfriar a cabeça é o rio. Acho que lá é um bom lugar para começar sua procura — sugeriu o pastor.

— O senhor tem razão. E obrigado, sogrão. Se eu tivesse metade da sua sabedoria, viveria num eterno céu!

— Esse dia está muito próximo, Cris. E você não vai precisar de sabedoria, a fé já vai bastar. — dei um abraço nele e quando já estava saindo, o pastor me chamou novamente. — Eu já ia me esquecendo... — estendeu a mão, segurando um objeto pequeno. Era uma pistola.

— Essa é de verdade? — perguntei incrédulo, analisando-a bem. Eu já tinha feito algumas aulas de tiro em Brasília e sabia manusear armas. E aquele tipo não tinha segredo nenhum e podia ser facilmente escondido no bolso de um casaco.

— Sim. É do Léo. Ele tinha me dado para guardar. Num lugar distante e sem segurança como este, nunca sabemos quando vamos precisar de uma... Mas ele não sabe atirar. Recebeu essa arma numa dívida e guardou. Como você já aprendeu, acho melhor deixar contigo. É bom levar nessa empreitada. Nunca se sabe o que vai acontecer.

Certifiquei-me de que ela estava travada e coloquei-a no bolso do casaco, seria bom mesmo levá-la durante nossa "expedição". Agradeci mais uma vez pela paciência conosco e saí em direção ao rio. Fiquei a imaginar o que diria para Raquel: "Desculpa?" Mas ela estava errada! Tudo bem que não tão errada assim, mas de todo o modo ela passou por cima da minha autoridade diante de todas aquelas pessoas. Não dava para chegar pedindo desculpas... Ela precisava entender o que tinha feito. "Eu te perdoo?" Até poderia ser uma opção. Entretanto, se ela não estivesse mais calma, isso poderia irritá-la ainda mais. E que tal um "eu te amo e não quero sair daqui brigado com você?" Bem melhor. E...

"Meu Deus!", pensei, congelando ao contemplar a terrível cena diante de mim.

Qual o pior momento da vida de uma pessoa? Eu já havia passado por tanta coisa que ficava até difícil selecionar. Seria quando: me apaixonei pela Raquel e recebi a ordem dos satanistas para sacrificá-la? Ou no momento em que ela descobriu que eu era um satanista infiltrado na igreja do seu pai e foi embora para São Paulo com ódio de mim? Ou até quando sofreu um acidente de carro provocado pelos Escolhidos? Quando precisei abandoná-la praticamente no dia do nosso casamento? Ou quando vi o Waldeck e a Alice com uma arma apontada para nossas cabeças, especialmente para a dela? O engraçado era que Raquel era um denominador comum em todos os piores momentos da minha vida, mas também o principal motivo de todos os melhores. Ela era a razão de quase tudo.

Os momentos de que me lembrei eram considerados os piores porque todos me remetiam à possibilidade de perdê-la, e pior que perder a mulher que eu amava, só se perdesse a vida eterna! Entretanto, como Jesus já havia conquistado a salvação para mim na cruz do calvário, perder Raquel era o que mais abalaria minha vida naquele instante. E isso estava prestes a acontecer mais uma vez.

De repente, avistei um dos homens do sítio ao lado e que havia atirado contra mim. E mesmo não estando tão nítido naquela ocasião, não havia dúvidas de que realmente era mesmo ele: magro, alto, com aproximadamente seus 35 anos, cabelo castanho claro e pele branca, porém castigada do sol. E pior, ele estava com uma arma apontada para a cabeça da minha mulher.

Gelei. Senti meu corpo paralisado porque qualquer movimento meu poderia fazer o infeliz atirar contra ela. Ele não tinha nada a perder, mas nós, sim. O pior foi presenciar as mãos dele sobre ela... Argh, que ódio!

"A arma que está em meu bolso!", lembrei. Ela era minha única opção.

Peguei a pistola e destravei. Contudo, fazia um bom tempo que eu não treinava minha mira e a dúvida sobre o que fazer começou a me corroer: eu deveria gritar e mandá-lo parar? Porém, se assustando ou irado por ter sido pego no flagra, ele poderia atirar em Raquel, mesmo que isso implicasse no fato de eu atirar nele de volta. Se ele não tivesse nada a perder poderia tirar a vida dela apenas por retaliação ou maldade mesmo. Vai saber o que se passava na cabeça daquele infeliz! Porém, eu também poderia esperar para pegá-lo desprevenido. Mas aí corria o risco de errar o tiro e assustá-lo, o que deixaria Raquel em situação de grande risco novamente.

Ou pior, eu poderia atirar, e em vez de acertar nele, matá-la. Todas as opções eram péssimas!

E era a dúvida que me paralisava. Entretanto, a dúvida cedeu lugar a um ódio absurdo (como se aquilo fosse possível) quando o vi forçá-la ao chão e observei a expressão de terror dela. Não! Ele não colocaria (ainda mais) aquelas mãos nojentas em cima da minha mulher. Ah, isso não! Ele já havia ido longe demais.

No instante em que saia de trás dos arbustos, a ouvi gritar e vi que o infeliz socou seu rosto. Ele havia batido na minha esposa! Vi, mesmo que ainda distante, sangue escorrendo por sua boca. E eu, que estava pensando em atirar nele apenas para ferir, não tive mais dúvidas: estourei seus miolos. Cheguei bem próximo e atirei bem em sua cabeça.

Sei que isso podia não parecer coisa de cristão, mas para ser sincero, nesse momento eu não estava nem aí. Era minha esposa, a mulher que havia sido usada por Deus para me mostrar o caminho da salvação! Era ela, ou ele. Não havia meio-termo. E Deus conhecia meu coração. Agi no instinto para salvá-la. Sintia muito por ter tirado a vida dele. Quer dizer, sentia nada! Se eu não tivesse feito o que fiz, ele a teria estuprado e matado. E quem garante que pararia nela? Qualquer outra mulher do acampamento poderia ser também sua vítima. O que me fazia sentir muito era a atitude dele, afinal o homem iria para o inferno e seria mais uma vida nas mãos de Satanás. Sentia também por ter manchado minhas mãos com sangue. Para minha sorte, não era o sangue de um inocente!

Eu sei que não cabia a mim o direito de julgar se aquele infeliz era inocente ou não. Eu havia tirado a vida dele e não podia retroceder mais. Já estava feito. E que Deus em sua infinita misericórdia me perdoasse. E também, não dava para ficar ali divagando acerca daquilo. Raquel estava ferida e aquele porco ensanguentado estava sobre ela. Além disso, certamente o tiro fora ouvido, inclusive, talvez, até no outro sítio. Se o "fulano" ali estirado demorasse para voltar, talvez os outros moradores desconfiados e armados acabassem por vir procurá-lo nas redondezas, e por fim nos encontrariam ali. O que colocaria todos em grande risco. Não sabíamos quem aquele povo era, nem em quantos estavam, mas agora eu sabia bem do que eram capazes. Eu precisava tirar Raquel urgentemente dali e avisar aos outros o que acabara de acontecer.

Removi o corpo de cima dela. Raquel estava coberta pelo sangue daquele animal. Além disso, sua boca tão delicada estava ferida. “Infeliz!”, foi isso o que pensei quando me abaixei para pegá-la.

— Amor? Fala comigo pelo amor de Deus! — apelei para ver se ela respondia ou se havia sido de algum modo atingida, mas ela não reagia.

O desespero já estava beirando o insuportável. E se algo mais sério houvesse acontecido? E por que ela não falava?

— Estou aqui, meu amor. Vai ficar tudo bem! — balbuciei.

E por mais que ela não respondesse, eu precisava tranquilizá-la (esperava, ao menos, que ela estivesse ouvindo). Além disso, precisávamos sair urgentemente do local. Coloquei-a em meu colo e me encaminhava de volta para o alojamento quando o pastor, o Gideão e o Felipe correram em nossa direção.

— Meu Deus! Minha filha!

Todos se desesperaram ao ver todo aquele sangue sobre ela. Quem a visse, de fato, acharia que Raquel estava morta.

— Calma! Ela está bem. Eu acho... O sangue é daquele maldito ali. — todos os olhos se voltaram em direção ao corpo. — Mas não dá tempo para explicar. Acho que ele está morto e o corpo precisa ser enterrado. Quero levar a Raquel para a Simone examinar.

Apressei o passo, mas pude ouvir o pastor dando instruções aos outros. E foi só chegar próximo ao galpão para que a pastora Débora, ao contemplar a filha naquele estado, gritasse e desmaiasse. Ana Luísa começou a gritar também e eu precisei alterar a voz avisando que tudo estava bem e que o sangue não pertencia a ela.

— Chamem a Simone urgente! — ordenei, enquanto mamãe socorria a pastora e Ana vinha me ajudar.

***

— Eu matei um homem. Dá pra acreditar? — comentei com a Ana, enquanto a Simone pegava o álcool e passava pelas narinas da Raquel tentando despertá-la.

Estávamos em nosso quarto com a porta fechada. Uma multidão havia ficado ao lado de fora à espera de notícias. Mamãe estava socorrendo a pastora com a ajuda de Rosa.

— Para de se culpar, Cris! Qualquer um teria feito a mesma coisa em seu lugar. E pode apostar que foi provisão de Deus você estar com aquela arma. Imagina se você estivesse ali sem nada e de mãos atadas? Não gosto nem de pensar no que poderia ter acontecido!

O sentimento de culpa tinha começado a me invadir. Não culpa por matar o desgraçado, mas culpa pelo que acontecera com a Raquel.

“Se eu não tivesse batido de frente com ela. Se tivesse deixado aquele assunto para ser resolvido depois...”

Ela estava machucada e quase havia sido estuprada e morta por minha causa.

— Graças Deus ela está recobrando os sentidos! — Simone comentou aliviada.

— Obrigado, Deus; obrigado, meu Pai! — eu dizia, alisando seus cabelos e esperando que, enfim, ela pudesse falar e confirmasse que estava bem de verdade.

Ao menos por hoje, os planos haviam sido alterados: não haveria mais nenhuma expedição. E, para piorar, tínhamos um problema gigantesco diante de nós: um corpo para esconder!

Parecia que o fim dos tempos, ou o nosso fim, significava, na verdade, o início de muitos problemas. Quando achávamos que nada mais poderia acontecer, o destino nos surpreendia. Ainda bem que tínhamos o Todo-Poderoso ao nosso lado e sempre com ele estava a esperança. Esperança para não desistir, mas prosseguir até que o Rei da Glória por fim viesse nos buscar.

NARRA A OVELHA

Senti um cheiro forte e aos poucos comecei a despertar.

— Aii! — exclamei de dor quando senti meu lado esquerdo latejar.

— Está tudo bem, meu amor! Estamos, aqui, cuidando de você...

Ouvi a voz dele. E Como aquilo era relaxante! A impressão que eu tinha era a de estar no lugar mais tranquilo e seguro do mundo. Eu sequer lembrava o motivo pelo qual sentia dor... Ah, infelizmente minhas memórias começavam a retornar: o cano da arma em meu pescoço; aquele homem terrível tentando abusar de mim e, por fim, a pancada em meu rosto.

Forcei-me a abrir os olhos para tentar apagar essa imagem terrível da minha cabeça. Eu não suportaria pensar que outro homem pudesse ter ido mais além comigo. Não! Eu não suportaria a ideia de ele...

— Quelzinha, você tá bem mesmo? Já consegue falar?

Antes que eu pudesse responder, ouvi a voz de Simone bem próxima a mim. Percebi que minha cabeça estava em seu colo.

— As placas solares que abastecem a energia do sítio não dão conta de manter um refrigerador e fabricar gelo. No máximo, tenho água fria. Esse machucado vai ficar bem inchado e doer bastante, mas vou lhe dar um analgésico para aliviar. Sinto muito, Raquel!

Vi sua expressão de lamento. Eu devia estar mesmo com uma aparência terrível.

— Nossa, o negócio deve ter sido bem feio! Aiii... — mexi muito os lábios e senti uma pontada latejante no canto esquerdo.

— Amor, não se esforça! Diz só se está doendo em alguma outra parte do corpo — o Cris pediu, enquanto eu tentava me mexer para verificar se havia outro ferimento, mas estava difícil: tudo doía. Não sei se pelo peso do corpo daquele maldito sobre mim ou se... Não me permiti pensar no motivo. Não, apenas meu rosto doía. Eu não queria tirar conclusões precipitadas nem sofrer sem ter certeza do ocorrido. Na verdade, nesse momento eu não tinha condições psicológicas para pensar em nada.

Ouvi batidas na porta, e a dor de cabeça que já latejava, se intensificou.

— É sua mãe. A coitada até desmaiou quando viu você assim.

E enquanto Ana abria a porta, o Cris me ajudou a sentar, observei que eu estava toda ensanguentada. Com sangue daquele...

— Tira isso de cima de mim, pelo amor de Deus! — não era um pedido, era uma exigência. Mamãe entrou nervosa, foi agarrando meus braços, meu rosto.

— Você tomou um tiro? O que aconteceu? Está muito machucada?

— Eu estou bem, mãe. Na verdade, você é quem está me machucando um pouco. Ai! Aí dói!

Ela retirou as mãos de mim quando realmente se certificou que eu estava viva e bem. Ajudou-me a tirar aquela roupa e me levou para o banheiro para tomar um banho e limpar todo o sangue que havia em mim.

— A água está fria, mas vai ser bom para dar uma aliviada nessas escoriações — Ana avisou. Comecei a bater o queixo assim que a primeira caneca de água foi virada em minhas costas.

Mamãe e Ana saíram e ficaram aguardando do outro lado porta, enquanto o Cris me ajudava com o banho. Seria constrangedor demais ele a me banhar e as duas espiando, e eu já tinha tido minha cota de constrangimento pelo restante da vida. Não havia saldo para mais nada!

— Quero saber exatamente o que aconteceu — mamãe ordenou assim que saí do banho. — Você desaparece após brigar com o Cris e volta ensanguentada e desmaiada. Isso é coisa que se faça com sua mãe?

Olhei para o Cris, mas ele não me encarou. Não sei qual de nós dois estava mais incomodado com o acontecido. Porém, esse assunto seria resolvido mais tarde; não agora.

— Fui até o rio esfriar a cabeça. Eu sabia que tinha agido de forma errada, mas como nossos ânimos estavam exaltados, achei melhor dar um tempo. Aí, quando eu estava na beira do rio, aquele homem apareceu... — cortei a voz. Ainda estava muito abalada para relatar o ocorrido. Porém, meus pais precisavam saber. Estava todo mundo nervoso, alterado, e eu precisava tranquilizá-los de algum modo. — E colocou uma arma em meu pescoço...

— Meu Pai Eterno! Minha filha... Ele fez alguma coisa com você? — mamãe perguntou aterrorizada. Cristiano e Ana Luísa se entreolharam. Eu não sabia o que aquilo significava... Será que o Cris não o impediu a tempo? Eu estava desmaiada e...

— Não, mãe. Não aconteceu nada demais. O Cris chegou a tempo. — eu não sabia se, de fato, ele havia conseguido, mas não faria minha mãe ficar na dúvida de jeito nenhum. Para todos os efeitos, ele havia me salvado, sim!

— Graças a Deus!

— Por favor, fiquem aqui com a Raquel, eu tenho um problema grave para resolver lá fora.

O Cristiano iria sair e me deixar justo naquele momento? Não! Por favor, não! Tudo o que eu precisava agora era dele. Era deitar em seu peito e saber que estávamos bem de verdade e que todo aquele terror havia findado.

— Amor, por favor, não vá! Não me deixa aqui sozinha... Eu preciso de você. Fica, por favor! — agarrei sua mão e praticamente implorei. Essa tragédia toda havia acontecido porque não estávamos juntos. Eu precisava dele ali comigo. Não importava a urgência do que acontecia lá fora. Eu precisava dele ali.

Ele me abraçou. Respirou fundo, como se estivesse fazendo uma escolha difícil, mas permaneceu comigo.

— Eu matei o cara e preciso saber se o corpo foi enterrado.

E eu achando que as coisas não podiam ficar piores do que já estavam!

— Como assim, Cris? Você... Você matou aquele homem?

— Não tive alternativa, Raquel! Ele estava em cima de você com uma arma... E a esmurrou. Se eu chamasse a atenção dele, aquele infeliz poderia ter atirado em você! Eu não tive escolha. O pior é que reconheci o cara como sendo um daqueles que atirou em mim no sítio ao lado. Era ele, tenho certeza.

— Meu Deus! — mamãe sentava abismada. — Então isso significa que a qualquer momento os parceiros dele podem aparecer aqui para procurá-lo?

— Podem. E pelo comportamento daquele animal, os companheiros não devem ser gente pacífica... Caso eles tenham ouvido o tiro, talvez apareçam ainda hoje ou no máximo amanhã. O que sei é que mais cedo ou mais tarde eles irão começar a procurá-lo, e é muito provável que cheguem até nós.

Aquilo era chocante demais. Eu quase havia sido estuprada e morta e, para piorar, corríamos o risco de sermos invadidos por um bando de maus elementos que habitavam num sítio próximo ao nosso. Do jeito que as coisas iam, não precisávamos nem mais temer o *chip* ou o anticristo; nossos vizinhos já estavam dando conta do recado.

— Ana e eu vamos até lá, Cris. Fica aqui com a Raquel que me certificarei com o Carlos se eles já deram um sumiço no corpo. Imagino o quanto isso esteja sendo difícil para você: ter tirado a vida de alguém. Mas não quero que se sinta culpado. Eu teria feito a mesma coisa. Se visse alguém violentando uma pessoa que amo, teria partido para cima. Não por vingança, mas como defesa. Não há nada que você possa fazer agora... Deus conhece seu coração e tenho certeza que você já tem o perdão dele. Agora precisa perdoar a si mesmo. — ela já ia saindo com a Ana, mas retornou para nos dar um aviso. — Convocarei a partir de agora um jejum e passaremos a noite em vigília e oração. Só se vence um ataque dessa magnitude com oração e jejum. A segunda carta de Paulo aos Coríntios fala: "as armas da nossa milícia não são carnais, mas, sim, poderosas em Deus para destruição das fortalezas". Nós vamos continuar sendo fortes em Deus e passar por tudo isso. Fica tranquilo, Cris.

O Cristiano e eu continuamos ali abraçados e em silêncio. Aquele momento foi tão confuso porque nós não sabíamos o que dizer. Eu me sentia culpada por ter causado tudo aquilo e, provavelmente, ele se sentia mal por ter matado um homem. Agora também havia a possibilidade de sermos confrontados por causa de uma atitude irresponsável nossa. Todo o camping corria riscos por conta do que provocamos.

— Você me perdoa? — ele perguntou e beijou o alto da minha cabeça, acariciando meus braços. Sua voz estava carregada de dor. Afastei-me e olhei bem dentro de seus olhos.

— Eu fui a causadora de tudo, Cris! Eu quem devia estar de joelhos implorando seu perdão. Por irresponsabilidade, me coloquei em uma situação de risco, fiz você passar por maus bocados e ainda arrisquei a segurança de todos. O povo lá fora tem motivos de sobra para me odiar... E você também!

Baixei a cabeça e comecei a chorar. Tentei ser forte na frente da mamãe, mas agora parecia que a realidade dos fatos me acertava em cheio: uma tragédia tinha acontecido e eu era a responsável.

— Amor, não chora. Você não tem culpa de absolutamente nada! Só queria me proteger me impedindo de me aventurar na expedição, mas não entendi isso. Com essa minha cabeça dura, achei que você estava passando por cima de minha autoridade. Se eu tivesse dado um tempo e levado você para conversar em particular, nada teria acontecido. A culpa foi toda minha. A única coisa que me traz alívio é saber que consegui impedir aquele infeliz de violentá-la.

— Conseguiu? — perguntei admirada. — Você tem certeza? Porque com a pancada, eu terminei desmaiando e não vi mais nada e...

Ele tomou meu rosto entre suas mãos e falou com toda a convicção desse mundo:

— Por que você acha que eu o matei? Porque ele estava a ponto de... Você sabe. E eu não podia arriscar. Ele só iria tocar em você por cima do meu cadáver. Como, por sorte, eu estava armado, o cadáver agora é ele. Ninguém tocou em você, meu amor. Enquanto eu estiver aqui, ninguém chega nem perto. — beijou delicadamente meus lábios.

Aquilo soou como uma promessa. E era assim que eu me sentia quando estávamos juntos: como se nada pudesse me atingir. Cristiano era a personificação do cuidado e do amor de Deus por mim. Era como se o Pai o tivesse enviado para me guardar na Terra... Ao menos, até que Jesus voltasse e não precisássemos mais de nenhuma proteção extra. Porém, enquanto sua volta não se concretizava, eu tinha o Cris e ele a mim. Juntos nós tínhamos o poder de Deus sobre nossas vidas e aquele lugar.

Ouvimos batidas na porta. Era Ana.

— A oração vai começar. A partir de agora, ninguém come mais nada até amanhã e passaremos toda a madrugada vigiando e orando. Todos já estão reunidos e esperam por vocês.

E o que parecia ser o fim de nossos dias, na verdade, mostrou que era apenas o início de uma nova batalha. E nós continuávamos juntos nela.

Epílogo

CONTA O LEÃO

Passamos a viver sob uma forte pressão: primeiro pela ameaça iminente ao sítio. Já haviam se passado alguns dias, mas os vizinhos não apareceram em busca do defunto mau caráter.

— Deus está conosco. Isso é resultado da oração e do jejum. Eles não vão aparecer aqui! — mamãe afirmava como se suas palavras fossem algo concreto. — Eles não vão vir!

Contávamos com isso. O segundo problema é que não tínhamos nenhuma informação sobre como andava o mundo. Após o incidente no sítio e a possibilidade de precisar lidar com nossos vizinhos ameaçadores, a missão de "averiguação" foi suspensa. Não podíamos arriscar enviar homens e ficar mais desprotegidos do que já estávamos, tampouco arriscar de nossos parceiros toparem com os "inimigos". Esperar era a única coisa que nos restava, mesmo que não fosse o mais sensato a fazer. Contudo, como tudo mudava rapidamente, não sabíamos até quando esperaríamos nem o motivo que nos tiraria desse estado.

NARRA A OVELHA

Por mais que todos dissessem que essa situação não era culpa minha, eu não me sentia assim. Olhava para os rostos amedrontados e isso doía demais, afinal, antes do ocorrido, o clima na comunidade era de aparente paz. E agora? Desconfiança, pavor, temor. As crianças já não brincavam mais sem a supervisão de um adulto e era proibido ir ao rio em um grupo menor que cinco pessoas e sem alguém estar armado. Como não me culpar?

Além de tudo, ainda existia o caos mundial e estávamos totalmente alheios quanto aos acontecimentos. Não podíamos sair para nada até nos sentirmos de certo modo seguros.

— Não dá mais para adiar: precisamos saber se Iojanes já está perseguindo os cristãos ou não. O soro antiofídico acabou. Só trouxemos dois e Simone já utilizou um em dona Helena e o outro em uma das crianças. Além disso, alguns medicamentos já estão também em falta. Se ainda há alguma chance de comprarmos algo sem a necessidade do *chip*, esse momento é agora — Lipe comentou em uma reunião de meu pai com alguns homens.

— De fato, alguns medicamentos acabaram rapidamente e precisam ser repostos. Como serão cinco homens na expedição, dá para trazer itens mais urgentes nas mochilas. É isso, gente. Não dá para adiar mais, a equipe precisa ir logo.

E a gente já ia correr riscos outra vez. Até parecia que isso era algo de que gostávamos. Porém, gostando ou não, essa era a nossa vida. E assim ela precisava ser vivida. E por mais que a orientação de alguns dias antes fosse a de que ninguém deveria sair, chegamos a um ponto em que não era possível esperar mais: era o risco, ou ficarmos sem mantimentos extremamente necessários para nossa sobrevivência.

E já que a maioria havia repensado melhor o assunto, lá íamos nós nos arriscar novamente. Enquanto os céus não se abriam e o Cordeiro santo voltasse em todo o seu esplendor, essa seria a nossa luta.

Agradecimentos

Sempre ao meu Deus por me inspirar com histórias tão impactantes. Sem sua graça, o que seria de mim?

À Edineia e ao Paulo, que acreditaram nessa parceria com a Thomas Nelson Brasil muito mais do que eu mesma. Não tenham dúvidas: ambos foram canal de benção em minha vida. Que o Senhor os retribua grandemente.

Aos leitores que me pediam sempre uma continuação. Como não amar muito cada um de vocês? Obrigada de coração!

Este livro foi impresso em 2018,
pela Intergraf, para a Thomas Nelson Brasil.
O papel do miolo é Pólen soft 80g/m², e o da capa é
cartão 250g/m².